O OVO DO BARBA-AZUL

Margaret Atwood

O OVO DO BARBA-AZUL
E OUTRAS HISTÓRIAS

Tradução de
Carlos Ramires

Título original
BLUEBEARD'S EGG AND OTHER STORIES

Primeira publicação na Grã-Bretanha pela
Jonathan Cape Ltd, 1987 – Vintage
The Random House Group Limited

Copyright © O. W. Toad Limited 1983, 1986

Nenhuma parte desta obra pode ser reproduzida
ou transmitida por qualquer forma ou meio eletrônico ou mecânico,
inclusive fotocópia, gravação ou sistema de armazenagem e recuperação
de informação, sem a permissão escrita do editor.

A seguir, material desta coletânea que foi previamente publicado como:
'Significant Moments in the Life of My Mother' (Momentos marcantes...) em *Queen's Quarterly*;
'Bluebeard's Egg' (O ovo do Barba-azul) em *Chateleine* e North American Review; 'The Salt
Garden' em *Ms*; 'Loulou; or The Domestic Life of the Language' (Loulou, ou a vida...) em *Saturday
Night*; 'The Whirlpool Rapids' (A corredeira) em Toronto *Globe & Mail* Summer Fiction Issue e
Redbook (numa versão ligeiramente diferente); 'Unearthing Suite' (Escavações) numa edição
limitada pela *Grand Union Press*; 'Spring Songs of the Frogs' (O canto primaveril...)
em *Company* (Inglaterra); 'Walking on Water' (Emma caminha...) em *Chateleine*; e
'In search of the Rattlesnake Plantain' (Em busca da orquídea) em Harper's.

PROIBIDA A VENDA EM PORTUGAL

Direitos para a língua portuguesa reservados
com exclusividade para o Brasil à
EDITORA ROCCO LTDA.
Av. Presidente Wilson, 231 – 8º andar
20030-021 – Rio de Janeiro – RJ
Tel.: (21) 3525-2000 – Fax: (21) 3525-2001
rocco@rocco.com.br / www.rocco.com.br

Printed in Brazil/Impresso no Brasil

CIP-Brasil. Catalogação na fonte.
Sindicato Nacional dos Editores de Livros, RJ.

A899o	Atwood, Margaret
	O ovo do Barba-Azul / Margaret Atwood; tradução de Carlos Ramires. – 1ª ed. – Rio de Janeiro: Rocco, 2016.
	Tradução de: Bluebeard's egg and other stories
	ISBN 978-85-325-2992-3
	1. Ficção canadense. I. Ramires, Carlos. II. Título.
15-21340	CDD-819.13
	CDU-821.111(71)-3

A meus pais

SUMÁRIO

Momentos Marcantes na Vida de Minha Mãe / 9

O Furacão Hazel / 29

Loulou, ou A Vida Doméstica da Linguagem / 59

Gatafeia / 81

Duas Histórias sobre Emma / 111
A corredeira
Emma caminha sobre as águas

O Ovo do Barba-Azul / 131

O Canto Primaveril das Rãs / 167

A Íbis Escarlate / 182

O Jardim de Sal / 204

Em Busca da Orquídea / 232

Nasce o Sol / 244

Escavações / 266

MOMENTOS MARCANTES NA VIDA DE MINHA MÃE

✺

Quando mamãe era bem pequena, alguém lhe deu, na Páscoa, um cesto de pintos recém-nascidos. Morreram todos.

– Eu não sabia que não devia tirar os pintinhos do cesto – explica mamãe. – Pobrezinhos. Enfileirei todos numa tábua com as patinhas pro ar, retas como atiçador de lareira, e chorei. Morria de amor por eles.

Para mamãe, talvez a finalidade da história fosse ilustrar o quanto ela fora estúpida, além de sentimental. A nós, cabia entender que hoje ela não faria mais uma coisa dessas.

Ou talvez fosse comentar a natureza do amor. Embora esta hipótese seja improvável: conheço minha mãe.

* * *

O pai de minha mãe era médico de interior. Nos tempos anteriores ao automóvel, ele guiava a parelha de cavalos que puxava a pequena carruagem por seu território e, nos tempos anteriores ao limpa-neve, guiava uma parelha que puxava um trenó, varando chuvas e nevascas no meio da noite para alcançar casas iluminadas com lâmpadas a óleo, onde haveria água fervendo no fogão de lenha e lençóis de flanela aquecendo no secador de louça, e lá ajudar a nascer bebês a quem os pais davam o nome dele. O consultório era em casa, e, quando criança, minha mãe via chegar gente à porta, a que se chegava pelo pórtico da frente, agarrando alguma parte do corpo – dedo, artelho, orelha, nariz – acidentalmente decepada e apertando-a no lugar com a ilusão de que era possível grudá-la como se fosse de massa, e na esperança geralmente vã de que meu avô pudesse costurar aquilo no lugar e curar os talhos, feitos a machado, serra, faca, ou destino.

Minha mãe e sua irmã mais nova rondavam a porta fechada do consultório até que alguém as enxotava. Lá de dentro saíam gemidos, gritos abafados, apelos. Para mamãe, hospital nunca tinha charme, e doença não dava trégua nem folga.

– Nunca fique doente – ordenava, a sério. Ela própria raramente adoece.

Uma vez, porém, quase morreu. Foi quando o apêndice supurou. Meu avô teve de operá-la. Depois ele disse que a cirurgia devia ter sido feita por outro médico: as mãos dele tremiam demais. Esta foi uma das raras confissões de fraqueza dele que mamãe contou. Em geral ele é descrito como um severo chefe.

– Mas era respeitado por todos nós – lembra ela. – Tinha o respeito geral. – Esse termo escorregou um pouco na escala de valores, da juventude de mamãe pra cá. Antigamente, ficava acima de *amor*.

Foi outra pessoa que me contou a história da criação de rato-almiscarado de vovô: como ele e um tio de minha mãe cercaram o brejo nos fundos da propriedade e investiram ali a poupança da tia solteira de mamãe. A ideia era que os ratos-almiscarados se multiplicariam e acabariam virando casacos de pele. Rio acima, porém, um plantador de maçã lavava equipamento de borrifar pesticida, e os ratos-almiscarados acabaram envenenados, mortos e acabados. Isso aconteceu durante a Grande Depressão, e foi um caso sério.

Quando eram bem novas – hoje em dia isso engloba quase a vida inteira, mas eu diria pelos sete ou oito anos –, mamãe e sua irmã tinham uma casinha de brinquedo numa árvore, onde faziam chá de boneca e outras coisas do gênero. Um dia elas encontraram, fora da farmácia de meu avô, uma caixa com uns lindos frasquinhos. Os frasquinhos iam ser jogados fora, e minha mãe (que desde menina detestou desperdício) apropriou-se deles para brincar na casinha. Estavam cheios de um líquido amarelo, que elas não jogaram fora porque era bonito. Acontece que eram amostras de urina.

– Tomamos uma bronca federal – conta mamãe. – Mas a gente não sabia de nada.

* * *

A família de minha mãe morava numa grande casa branca perto de um pomar de maçãs, na província da Nova Escócia. Tinha celeiro e galpão de carruagens; na cozinha havia uma despensa. Minha mãe lembra-se dos dias anteriores às padarias, quando se comprava farinha em barris e se fazia pão em casa. Ainda se lembra da primeira coisa que ouviu no rádio, o reclame de umas meias.

A casa tinha muitos quartos. Embora eu tenha estado lá e visto com meus próprios olhos, ainda não sei quantos eram. Vários estavam trancados, ou assim parecia; e havia escadas nos fundos, e passagens que levavam aos mais diversos pontos. Moravam lá cinco crianças com os pais, além de um empregado e uma empregada cujos nomes e caras viviam mudando. A casa tinha uma estrutura hierárquica, com meu avô no alto, mas era feminina a sua vida secreta – a crosta da torta, os lençóis lavados, a caixa de retalhos no armário da roupa de cama, o pão assando no forno. A casa, com todos os seus objetos, estalava de eletricidade estática, era varrida por contracorrentes, o ar vivia pejado de coisas sabidas e não ditas. Como um tronco oco, um tambor, uma igreja, ela ampliava os sons, de modo que uma conversa sussurrada sessenta anos atrás pode ser de certo modo ouvida ainda hoje.

Nessa casa você tinha que ficar na mesa até raspar o prato. Conta minha mãe que a mãe dela dizia: "Pense nos armênios que passam fome." E mamãe não entendia como o fato de comer o pão com casca e tudo ia ajudar os armênios, fosse no que fosse.

Foi nesta casa que, pela primeira vez, eu vi talos de aveia num vaso, enrolados um a um no precioso papel prateado da caixa de chocolate, que alguém tivera o cuidado de guardar. Achei aquilo a coisa mais linda que já tinha visto, e também comecei a guardar papel prateado, embora não chegasse a embrulhar talos de aveia, coisa que, aliás, não sei fazer. Como numerosas outras artes de civilizações extintas, as técnicas desta se perderam e já não podem ser reproduzidas plenamente.

– Comíamos laranja no Natal – conta mamãe. – Vinham da Flórida; muito caras. A grande festa era esta: achar uma laranja no fundo da meia. É engraçado lembrar agora como era gostosa.

* * *

Quando ela estava com dezesseis anos, mamãe tinha o cabelo tão comprido que podia até sentar-se em cima dele. Naquele tempo as mulheres punham bobes no cabelo, caminhava-se para a década de 1920. O cabelo de mamãe estava se tornando uma dor de cabeça, porém meu avô era muito rigoroso e a proibiu de cortar. Ela esperou até um sábado em que ele tinha hora no dentista.

– Naquele tempo não se congelava comida – lembra mamãe. – E a broca era movida a pedal e fazia *rrrrr, rrrr, rrrr!*. O próprio dentista tinha dentes amarelos, trabalhava mascando fumo, que cuspia numa escarradeira...

E minha mãe, que é boa imitadora, fazia o som da broca e da cusparada: *rrrrr! psht! rrrr! rrrr! rrrr! psht!* O dentista era sempre uma sessão de tortura. A sedação a gás era um bendito momento de salvação.

Mamãe entrou no consultório, onde meu avô estava sentado, pálido de dor, e perguntou se podia cortar o cabelo. Ele respondeu que ela se danasse e fizesse o que bem entendesse, contanto que sumisse dali e parasse de atormentá-lo.

– Então, eu saí na hora e mandei podar a cabeleira – conta ela toda animada. – Depois ele ficou furioso, mas não podia fazer nada. Tinha dado o seu consentimento.

Meu próprio cabelo jaz numa caixa de papelão, num baú de navio no porão de minha mãe, onde eu o imagino mais baço e quebradiço a cada ano, talvez até comido pelas traças; a essa altura deve estar parecendo as fanadas coroas de cabelo que aparecem com as joias funerárias vitorianas. Ou talvez tenha criado um mofo seco; na escuridão do baú, brilha debilmente dentro do embrulho de papel de seda. Desconfio que mamãe tenha se esquecido de que está lá. Para meu alívio, foi cortado quando eu tinha doze anos e minha irmã nasceu. Antes era comprido e ondulado.

– Senão – diz mamãe – seu cabelo ia virar um emaranhado só. – Mamãe o penteava toda manhã enrolando-o no dedo indicador para ficar anelado, mas, quando ela foi para o hospital, meu pai não conseguiu fazer aquilo. – Não conseguia enrolar o seu cabelo no dedo dele, que era gorducho – explica minha mãe. Meu pai olha para seus dedos. De fato são mais grossos que os de minha mãe, estes longos e elegantes, e que ela chama de ossudos. Ele sorri um sorriso felino.

Foi assim que a tesoura devastou meu cabelo. Da cadeira de meu primeiro salão de beleza, eu o via tombar pelos meus ombros como punhados de teias de aranha. De dentro de minha cabeça foi emergindo, menor, mais compacto, um rosto mais anguloso. Em quinze minutos eu envelheci uns cinco anos. Compreendi que agora eu podia ir para casa e experimentar um batom.

– Seu pai ficou contrariado – lembra mamãe com um ar conspiratório. Ela não diz isso quando meu pai está presente. Diante da estranha reação dos homens ao cabelo da mulher, nós duas sorrimos.

* * *

Eu achava que, na juventude, mamãe levava uma vida de constante riso e arrepiantes aventuras. (Isso foi antes de eu perceber que ela nunca expunha os longos períodos de monotonia que devem ter composto grande parte de sua vida: suas histórias apenas pontuavam esses períodos.) Os cavalos disparavam com ela em cima, os homens se ofereciam, ela estava sempre a despencar de árvores ou vigas de celeiros, a ser varrida para o mar por violentas vagas; ou, problema menor, profundamente constrangida em situações delicadas. As igrejas eram particularmente perigosas.

– Num domingo apareceu um pregador visitante – conta ela. – Claro que tínhamos de ir à igreja todo domingo. Lá estava ele a mil, pregando sobre o fogo do inferno, a danação das almas – ela bate num púlpito imaginário – quando cospe a dentadura inteira, *pluuuc!*, assim de chofre. Bem, ele não perdeu o rebolado. Levantou a mão, apanhou a dentadura no ar e a enfiou na boca, e foi em frente, condenando todos nós aos tormentos eternos. O banco tremia! Lágrimas de riso contido nos rolavam pelo rosto e, o que é pior, era o primeiro banco, ele olhava direto para nós. Claro, ninguém podia rir alto. Papai teria armado uma bronca monumental.

A sala de visita alheia e os eventos sociais formais também reservavam armadilhas. Os zíperes dela rompiam-se em pontos estratégicos, os chapéus não mereciam confiança. A escassez de elástico autêntico durante a guerra exigia um alerta constante: na época, as calcinhas eram abotoadas e sujeitas a tabus, e, portanto, mais prenhes de significado que hoje.

– Lá vai você – diz ela – em plena rua, e, quando menos espera, a calcinha vai parar no sapato. A solução era tirar um pé, chutar a calcinha para cima com o outro, apanhar com a mão e enfiar na bolsa. Eu tinha prática.

Essa história só se contava aos íntimos, mas outras se destinavam a consumo público. Quando mamãe as relata, seu rosto parece de borracha. Ela representa todos os papéis, faz os efeitos sonoros, acena com a mão. Os olhos brilham, por vezes um pouco maldosos, porque, embora esteja velha e seja generosa, além de uma dama, ela foge ao tipo da boa velhinha. Quando sente que há perigo de ser vista assim, lança algum elemento inesperado; recusa-se a se confundir com um estereótipo.

E não se consegue tapeá-la para contar histórias quando não quer. Se alguém lhe dá uma deixa, ela detecta os refletores e se fecha. Ou ri e entra na cozinha, e daí a pouco se ouve o barulho do processador de alimentos. Faz muito tempo eu desisti de tentar convencê-la a fazer o seu número nas festas. Entre desconhecidos, ela se limita a escutar atentamente, a cabeça meio inclinada, sorrindo com uma polidez metálica. O segredo é esperar e ver o que ela vai dizer depois.

* * *

Aos dezessete anos minha mãe entrou para a Escola Normal, em Truro. Para mim esse nome – Escola Normal – já encerrou certa magia. Eu achava que tinha alguma coisa a ver com ensinar a ser normal, o que talvez a escola fizesse, pois era para lá que as pessoas iam a fim de aprender a ensinar. Depois, mamãe, por sua vez, foi ensinar em uma escola de uma única sala não longe de casa. Ela ia e voltava a cavalo todo dia, poupava o salário e assim veio a pagar a universidade. Meu avô não pagaria: achava que a filha era fútil demais. Para o gosto dele, ela gostava demais de patinar no gelo e de dançar.

Enquanto cursava a Escola Normal, minha mãe morou com uma família de que faziam parte vários filhos mais ou menos da idade das pensionistas. Comiam todos à mesa do salão de jantar, que era enorme (e eu imagino de madeira escura e com pesadas pernas trabalhadas, e sempre coberta por uma toalha branca), presidida pela mãe e pelo pai, cada qual em uma cabeceira. Eu via os dois como pessoas grandes, rosadas e radiantes.

– Os garotos eram grandes gozadores – diz mamãe –, estavam sempre a tramar alguma coisa. – Nos garotos isto era desejável, ser um grande gozador, estar sempre armando alguma. – Mamãe acrescenta uma frase crucial: – A gente se divertia à beça.

O divertimento sempre ocupou alta posição na escala de valores de mamãe. Ela se diverte o quanto pode, mas é impossível entender o que quer dizer com isto sem fazer um ajuste, uma ressalva para o abismo que essa expressão deve transpor antes de nos alcançar. Ela vem de um outro mundo que, assim como a estrela que um dia emitiu a luz que vemos tremeluzir no céu, talvez já tenha se apagado, ou se apagou de fato. É possível reconstruir fatos desse mundo – mobília, vestuário, peças decorativas na cornija da lareira, jarras e bacias, até os urinóis, mas não as emoções, não com a mesma exatidão. É forçoso excluir tanta coisa que agora se sabe e se sente!

Era um mundo em que o flerte inocente era possível, pois eram muitas as coisas que moça direita não fazia, e era maior o estoque de moças direitas. Deixar de ser uma moça direita não era só perder as boas graças da sociedade: os atos sexuais, pelo menos quando cometidos pelas moças, tinham também consequências financeiras. A vida era então mais alegre e inocente, embora permeada a cada dia por um potencial de culpa e medo. Como o haicai japonês: uma forma limitada, de medidas rígidas, dentro da qual pode florescer uma assombrosa liberdade.

Existem fotos de mamãe nessa época, com mais três ou quatro moças, de braço dado ou enlaçando, brincalhonas, o pescoço uma da outra. Atrás delas, além do mar, ou do morro, ou de outro fundo, estende-se um mundo que desembestou para uma desgraça que elas ignoram: a teoria da relatividade já foi desenvolvida, o ácido se acumula nas raízes das árvores, a rã-touro está condenada. Elas sorriem de um modo que, visto de longe, você quase pode chamar de galante, perna direita lançada para frente numa imitação de coristas no palco.

Uma das grandes diversões das pensionistas e dos filhos dos donos era o teatro. Frequentemente os jovens – assim eram designados – atuavam em peças montadas no porão da igreja. Minha mãe atuava com frequência. (Em algum lugar da casa eu tenho uma pilha de peças, livretos amarelados com as falas de mamãe assinaladas a lápis. São todas comédias, e todas impenetráveis.)

– Naquele tempo não havia TV – diz minha mãe. – Você tinha de inventar a sua diversão.

Uma das peças requeria um gato, e minha mãe e um dos filhos pediram emprestado o gato da família. Meteram o gato numa bolsa de lona, pegaram o carro e foram para o ensaio (já existia automóvel), minha mãe com a bolsa de lona no colo. O gato, que devia estar amedrontado, molhou-se todo, molhou a bolsa e a saia de mamãe. Como se fosse pouco, começou a feder horrivelmente.

– Me deu vontade de sumir – lembra mamãe. – Mas que é que eu podia fazer? Tinha de ficar quieta. Naquele tempo não se mencionavam essas coisas – ela queria dizer coisas como pipi de gato, ou qualquer pipi. Exceto entre pessoas do mesmo sexo, claro.

Penso em minha mãe varando a noite no carro, com a saia ensopada, morta de vergonha, o rapaz a seu lado olhando fixo para a frente, fingindo que não percebia nada. A impressão dos dois era que o vergonhoso ato fora cometido não pelo gato, mas por minha mãe. E assim eles prosseguem, numa linha reta que os leva através do Atlântico, além da curvatura da Terra, pela órbita da Lua e para as negras profundezas siderais.

Enquanto isso, cá na Terra, mamãe continua:

– Tive que jogar a saia fora. Era uma saia boa, mas não houve jeito de tirar aquele cheiro.

* * *

– Eu só ouvi seu pai xingar uma vez – diz minha mãe. Ela própria nunca xinga. Quando chega ao ponto de uma história que tem xingamento pesado, ela diz anta, desgraçado ou energúmeno. – Foi quando ele esmagou o dedo cavando o poço para instalar a bomba.

Essa história, sei, aconteceu antes de eu nascer, mais para o norte, onde não há nada debaixo das árvores e das folhas caídas salvo areia e pedra. O poço destinava-se a uma bomba manual, que por sua vez serviria à primeira das numerosas casas e cabanas que meus pais construíram juntos. Como depois eu também vi outros poços serem construídos e outras bombas instaladas, sei como se faz. Usam um tubo pontudo. Você crava o tubo no chão com uma marreta, e à medida que ele penetra vai atarraxando os tubos seguintes, até alcançar água potável. Para não estragar a rosca do primeiro tubo, você o protege da marreta com um bloco de madeira. Melhor ainda, você arranja alguém que o segure para você. Foi assim que meu pai esmagou o polegar: ele estava fazendo as duas coisas ao mesmo tempo, segurando e marretando.

– O dedo inchou como um rabanete – lembra minha mãe. – Ele teve que furar a unha com o anzol de pegar sapo para aliviar a pressão. O sangue saltou como semente de limão espremido. Depois a unha inteira ficou roxa e preta, e acabou caindo. Felizmente, cresceu outra. Dizem que você só tem duas chances quando faz isso. Quando ele fez, foi uma chuva de palavrões. Eu nem sabia que ele tinha esse vocabulário. Não sei onde aprendeu. – Ela falava como se xingamento fosse uma doença contagiosa, uma catapora.

Nesse ponto, meu pai, reservado, olha para o prato. Para ele, há dois mundos: num deles, que inclui senhoras, não se usam certas expressões; no outro, composto por acampamentos de lenhadores e outros cenários de sua juventude, e por reuniões de certo tipo de homens, tais expressões se usam. Deixar que o mundo dos homens jorre verbalmente para o das senhoras é confessar que é grosseirão, mas levar o mundo das senhoras para o dos homens estigmatiza o homem como um moralista, ou até como veado. É a palavra. Os dois lados entendem perfeitamente tudo isso.

Esse episódio ilustra vários fatos: para começar, que meu pai não era veado; depois, que minha mãe era uma mulher correta, já que tinha ficado devidamente chocada. No entanto, os olhos dela brilham quando conta essa história. No fundo, ela se diverte sabendo que meu pai foi apanhado, embora uma vez só. E a unha que caiu há muito já não é lembrada de forma significativa.

* * *

Há histórias que minha mãe não conta quando há homens presentes: não conta à mesa, nem em festas. Só conta a outras mulheres, em geral na cozinha, quando elas, ou nós, estamos ajudando a lavar louça ou a debulhar ervilha, cortar as pontas da vagem do feijão-verde ou descascar milho. Ela conta essas histórias baixando a voz, sem gestos nem efeitos sonoros. São histórias de traição amorosa, gravidez indesejada, moléstia horrível, infidelidade conjugal, colapso mental, trágico suicídio, morte desagradável e lenta. Não são ricas em detalhes nem floreadas com muitos incidentes: são antes secas, factuais. Com as mãos ocupadas em pratos sujos ou cascas de legumes, as mulheres baixam gravemente a cabeça em sinal de entendimento.

Fica entendido que algumas dessas histórias não devem ser passadas a meu pai, pois ele ficaria perturbado. É sabido que as mulheres são capazes de lidar com essas coisas muito melhor que os homens. Não se deve contar aos homens nada que lhes pareça muito penoso; a eles os desvãos secretos da alma humana, os aspectos físicos sórdidos, podem transtornar, fazer mal. Por exemplo, é comum os homens desmaiarem à vista de sangue, coisa com que não estão acostumados. Por isso, nunca se deve ficar atrás de um homem na fila de doação da Cruz Vermelha. Por alguma razão misteriosa, os homens acham a vida mais difícil que as mulheres. (Mamãe acredita nisso, a despeito dos corpos femininos presos em armadilhas, doentes, desaparecidos, abandonados, que povoam suas histórias.) Aos homens deve-se permitir que brinquem na caixa de areia que quiserem, na maior felicidade possível, sem serem perturbados, do contrário ficam irritadiços e param de comer. Há um monte de coisas que os homens simplesmente não estão equipados para entender, portanto por que esperar que entendam? Nem todo mundo concorda com essa crença em relação aos homens; mesmo assim, ela tem sua utilidade.

– Ela arrancou até os arbustos que cercavam a casa – diz mamãe. É a história de um casamento destroçado: coisa séria. Os olhos de mamãe se arregalam. As outras mulheres se inclinam para a frente. – Só deixou pra ele a cortina do boxe. – Houve um suspiro coletivo, ofegante. Meu pai entra na cozinha, querendo saber quando o chá vai ficar pronto, e as mulheres cerram fileiras, voltando para ele a expressão enganadora de um sorriso inexpressivo. Pouco depois minha mãe emerge da cozinha com o bule de chá e o deposita sobre a mesa no lugar ritual.

* * *

– Lembro do dia em que quase morremos – diz mamãe. Começam assim muitas das histórias que ela conta. Quando está em certa disposição de espírito, somos levados a entender que nossa vida só foi poupada por uma série de espantosas coincidências e golpes de sorte; não fosse isso e a família inteira, individual e coletivamente, estaria morta e acabada. Além de produzir adrenalina, essas histórias servem para reforçar o nosso senso de gratidão. Tem o dia em que nós quase despencamos numa cachoeira dentro de uma canoa, na neblina; o dia em que por pouco não fomos apanhados num incêndio florestal; o dia em que meu pai, diante dos olhos de mamãe, quase foi esmagado por um viga que ele estava levantando para fixar; o dia em que meu irmão quase foi atingido por um raio: caiu tão perto que o derrubou. – Eu senti cheiro de queimado – diz mamãe.

Esta é a história do carro de feno.

– Seu pai estava dirigindo – conta minha mãe – na velocidade habitual. – Nós lemos na entrelinha: *depressa demais*. – Vocês, as crianças, iam atrás. – Eu também me lembrava desse dia, portanto sei a idade que tinha, e a idade de mamãe. Idade bastante para achar engraçado irritar meu pai cantando canções do tipo de que ele não gostava, como "Mockingbird Hill"; ou então a gente imitava uma gaita de fole apertando o nariz, cantarolando e batendo no pomo de adão com a mão na horizontal. Quando a gente ficava irritante demais, papai dizia: "Baixem o volume." Mas nessa idade ainda não sabíamos que a irritação dele podia ser real: para nós, fazia parte da brincadeira.

– O carro ia descendo uma ladeira íngreme – continua mamãe – quando um carro de feno avançou, atravessando a estrada. Seu pai pisou no freio, mas não aconteceu nada. O freio tinha falhado! Pensei que tivesse chegado nosso último momento. Felizmente o carro de feno acabou de atravessar a rua a tempo, e nós passamos voando a uns dois palmos dele. Fiquei com o coração na boca.

Só depois eu soube o que havia acontecido. Eu ia atrás, imitando gaita de fole, distraída. A paisagem era a mesma de sempre nas viagens de carro: a cabeça de meus pais vista de trás acima do banco da frente. Meu pai estava de chapéu, o que usava para evitar que batessem no cabelo dele as coisas que caíam das árvores. Minha mãe tinha a mão pousada de leve em sua nuca.

* * *

– Você tinha um olfato tão aguçado quando era menor! – diz mamãe.

Agora pisamos em terreno mais perigoso: a infância de minha mãe era uma coisa, a minha era outra, bem diferente. Este é o momento em que começo a bater com o talher, ou pedir mais chá.

– Você entrava numa casa alheia e dizia alto: "Que cheiro esquisito é esse?" – Quando havia visitas, elas, conscientes de suas próprias emanações, se afastavam um pouco de mim, tentando não olhar para o meu nariz.

– Eu ficava tão constrangida! – diz mamãe, distraída. Depois, mudando de tom: – Você era uma criança dócil. Acordava às seis da manhã e ia sozinha para o quarto dos brinquedos, cantando sem parar... – Pausa. Uma voz distante, a minha, alta e clara, percorre o espaço entre nós. – Você falava sem parar. Tagarelava, tagarelava da manhã à noite. – Mamãe suspira imperceptivelmente, como se tentasse imaginar por que me tornei tão calada, e levanta-se para atiçar o fogo. Na esperança de mudar de assunto, pergunto se os crocos já floresceram, mas ela não cede à manobra diversionista.

– Eu nunca precisei bater. Bastava uma palavra firme para fazê-la obedecer. – Ela olha para mim de lado; não sabe ao certo em que eu me transformei, nem como. – Só houve uma ou duas ocasiões diferentes. Uma vez, quando tive de sair e deixei você com seu pai. – Talvez fosse este o verdadeiro tema da história: a incapacidade dos homens para prever o comportamento de crianças pequenas. – Quando voltei, vi os dois, você e seu irmão, jogando bola de lama num velho, da janela do segundo andar.

Nós duas sabemos de quem foi a ideia. Para minha mãe, a interpretação correta deste episódio é que meu irmão era um arruaceiro, e eu, a sombra dele, "muito influenciável", como diz ela.

– Na mão dele você era como massa de modelar. Mas, claro, eu tinha de castigar os dois. – Claro. Eu sorrio como quem perdoa. A verdade é que eu era mais sonsa que meu irmão, por isso é que não fui apanhada tantas vezes. Se pudesse evitar, não fazia incursões contra ninhos de metralhadoras inimigas. Meus solitários atos de maldade eram habilmente camuflados; só em parceria com meu irmão eu mandava a precaução às favas.

– Ele botava você no bolso – diz mamãe. – Seu pai fez para cada um de vocês uma caixa de brinquedos, e a lei era... – mamãe é boa para ditar leis – a lei era que nenhum dos dois podia tirar brinquedo da caixa do outro sem licença. Se tirasse, perdia todos os seus brinquedos. Mas ele sempre conseguia, veja você. Ele lhe passava uma conversa de brincar de casinha e fazia de conta que era o bebê. Depois fingia chorar e, quando você perguntava o que ele queria, ele exigia o brinquedo da sua caixa que estava querendo. E você sempre entregava.

Não me lembro disso, embora me lembre de encenar a Segunda Guerra Mundial no chão da sala de estar, com exércitos de ursos e coelhos empalhados; mas não há dúvida de que então se definiram padrões ancestrais. Será que viver essas precoces experiências com caixas de brinquedos – e "caixa de brinquedo", enquanto conceito, já sugere certas implicações –, será que essas experiências me tornaram desconfiada em relação aos homens que desejam paparicação, e ao mesmo tempo suscetível a eles? Será que me condicionaram a acreditar que se eu não for solícita, prestativa, se não for uma inesgotável cornucópia de delícias e entretenimento, eles vão pegar sua coleção de tampas de garrafinhas de leite e seus esfarrapados ursinhos de uma orelha só e ir embora sozinhos para o mato brincar de emboscada? Provavelmente. O que minha mãe achava mimoso talvez seja letal.

Mas esta não é a única história dela sobre meu temperamento passivo e crédulo. Ela desfecha o golpe de misericórdia, o conto dos biscoitinhos de Páscoa.

– Aconteceu em Ottawa. Fui convidada para um chá num órgão do governo – conta mamãe, e basta isso para indicar um elemento de horror: ela odiava eventos oficiais, aos quais era obrigada a comparecer como esposa de um funcionário público. – Tive de arrastar vocês comigo; naquele tempo não podíamos pagar uma baby-sitter. – A anfitriã tinha preparado um prato cheio de biscoitos confeitados para o caso de aparecerem crianças, e mamãe passou a descrevê-los: maravilhosos biscoitinhos em forma de coelho, com cara e roupa de glacê colorido, pequeninas saias nas coelhinhas, pequeninas calças nos coelhinhos.

– Você escolheu um – conta mamãe – e foi para um canto, sozinha. Mrs. X percebeu e foi falar com você. "Não vai comer seu biscoito?" "Não", respondeu você. "Vou ficar aqui falando com ele." E lá ficou você, feliz como um peixe na água. Mas alguém cometeu o erro de deixar o prato perto de seu irmão. Quando foram olhar, não tinha mais nenhum. Ele tinha comido tudo. De noite passou mal, acredite.

Algumas das histórias de minha mãe desafiam qualquer análise. Qual é a moral desta última? Que eu era uma boba, está claro, mas foi meu irmão que passou mal. O que é melhor? Simplesmente empanturrar-se hedonisticamente, ou se refugiar num canto e conversar com um biscoito? Essa história era uma das favoritas de mamãe antes de eu me casar, quando levava para jantar em casa os rapazes que meu pai chamava de "seus pretendentes". Na sobremesa, sempre saía o episódio dos biscoitinhos de Páscoa, e eu baixava a cabeça e mexia nervosa a colher enquanto mamãe enfeitava alegremente a história. E como é que os pretendentes deviam interpretá-la? Será que era uma maneira de expor minha gentileza e feminilidade à avaliação? Será que ela dizia a eles, de uma maneira tortuosa, que eu era inofensiva, capaz de dar bronca mas não ia morder ninguém? Ou estaria, de algum modo, dando um aviso para que desistissem de mim? Pois existe algo de levemente insano em meu comportamento, um laivo do tipo de pessoa capaz de saltar subitamente da mesa do jantar gritando: "Não coma isso! Está vivo!"

Contudo, existe uma diferença entre simbolismo e historieta. Ouvindo minha mãe, às vezes me ocorria isso.

* * *

– Em minha próxima encarnação – disse uma vez mamãe –, vou ser arqueóloga, fazer escavações. – Estávamos sentadas na cama que tinha sido de meu irmão, depois minha, depois de minha irmã; separávamos coisas tiradas de um baú, decidindo o que podia ser doado ou jogado fora. Acredita minha mãe que o que fica do passado é, sobretudo, questão de opção.

Naquele tempo havia algo errado na família; alguém estava infeliz. Mamãe estava com raiva; seu otimismo não estava resolvendo.

Sua declaração me espantou. Era a primeira vez que eu ouvia minha mãe dizer que queria ser uma coisa diferente do que era. Eu devia estar com trinta e cinco anos, mas ainda era chocante e um tanto ofensivo saber que mamãe podia não estar plenamente satisfeita cumprindo o papel que lhe dera o destino: ser minha mãe. Para a mãe, pensei, nós somos todos bebês.

Pouco depois eu própria me tornei mãe, e para mim esse momento mudou.

* * *

Enquanto penteava meu cabelo, praticamente indomável, que enrolava em torno do longo indicador, me arrancando rosnados, mamãe lia histórias para mim. A maioria dos livros ainda está naquela casa, em algum lugar, mas um deles desapareceu; talvez fosse de uma biblioteca. Contava a história de uma garotinha tão pobre que só tinha uma batata para jantar e, enquanto assava, a batata levantou-se e fugiu. Seguia-se a perseguição previsível, mas não me lembro de como terminava: um lapso substancial.

– Era uma de suas histórias prediletas – diz mamãe. Provavelmente ela ainda tem a impressão de que eu me identificava com a garotinha, com sua fome e seu sentimento de perda; na verdade, eu me identificava com a batata.

As primeiras influências são marcantes. Aquela demorou a se manifestar; provavelmente até eu sair da universidade, começar a usar meias pretas, fazer um coque no cabelo e ter pretensões. Chegou a melancolia. Nossa vizinha, que tinha um interesse em roupas, discutiu o caso com minha mãe, que cita o seu conselho: "Se ao menos ela *fizesse* alguma coisa por si mesma! Podia ficar *bem atraente!*"

– Você estava sempre fazendo alguma coisa – lembra minha mãe bondosamente ao lembrar esse tempo. – Estava sempre armando alguma coisa, algum projeto.

Faz parte da mitologia de mamãe a ideia de que eu sou tão animada e produtiva quanto ela, embora ela admita que tais qualidades podem ser temporariamente eclipsadas. Eu não tinha direito a muita angústia pela casa. Tinha de fraquejar no porão, onde minha mãe não daria comigo a meditar profundamente nem me aconselharia a caminhar pra melhorar a circulação. Era esta sua solução para qualquer sinal de abatimento. Eram

Momentos marcantes na vida de minha mãe

poucos os males que não se pudessem curar com uma caminhada enérgica em meio a folhas mortas, ventos uivantes ou chuva de neve.

O que me estava afligindo, eu bem sabia, era o sinal dos tempos, contra o qual eram impotentes os remédios caseiros. Como uma neblina fumacenta, eu ia atravessando aqueles dias, propagando umidade a meu redor. Lia poesia moderna e histórias de atrocidades nazistas, e dei para beber café. Ao longe, mamãe passava o aspirador em torno de meus pés, eu sentada numa cadeira, estudando enrolada em tapetes de carro, pois, de repente, eu vivia com frio.

São poucas as histórias de mamãe sobre esse tempo. O que tenho na memória é a estranha expressão que eu às vezes surpreendia nos olhos dela. A mim espantou ver que, pela primeira vez em minha vida, mamãe parecia estar com medo de mim. Eu não podia sequer tranquilizá-la, pois só tinha uma vaga ideia de sua aflição, mas devia haver dentro de mim algo que estava fora do alcance dela: a qualquer momento eu poderia abrir a boca e proferir palavras que ela jamais ouvira antes. Eu me transformara num visitante do espaço, um viajante do tempo que voltava do futuro com a notícia de um desastre colossal.

O FURACÃO HAZEL

O verão em que eu tinha catorze anos, nós passamos em uma cabana de um único cômodo, em meio a quarenta hectares de terras remotas cobertas de vegetação rasteira. A cabana era rodeada por velhos e altos bordos que foram poupados quando a terra foi desbastada, e entre eles se filtravam raios de luz, como nas gravuras que eu tinha visto anos antes na escola dominical, que mostravam cavaleiros em busca do Santo Graal, sem elmo, olhos fixos no céu com uma expressão de pureza. Provavelmente foram essas árvores a razão por que meus pais tinham adquirido a terra; senão alguém a compraria e venderia os bordos. Era o tipo de coisa que eles faziam.

Era uma cabana de falcas. Não fora construída originalmente ali, fora transferida de outro local pelos donos anteriores, dois professores secundários interessados em antiguidades. Eles numeraram as falcas, desmontaram tudo e remontaram na mesma posição, tapando as rachaduras com cimento branco, que agora já estava soltando aqui e ali; o mesmo acontecia com a massa de vidraceiro que vedava as vidraças das janelas. Eu sabia disso porque um de meus primeiros serviços foi lavar vidraças. Cumpria a tarefa de má vontade, como a maioria das que desempenhava pela casa.

Dormíamos em um dos lados do cômodo único. As áreas de dormir eram divididas por paraquedas, que meu pai trouxera do armazém de material militar onde comprava muita coisa: calças cáqui com bolsos nos joelhos, facas, garfos e colheres que vinham desmontados, se engatavam e desengatavam com estalo, e com os quais era impossível comer, capas de chuva estampadas com padrões de camuflagem, uma rede de mato com laterais de tela contra mosquito e que cheirava como meia de trabalhador e dava um arrepio na espinha, apesar de meu irmão e eu disputarmos o privilégio de nela dormir. Os paraquedas foram cortados e pendurados, à guisa de cortinas, em uma extensão de um arame grosso estendido de janela a janela. Dentro de casa eles eram verde-escuros, mas do lado de fora havia um menor laranja, que servia de tenda onde brincava minha irmã de três anos.

Minha divisória ficava no canto sudeste. Eu dormia numa cama estreita com molas de arame que rangiam sempre que me virava. Do outro lado da cabana, que era a sala, havia uma mesa coberta com um verniz carcomido e umas cadeiras com inumeráveis mãos de tinta, agora rachadas como lama seca, de modo que se viam as cores preferidas no passado. Havia um armário com louça, que cheirava a mofo ainda mais que o resto das coisas, e umas cadeiras de balanço que não funcionavam muito bem nas tábuas irregulares do soalho. Toda essa mobília já estava na cabana quando a compramos; talvez correspondesse à ideia dos donos anteriores sobre decoração pioneira.

Havia também uma espécie de balcão onde minha mãe lavava a louça, e também cozinhava num fogareiro a óleo quando chovia. Quando não chovia, ela cozinhava ao ar livre, numa grelha de ferro colocada sobre o fogo. Comíamos lá fora sentados em toras de madeira, porque o chão era úmido. A cabana ficava no vale de um rio, à noite havia muito orvalho, e o calor do sol matinal formava um vapor quase visível.

Meu pai nos levara para a cabana no início do verão. Depois ele partiu para as florestas da margem norte do rio St. Lawrence, onde fazia levantamentos para uma empresa papeleira. Enquanto cumpríamos a rotina diária, que girava sobretudo em torno da hora de comer e do que íamos comer, ele voava em aviõezinhos robustos, entrando em vales tão íngremes que o piloto tinha que desligar o motor para descer, ou marchava pesadamente carregando canoas entre vias navegáveis, passando por enormes formações rochosas, ou descia corredeiras em canoas a ponto de virar. Uma vez ele ficou por duas semanas encurralado num incêndio florestal, cercado de fogo por todos os lados, e só foi salvo por uma chuva torrencial durante a qual, para secar as meias de reserva, ele as virava como salsichas no fogo da tenda. Era esse tipo de história que ouvíamos quando ele voltava.

Antes de partir, meu pai providenciava para nós uma pilha de lenha rachada, além de artigos de primeira necessidade e enlatados suficientes para tocar a vida. Quando faltavam outras coisas, como leite e manteiga, eu era despachada a pé para a venda mais próxima, que ficava a dois quilômetros e meio de distância, no alto de um morro quase vertical que, muito tempo depois, foi transformado numa estação de esqui. Naquele tempo só havia acesso por uma estrada de terra no meio do que, para mim, era o deserto, que levantava nuvens de poeira cada vez que passava um carro. Às vezes os carros buzinavam, e eu fingia não ouvir.

A mulher da venda, que era gorda e estava sempre molhada, vivia curiosa em relação a nós, perguntava como a minha mãe se virava. Ela não se importava de ficar sozinha naquela cabana aos pedaços, sem um fogão decente nem um homem por perto? Ela colocava os dois no mesmo plano. Eu ficava ressentida com a intromissão, mas na minha idade toda opinião tinha importância, e aos olhos dela, evidentemente, mamãe era uma pessoa esquisita.

Se minha mãe tinha alguma coisa contra ficar sozinha numa fazenda distante com uma filha de três anos, sem telefone, sem carro, sem eletricidade e somente eu para ajudar, ela não disse. Já estivera antes nesta situação, e a essa altura devia estar acostumada. Acontecesse o que acontecesse, ela tratava como coisa normal; em meio às crises, como carros atolados na lama até o eixo, a ideia que ela dava era cantar.

Naquele verão ela provavelmente sentiu falta de meu pai, embora não dissesse; em nossa família não era de sentimentos que se falava. Às vezes, de noite, ela escrevia cartas, embora afirmasse que nunca sabia o que dizer. De dia, quando não estava cozinhando ou lavando louça, fazia pequenos serviços que podiam ser interrompidos a qualquer momento. Cortava grama, embora o terreno irregular na frente da casa estivesse infestado de mato e fosse impossível lhe dar uma aparência de gramado; ou apanhava galhos caídos debaixo dos bordos.

Eu passava parte da manhã cuidando de minha irmãzinha, uma de minhas tarefas. Enquanto isso, minha mãe às vezes puxava uma cadeira de balanço para o gramado cheio de corcovas e lia livros, romances históricos ou relatos de expedições arqueológicas. Se eu vinha por trás e falava com ela enquanto lia, ela gritava. Quando fazia sol, ela vestia um short – jamais, porém, diante de estranhos. Achava que tinha joelhos ossudos; este era o único aspecto de sua aparência para que atentava. Em geral ficava indiferente às roupas. Vestia-se para cobrir o que devia estar coberto e para não se machucar. Isto era tudo que esperava do vestuário.

* * *

Quando eu não estava cuidando de minha irmã, saía sozinha. Trepava num bordo que não se via de casa e, sentada num galho convenientemente bifurcado, lia O *morro dos ventos uivantes*; ou caminhava pela velha estrada madeireira, onde agora cresciam árvores jovens e esbeltas. Naquele mato, eu sabia andar em meio às ervas daninhas e plantas espinhentas, e já havia cruzado o rio e entrado em campo aberto na outra margem, onde o vizinho fazendeiro conseguiu pôr vacas a pastar para conter os cardos e bardanas. Foi lá que eu achei o que acreditava ser a casa dos pioneiros, a verdadeira, ainda que agora não passasse de uma depressão quadrada cercada de morros cobertos de mato. No primeiro ano, esse homem tinha plantado um alqueire de ervilhas e colhido outro tanto. Sabíamos disso pelos professores, que consultavam os registros.

Se meu irmão tivesse descoberto isso, teria traçado um mapa. Um mapa de toda a área, com tudo claramente marcado. Eu nem tentei; limitava-me a vadiar por ali, apanhando amoras silvestres e framboesas da Europa, ou tomando sol em meio às plantas altas, cercada pelo cheiro das painas-de-sapo, margaridas e folhas esmagadas, tonta do sol e da luz refletida nas páginas brancas de meu livro, com gafanhotos pousando no meu corpo, que deixavam rastros com seu cuspe preto.

Com minha mãe, eu era mal-humorada, mas sozinha ficava indolente e sem rumo. Achava difícil até andar no capinzal, e tinha que fazer um esforço para levantar a mão e afastar os gafanhotos. Parecia sempre letárgica. Para mim mesma dizia que queria estar em outro lugar fazendo alguma coisa, ou seja, alguma coisa que desse dinheiro. Queria um trabalho de verão, mas não tinha idade para isso.

* * *

O meu irmão trabalhava. Tinha dois anos mais do que eu e agora era guarda-florestal juvenil, cortava mato na beira das estradas em algum ponto do norte da província de Ontário, morando em tendas com um bando de colegas de dezesseis anos. Era o primeiro verão que ele passava fora. Eu tinha inveja dele, vivia ressentida com sua ausência, mas todo dia ia atrás de cartas dele. Quem trazia o correio, no seu próprio carro, era uma mulher que vivia numa fazenda próxima. Quando havia alguma coisa para nós, ela buzinava e eu ia até a poeirenta caixa de correio de ferro galvanizado presa num poste ao lado do portão.

Meu irmão mandava cartas para minha mãe e para mim. Para ela, eram cartas informativas, descritivas, factuais. Contava o que fazia, o que comia, onde lavava roupa. Dizia que na cidadezinha próxima do acampamento havia uma rua principal que só não desmoronava graças aos cabos telefônicos. Mamãe gostava dessas cartas e as lia para mim.

Eu não lia as minhas para ela. Eram particulares, cheias dos hilariantes e grosseiros comentários a que nos entregávamos quando estávamos sós. Para os outros, fazíamos um ar sério e atento, mas entre nós zombávamos implacavelmente de tudo, um superando o outro em matéria do que, para nós, eram detalhes revoltantes. As cartas de meu irmão eram ilustradas com desenhos de seus colegas de tenda, e os mostravam entre besouros de pernas múltiplas que lhes voejavam em torno da cabeça e com espinhas no rosto, linhas onduladas indicando um fedor que subia dos pés e sementes de maçã na barba que tentavam fazer crescer. Não faltavam roncos e outros detalhes pessoais desagradáveis. Essas cartas eu levava da caixa de correio direto para meu assento no bordo, onde as lia e relia. Depois as contrabandeava debaixo da camiseta para a cabana e escondia debaixo da cama.

Eu também recebia outras cartas, de meu namorado, Buddy. Meu irmão escrevia à caneta-tinteiro, Buddy, com uma esferográfica azul daquelas que vazavam, deixando gotas gordurosas nos meus dedos. Continham elogios enfadonhos, como os que fazem os tios. Muitas expressões vinham entre aspas, muitas palavras sublinhadas. Nada de ilustrações.

As cartas de Buddy me agradavam e me constrangiam. O problema é que eu sabia o que o meu irmão diria sobre Buddy, em parte porque já tinha dito alguma coisa. Ele falava como se tanto para ele como para mim já estivesse claro que eu não tardaria a me livrar de Buddy, como se Buddy fosse um cão perdido que eu tivesse o dever de despachar para a Associação de Defesa dos Animais, se não achasse o dono. Até Buddy parece nome de cachorro, dizia meu irmão. E disse que eu devia chamá-lo de "Chapa" ou "Cara", e ensiná-lo a seduzir.

Achei cruel e engraçada a forma de meu irmão falar de Buddy: cruel porque de certa forma era penetrante, engraçada pela mesma razão. É verdade que havia em Buddy algo canino: a cordialidade, uma estúpida fidelidade no olhar, um jeito obediente de cumprir o ritual do namoro. Era o tipo de garoto (isso eu nunca soube com certeza, porque nunca vi) capaz de ajudar a mãe a carregar as compras sem ela pedir, não por ter vontade, mas para ser bem-comportado. Fazia comentários tipo "As coisas são assim", e quando dizia isso eu tinha a sensação de que repetiria a mesma coisa quarenta anos depois.

* * *

Buddy era bem mais velho que eu. Estava com dezoito anos, quase dezenove, e tempos atrás tinha deixado a escola para trabalhar numa oficina mecânica. Ele tinha carro, um Dodge de terceira mão, que mantinha reluzente de limpo. Fumava e bebia cerveja, mas não bebia quando saía comigo, só em companhia de outros rapazes da idade dele. Contava sem rodeios quantas garrafas bebia, como se dispensasse manifestações de admiração.

Buddy me deixava ansiosa, porque eu não sabia como falar com ele. Nossos telefonemas consistiam sobretudo em pausas e monossílabos, embora fossem longos, o que irritava meu pai, que ficava passando por mim no hall estalando o polegar e o indicador em forma de tesoura para deixar claro que era tempo de cortar o papo. Mas cortar um papo com Buddy era como dividir a água, pois sua conversa carecia de um roteiro, que eu também não conseguia definir. Eu ainda não tinha aprendido esses artifícios que as mulheres devem usar com os homens. Não sabia fazer perguntas para orientar a conversa nem pregar certas mentiras – ou ter tato, como depois eu passaria a dizer. Portanto, a maior parte do tempo eu não dizia nada, o que absolutamente não parecia incomodar Buddy.

Contudo, eu já sabia o bastante para perceber que não era uma boa tática parecer muito habilidosa. Embora, se eu preferisse me exibir, talvez Buddy também não se incomodasse: ele era o tipo de rapaz para quem a habilidade é uma qualidade feminina. Talvez preferisse uma habilidade controlada, como a que produz uma torta especial ou um lindo bordado. Mas eu nunca entendi o que ele realmente queria; nunca entendi sequer por que saía comigo. Talvez porque eu estivesse à mão. Conforme fui gradualmente descobrindo, o mundo de Buddy era muito menos sujeito a alterações que o meu: no dele vigorava uma longa lista de coisas que não são possíveis de mudar, nem consertar.

* * *

Tudo isso começou no início de maio, quando eu estava na décima série. Eu era dois ou três anos mais nova que a maioria de meus colegas de turma, porque naquele tempo as pessoas ainda pulavam você de ano quando você dava conta do recado. No ano anterior, ao entrar no segundo ciclo, eu tinha doze anos, o que é uma desvantagem quando as outras pessoas têm quinze. Eu ia à escola de bicicleta, enquanto as outras meninas da turma iam a pé, devagar, lânguidas, apertando os cadernos contra o corpo a fim de proteger e exibir os seios. Eu não tinha seios; ainda podia vestir coisas que usava aos onze anos. Dei para costurar minhas roupas com moldes comprados numa loja Eaton. As roupas nunca ficavam como nas fotos dos envelopes dos moldes, e eram grandes demais. Eu devia estar fazendo tudo do tamanho que desejava ter. Minha mãe afirmava que ficavam muito bem em mim, o que não era verdade e não me ajudava nada. Eu me sentia como uma anã sem peito, cercada de garotas já melosas e de hormônios alterados, que raspavam as pernas e usavam maquiagem medicinal rosa nas espinhas e desmaiavam sedutoramente na aula de educação física, e cuja carne lustrosa e arredondada tinha um brilho fosco, como se a tivessem tratado com uma injeção subcutânea de creme de beleza.

Os meninos ainda eram mais alarmantes. Alguns, os que estavam repetindo a nona série, usavam casaco de couro, e diziam que tinham correntes de bicicleta no armário do vestiário. Alguns tinham voz fina e eram magros, e esses, claro, eu ignorava. Sabia a diferença entre quem era fracote ou chato, de um lado, e, do outro, quem era encantador, ou um sonho de rapaz. Buddy não era um sonho, mas era encantador, o que pesava muito. Tão logo comecei a sair com ele, descobri que podia passar por garota normal. Agora eu era admitida nas conversas que as garotas travavam no banheiro passando batom. Agora mexiam comigo.

Apesar disso, eu sabia que Buddy era uma espécie de acidente: eu não o havia adquirido honestamente. Tinha sido repassado a mim por Trish, que tinha aparecido sem eu saber como e me chamado para sair com ela, seu namorado Charlie e um primo dele. Trish tinha boca grande com dentes proeminentes e cabelo castanho-claro, que ela arrumava em um rabo de cavalo. Vestia suéteres rosa felpudos e era chefe de torcida, embora não a melhor. Se não estivesse namorando Charlie firme, teria ficado falada por causa do jeito como ria e requebrava; no momento, porém, não corria esse risco. Trish me disse que eu ia gostar de Buddy, que ele era encantador. Contou que ele tinha carro. Provavelmente Trish me meteu na vida de Buddy para se agarrar com Charlie no banco de trás do carro dele no cinema drive-in, mas duvido que Buddy soubesse disso. Nem eu, naquele tempo.

* * *

Tínhamos de ir sempre a uma sessão cedo – o que provocava resmungos de Trish e Charlie –, pois eu não tinha permissão para ficar na rua depois das onze. Meu pai não se opunha a que eu namorasse, mas queria pontualidade na coleta e na entrega. Ele não via razão para o namorado ficar por ali à toa quando me deixava em casa. Neste ponto, segundo meu pai, Buddy não era tão mau quanto alguns sucessores. Com estes, eu entrava depois do prazo, e meu pai me fazia sentar e explicava pacientemente que se eu fosse tomar um trem e me atrasasse, o trem partiria sem mim, razão por que eu devia chegar sempre na hora. Esse argumento não me convencia, e eu ponderava que nossa casa não era um trem. Deve ter sido nessa época que comecei a perder a fé em argumentos racionais como critério único da verdade. Já o raciocínio de minha mãe em defesa da pontualidade era mais aceitável: se eu me atrasasse, ela pensaria que eu tinha sofrido um acidente de carro. Sabíamos, embora ninguém admitisse, que, por trás dessas discussões, pesava a questão do sexo, mais camuflada para meu pai que para minha mãe: ela entendia de carros e acidentes.

No drive-in, Buddy e Charlie compravam pipoca e Coca-Cola e mastigávamos em uníssono, enquanto apareciam na tela figuras pálidas e vagas, azuladas à luz do poente. Quando a pipoca acabava, estava escuro. Do banco de trás vinham um farfalhar, ranger e gemer abafados que Buddy e eu fingíamos não perceber. Buddy fumava com o braço nos meus ombros. Depois a gente também se agarrava, mas de um modo bem decente comparado com o que acontecia lá atrás.

Buddy tinha boca macia, corpo grande e confortável. Eu ignorava o que devia sentir durante aquelas sessões. Sentisse o que sentisse, não era lá muito erótico, embora tampouco fosse desagradável. Era mais como ser abraçada por um amistoso cão terra-nova, ou por um edredom vivo. Eu o abraçava, mas fechava bem as pernas. Mais cedo ou mais tarde, Buddy tentava passar as mãos na frente, mas eu sabia que tinha de contê-lo, e continha. A julgar pela reação dele, resignada e cordata, este era o comportamento certo, mas na semana seguinte ele tentava outra vez.

Tempos depois me ocorreu que Trish havia me escolhido não por eu ser mais nova e menos experiente que ela, mas por isso mesmo. Ela precisava de uma acompanhante para manter as aparências. Charlie era mais magro que Buddy, mais bem-aparentado, mais emotivo; às vezes se embebedava, dizia Trish, balançando a cabeça já num gesto de matrona. Buddy era visto como um rapaz estável, confiável e um tanto lento, o que talvez fosse também meu caso.

* * *

Eu estava saindo com Buddy havia meses quando meu irmão resolveu que a melhor coisa para mim era aprender grego. Ou seja, ele ia me ensinar, quisesse eu ou não. Ele já me ensinara muita coisa, inclusive coisas que eu queria aprender: a ler, atirar de arco e flecha, jogar pedra na água, nadar, jogar xadrez, fazer pontaria com um rifle, remar numa canoa, escamar e limpar peixe. Eu não tinha aprendido tudo muito bem, exceto a ler. Ele também tinha me ensinado a xingar, fugir à noite pela janela do quarto, produzir cheiros horrendos com produtos químicos e arrotar quando queria. Seu estilo, fosse qual fosse a disciplina, era sempre benévolo, mas friamente pedagógico, como se eu fosse uma sala de aula inteira.

Ele próprio estava aprendendo grego. Estava dois anos à minha frente, em uma outra escola, só para meninos. Comigo, ele começou pelo alfabeto. Como sempre, eu não aprendia com rapidez satisfatória para ele, então ele começou a deixar pela casa bilhetes com caracteres gregos no lugar das letras inglesas. Eu dava com um na banheira, onde ia me banhar para sair com Buddy, deixava para traduzir mais tarde, abria a torneira e o chuveiro jorrava em cima de mim. ("Feche o chuveiro", dizia o bilhete depois de traduzido). Ou, pregado à porta do meu quarto, achava um bilhete que vinha a ser um aviso sobre o que ia despencar em cima de mim quando eu abrisse – uma toalha molhada, um aglomerado de macarrão cozido. Ou outro em cima da cômoda, anunciando uma cama à francesa ou informando que meu despertador ia tocar às três da madrugada. Realmente não cheguei a aprender muito grego, mas aprendi a transliterar bilhetes bem depressa. Talvez, ao usar tais artimanhas, meu irmão tentasse desviar-me, adiar minha partida do mundo que ele ainda habitava, um mundo onde o sulfeto de hidrogênio e os gambitos do xadrez interessavam mais do que o sexo, e onde o atual Buddy, bem como os Buddies que se sucederiam não passavam de ridículos inofensivos.

Mamãe e Buddy existiam em níveis bem distintos. Meu irmão, por exemplo, não era encantador, nem um sonho. Por outro lado, tinha a especial beleza identificada com os escolares ingleses, o tipo que se revelava piromaníaco nos filmes da década de 1960, ou com soldados em cartazes da Grande Guerra, dava a impressão de que devia ter pele verde e orelhas ligeiramente pontudas, era como se o seu nome fosse Nemo, algo assim; como se ele pudesse atravessar você com o olhar. São coisas que vim a imaginar bem depois; na época, ele era apenas meu irmão, e eu não tinha ideia de sua aparência. Ele tinha um suéter castanho-avermelhado com furos nos cotovelos que mamãe vivia tentando substituir ou jogar fora. Assim ele levou ainda mais longe a falta de interesse dela pelas roupas.

Sempre que eu começava a dizer coisas que para ele eram de adolescente, sempre que eu falava em dança *sock hop*, na parada de sucessos ou qualquer coisa do gênero, meu irmão citava passagens dos anúncios de removedor de cravos de seus velhos livros de quadrinhos, que ele tinha acumulado pelos dez ou onze anos. "Mary não entendia por que não era POPULAR até... Alguém tinha que falar com ela! Agora existe uma solução para os CRAVOS! *Depois*... Mary, você vai ao baile comigo? (*Pensamento:* Agora que Mary se livrou dos CRAVOS, é a garota mais popular da turma.)" Eu sabia que não ia subir nem um furo no conceito de meu irmão se virasse a garota mais popular da turma.

* * *

Quando avisei a Buddy que ia viajar no verão, ele pensou que eu ia "para o chalé", como fazia muita gente em Toronto; gente que tinha chalé, claro. Ele imaginou alguma coisa como o lago Simcoe, onde se pode sair numa lancha veloz ou fazer esqui aquático, e onde haveria um cinema drive-in. Imaginou também que haveria outros rapazes por lá; e me disse, em tom de piada, que eu ia sair com os outros e esquecer dele.

Eu não contei exatamente aonde ia. Buddy e eu não tínhamos conversado muito sobre minha família, e não seria fácil explicar a preferência de meus pais pelo isolamento, pelos banheiros fora da casa e outras esquisitices. Quando ele prometeu me visitar, respondi que o lugar ficava muito longe e era difícil encontrar. Mas não pude sonegar o endereço, e as cartas dele foram chegando pontualmente toda semana, manchadas de gordura e tinta, e escritas numa caligrafia redonda, trabalhosa e infantil. Às vezes Buddy escrevia com tanta força que furava o papel, e se eu fechasse os olhos e passasse os dedos era capaz de tatear as letras e ler como se fosse braille.

* * *

Respondi à primeira carta de Buddy sentada à mesa marcada por fendas geológicas. O ar estava úmido e tépido; o bloco de papel pautado onde eu escrevia grudava no verniz. Minha mãe lavava os pratos na vasilha esmaltada à luz de uma lâmpada a óleo. Geralmente eu ajudava, mas, desde que Buddy entrara em cena, ela me dispensava com mais frequência, como se percebesse que eu precisava de minha energia para outros fins. A outra lâmpada estava comigo, com a chama tão alta quanto era possível sem soltar fumaça. Detrás da cortina de paraquedas verde vinha a leve respiração de minha irmã.

Querido Buddy, escrevi, e parei. Escrever o nome dele me deixava constrangida. Visto assim, numa folha de papel em branco, parecia um nome estranho para uma pessoa. Não tinha nada a ver com minha lembrança dele, sobretudo o cheiro da camisa recém-lavada misturado com o de fumo de cigarro e da loção pós-barba Old Spice. *Buddy*. O nome lembrava a palavra *pudim*. Eu sentia na mão o rolinho de gordura em sua nuca, que agora mal se notava, mas ia crescer antes que ele ficasse muito mais velho.

Minha mãe estava de costas, mas eu tinha a sensação de que me vigiava; ou escutava meu silêncio, porque eu não estava escrevendo. Não me ocorria nada para dizer a Buddy. Podia contar o que estava fazendo, mas bastava eu começar para ver como aquilo ia ficar inadequado.

De manhã, para divertir minha irmã, eu tinha feito uma vila de areia no único banquinho de areia que existia. Eu era boa nisso. Todas as casas tinham janelas de pedra; as ruas eram pavimentadas também com pedra e cresciam árvores e flores nos jardins, protegidos por cercas de musgo. Minha irmã brincava com a vila, passando seus carrinhos pelas ruas e deslocando os bonequinhos de palito que eu fazia, na verdade estragando-os, o que me contrariava.

Quando podia escapar, eu descia o rio sozinha a vau, para ficar fora de alcance. Havia por ali um veio de argila que eu já conhecia, e de lá eu tirava uma porção e fazia continhas que deixava sobre um tronco derrubado para endurecer ao sol. Algumas tinham forma de crânio, e eu pretendia pintá-las e fazer com elas um colar. Tinha a vaga ideia de usar o colar com uma fantasia de Halloween, embora também soubesse que já estava meio velha para isso.

Voltava pela beira do rio, galgando o emaranhado de árvores caídas que bloqueava o caminho, arranhando as pernas nuas nos espinhos. Colhia algumas flores como sinal de paz para mamãe, que devia saber que tinha sido deliberadamente abandonada. Agora elas murchavam numa jarra de geleia sobre o armário: orelhas-de-boi, não-me-toques, cenoura silvestre. Em nossa família, você devia saber o nome das coisas que colhia e punha em jarras.

Nada do que eu fazia parecia normal aos olhos de Buddy; trocadas em miúdos, minhas atividades pareciam infantis ou absurdas. Que faziam as garotas da idade que as pessoas achavam que eu tinha quando não estavam com rapazes? Falavam ao telefone, ouviam discos, não é? Iam ao cinema, lavavam o cabelo. Mas não lavavam o cabelo em pé, mergulhadas até o joelho num rio gelado e jogando água na cabeça com uma bacia esmaltada. Eu não queria parecer excêntrica para Buddy, queria disfarçar-me. Isso era mais fácil na cidade, onde vivíamos de um modo mais comum: coisas como a recusa de meus pais de comprar uma TV e se sentar diante dela com a comida em bandejas dobráveis, o fato de não comprar uma secadora de roupa, eram desvios menores, que ocorriam nos bastidores.

Acabei escrevendo para Buddy sobre o tempo que fazia, disse que sentia falta dele e que esperava vê-lo em breve. Depois de examinar os Xs e Os – abraços e beijos rabiscados depois da assinatura dele –, eu fiz a mesma coisa. Selei e endereçei a fraude, e na manhã seguinte fui levá-la à nossa caixa de correio, levantando a bandeirinha para mostrar que havia carta.

* * *

Buddy chegou de surpresa num domingo de manhã, tínhamos acabado de lavar a louça. Não sei como ele descobriu nossa cabana. Deve ter perguntado na encruzilhada, onde havia algumas casas, um posto de gasolina e um armazém com anúncios de Coca-Cola na porta de tela e um posto do correio nos fundos. Ali as pessoas podiam ajudá-lo a identificar o número da estrada rural; era provável que até soubessem exatamente onde estávamos.

Diante da casa, minha mãe, de short, cortava grama e arrancava mato com uma foicinha. E eu, carregando um balde d'água do rio, subia os degraus de madeira da entrada, escorregadios e meio podres. Sabia que, quando eu pisasse no último degrau, minha mãe ia perguntar o que eu queria para o almoço, o que me deixaria possessa de irritação. Eu nunca sabia o que queria almoçar, e se soubesse não haveria em casa. Não me ocorria que mamãe estivesse ainda mais entediada com as refeições que eu, pois era ela que cozinhava, nem que sua pergunta fosse um pedido de ajuda.

Foi então que ouvimos um barulho, o ronco de um motor, forte mas abafado, como o de uma máquina de cortar grama numa garagem de zinco. Ficamos ambas petrificadas e nos entreolhamos; era nossa reação quando ouvíamos uma máquina na estrada. Eu devia acreditar que ninguém sabia de nossa presença ali. O bom era que ninguém ia chegar, e o ruim era que podia chegar alguém, pensando que a cabana estivesse abandonada, e o tipo de gente que faria isso era o tipo que menos queríamos ver.

O barulho cessou por algum tempo; depois recomeçou, agora mais forte. Estava se acercando, pela nossa estrada. Minha mãe largou a foice e correu para dentro de casa. Ia trocar de roupa. Eu fiquei firme no degrau de cima, com o balde d'água. Se soubesse que era Buddy, teria penteado o cabelo e passado batom.

Ao ver o carro dele, fiquei surpresa, quase horrorizada. Senti que tinha sido apanhada. Que é que Buddy ia pensar da cabana meio apodrecida, das cortinas de paraquedas, da mobília velha, das flores murchas na jarra de geleia? Meu primeiro impulso foi ao menos barrar a entrada dele. Fui ao encontro do carro, que vinha patinando na estrada. Eu tinha consciência das folhas mortas e da sujeira nos meus pés.

Buddy saiu do carro e olhou para as árvores. Do banco de trás, saíram Charlie e Trish. Olharam brevemente em torno, surpresos, mas depois não deram sinal de achar que o lugar onde estávamos não era bem o que eles esperavam; exceto que começaram a falar muito alto. Mas eu tinha consciência de estar na defensiva.

O carro de Buddy tinha no silencioso um furo grande, que ele não tivera tempo de consertar, e Charlie e Trish estavam cheios de histórias sobre olhares coléricos lançados por gente dos vilarejos que eles cruzavam com o motor roncando. Buddy estava mais discreto, quase tímido.

– Você recebeu minha carta, não? – Eu não tinha recebido, não a que anunciava essa visita. Esta chegou dias depois, recheada de uma melancólica solidão de que teria sido bom tomar conhecimento com antecedência.

Charlie, Trish e Buddy queriam fazer um piquenique. A ideia deles era ir até Pike Lake, que ficava a uns vinte e quatro quilômetros e onde havia uma praia pública. Podíamos nadar. A essa altura mamãe tinha tornado a sair. Agora que tinha vestido uma calça, comportava-se como se tudo estivesse sob controle. Concordou com a ideia; sabia que em nossa cabana eles não teriam o que fazer. Aparentemente não se incomodava que eu passasse o dia todo fora com Buddy, já que estaríamos de volta antes do escurecer.

Os três ficaram ao redor do carro e minha mamãe tentou entabular uma conversa, enquanto eu corria para dentro a fim de pegar maiô e toalha. Trish já estava de maiô, eu tinha visto debaixo da camisa. Talvez lá não houvesse onde trocar de roupa. Este era o tipo de coisa que não se consegue perguntar sem se sentir um idiota, portanto decidi me vestir na minha divisória de paraquedas. O maiô era uma sobra do ano anterior; era vermelho e estava meio curto.

Minha mãe, que normalmente não dava instruções, disse a Buddy para dirigir com cuidado, provavelmente porque o barulho fazia o carro parecer bem mais perigoso do que era. Ao partir roncava como um foguete decolando, e dentro dele era ainda pior. Fiquei no banco da frente, ao lado de Buddy. Todas as janelas estavam abertas e, quando chegamos à estrada pavimentada, Buddy botou o cotovelo pra fora. Dirigia com apenas uma das mãos, e com a outra segurava a minha. Ele queria que eu me chegasse mais, pra ele me passar o braço pelos ombros, mas eu estava nervosa com a sua maneira de dirigir. Ele me desferiu um olhar de censura e tornou a pôr a mão no volante.

Eu já tinha visto na estrada placas que indicavam Pike Lake, mas nunca estivera lá. O lugar era pequeno, redondo e cercado de terra plana. Como era domingo, havia uma multidão na praia, principalmente grupos de adolescentes e casais jovens com os filhos. Alguns tinham aparelhos de rádio. Trish e eu fomos para trás do carro, embora só para tirar a roupa vestida por cima do maiô que todo o mundo ia ver. Enquanto isso, Trish me contou que estava noiva de Charlie, mas em segredo. Iam se casar assim que ela tivesse idade para isso. Não ia contar a ninguém, exceto a Buddy, claro, e a mim. Explicou que os pais dela iam ter um ataque se soubessem. Prometi segredo e senti um arrepio na espinha. Quando saímos de trás do carro,

Buddy e Charlie já estavam no lago, com água pelo tornozelo, o sol brilhando nas costas brancas.

A praia estava poeirenta e quente, e aqui e ali se via lixo de piquenique: pratos de papelão meio enterrados na areia, copos de papel amarrotados, garrafas. Perto de nós, quando também entramos na água, flutuava uma salsicha de cachorro-quente, de um rosa-acinzentado e pálido, perdida. O lago era raso e cheio de vegetação, e a água tinha a temperatura de sopa esfriando. A areia do fundo era tão fina que parecia lama; eu não me espantaria se ali houvesse mexilhão e sanguessuga, provavelmente mortos, por causa da temperatura. Mesmo assim, saí nadando. Trish gritava: tinha emaranhado o pé na vegetação. No momento seguinte estava jogando água em Charlie, e senti que também devia estar fazendo isso, e que Buddy notaria a omissão. Mas em vez disso fiquei boiando de costas na água morna, olhando de olhos semicerrados para o céu sem nuvens, que não tinha fundo e era azul e quente e tinha coisas como micróbios à deriva, que, eu sabia, eram os bastonetes e cones de minha retina. Eu tinha me adiantado no livro de Ciências da Saúde, e já sabia até o que era um zigoto. Daí a pouco Buddy chegou nadando e cuspiu água em mim, rindo.

Depois nadamos todos para a praia e ficamos deitados na enorme toalha de praia rosa de Trish, estampada com uma sereia soltando uma bolha. Eu me sentia pegajosa, como se a água tivesse deixado uma película em mim. Trish e Charlie tinham sumido; afinal vi os dois andando de mãos dadas à beira d'água, lá no fim da praia. Buddy queria que eu passasse um bronzeador nele. Não estava nada bronzeado, exceto no rosto, mãos e antebraços, e eu me lembrei de que ele trabalhava o dia todo e não tinha tempo para tomar sol como eu. A pele de suas costas era macia e um tanto frouxa, como um suéter ou a nuca de um cãozinho.

Quanto me deitei ao lado dele, de costas, Buddy segurou minha mão lambuzada de bronzeador.

– E Charlie, hein? – disse ele sacudindo a cabeça numa censura irônica, como se Charlie tivesse feito uma coisa errada ou estúpida. Não disse Charlie e Trish. Passou o braço nos meus ombros e começou a me beijar, bem ali na praia, em pleno sol, diante de todo o mundo. Eu me afastei.

– Tem gente olhando.

– Quer que eu lhe cubra a cabeça com a toalha?

Eu me sentei, tirei areia do corpo com a mão e puxei para cima a frente do maiô. Tirei areia também dele, mas nele estava grudada por causa do bronzeador. As minhas costas torravam, eu estava tonta de calor e luz do sol. Mais tarde percebi que ia ter dor de cabeça.

– Onde vamos almoçar? – perguntei.

– Quem está querendo comer? Comida, não. – Mas ele não estava chateado. Quem sabe, esperava que eu me comportasse assim mesmo.

Fui até o carro, apanhei a sacola de papel pardo e nos sentamos na toalhona de Trish para comer os sanduíches de salada de ovo e beber Coca-Cola quente, calados. Depois eu disse que queria ir pra baixo de uma árvore. Buddy foi comigo levando a toalha, que sacudiu antes de nos sentarmos.

– Pra não subir formiga na sua roupa – explicou. Acendeu um cigarro, fumou metade recostado no tronco da árvore (vi que era um olmo), olhando para mim de um modo estranho, como se estivesse decidindo alguma coisa. – Quero lhe dar uma coisa. – A voz dele estava displicente, amistosa, como era normalmente, mas não o olhar. No fim, parecia assustado. Ele abriu a pulseira de prata que tinha no pulso. Sempre estivera ali, e eu sabia o que tinha escrito: *Buddy*, gravado em letra cursiva. Era uma imitação de placa de ID do exército, muitos garotos usavam.

– Minha pulseira de identidade.

– Oh! – eu disse quando ele colocou na minha mão, que agora, eu sabia, cheirava a cebola. Passei os dedos pelo nome de Buddy em prata, como que admirando. Não pensei em recusar; seria impossível, pois eu jamais conseguiria explicar por que era errado aceitar. E também senti que Buddy tinha um trunfo na mão: agora que tivera acidentalmente uma visão de minha realidade, conhecia demais os meus desvios. Senti que de algum modo precisava corrigir aquilo. Anos depois, ocorreu-me que provavelmente muitas mulheres noivam e até se casam dessa forma.

Só também anos depois percebi que Buddy usara o termo errado: era uma pulseira de identificação, não de identidade. Na época a diferença me escapou. Mas no fim talvez aquele fosse o termo certo e ele estivesse me entregando sua identidade, alguma parte essencial de sua própria pessoa para eu guardar e cuidar.

Depois surgiu outra possível interpretação: Buddy estaria pregando o nome dele em mim, uma placa dizendo *Reservada*, uma etiqueta de proprietário, como a tatuagem na orelha da vaca, a marca a ferro. Na época, porém, ninguém pensava assim. Todo mundo sabia que ganhar uma placa de ID de um rapaz era um privilégio, não uma degradação, e foi assim que Trish reagiu ao voltar com Charlie. Ela detectou imediatamente a novidade.

– Deixe eu ver – disse, como se já não tivesse visto muitas vezes a pulseira de Buddy, e eu tive que levantar o pulso para ela admirar, enquanto Buddy olhava encabulado.

De volta à cabana, tirei a pulseira e a escondi debaixo da cama. Eu estava constrangida, mas para mim mesma expliquei que escondia para que não se perdesse. No entanto, tornei a colocá-la no pulso em setembro, quando voltei à cidade e à escola. A pulseira equivalia a uma gola de pele branca, era uma espécie de pompom. Além de outras coisas, Buddy vinha a ser um objeto que eu tinha para usar.

* * *

Agora eu estava na décima primeira série, estudava o Egito Antigo e *The Mill on the Floss*, fazia parte do time de voleibol e cantava no coro. Buddy continuava trabalhando na oficina mecânica, e pouco depois de recomeçarem minhas aulas ele apareceu com uma hérnia, consequência de levantar algo excessivamente pesado. Eu não sabia o que era hérnia. Pensei que fosse uma doença venérea, mas soava como coisa que afeta homens idosos, não jovens como ele. Fui consultar um livro de medicina. Quando meu irmão soube da hérnia, reagiu com irritação, riu abafado e disse que era o tipo de coisa que se podia esperar de Buddy.

Buddy passou uns dias no hospital. Quando saiu, fui vê-lo em casa, porque ele queria. Senti que devia levar alguma coisa, mas flores não. Então, levei uns biscoitos de manteiga de amendoim, artes de mamãe. Eu sabia que, se a autoria virasse tema da conversa, ia dizer que eu mesma tinha feito.

Esta era a primeira vez que eu ia à casa de Buddy. Não sabia onde ele morava; sequer pensava nele como uma pessoa que tinha casa, morava num lugar determinado. Tive que ir de ônibus e bonde, já que evidentemente ele não podia me levar de carro.

Fazia um veranico e o ar estava denso e pejado de umidade, embora aliviado por uma brisa. Avancei pela rua margeada por estreitas casas iguais de dois andares, do tipo das que muito depois seriam reformadas e entrariam em moda, mas então eram consideradas simplesmente antiquadas e inadequadas. Era uma tarde de sábado e alguns homens cortavam grama em jardins exíguos, um deles de camisa de meia.

A porta da frente de Buddy estava escancarada; só a tela permanecia fechada. Toquei a campainha; como nada aconteceu, entrei. No chão havia uma palavra rabiscada com a esferográfica azul que vazava: SUBA. Devia ter caído de onde tinha sido colada, no lado de dentro da porta.

A parede do corredor era forrada de papel rosa com um motivo trançado, a casa cheirava levemente a madeira úmida, produto de polimento, tapetes no verão. Ao seguir para a escada, espiei para dentro da sala de estar: tinha mobília demais e cortinas cerradas, mas estava impecavelmente limpa. Vi que a mãe de Buddy mantinha sobre o trabalho caseiro ideias diferentes da minha. Pelo jeito ninguém estava em casa, e pensei que talvez Buddy tivesse organizado minha visita de modo que eu não esbarrasse com a mãe dele.

Subi a escada; no espelho do patamar de cima eu ia me encontrar comigo mesma. Na luz baça eu parecia mais velha, carne pesada, pele avermelhada de calor, olhos na sombra.

– É você? – perguntou Buddy lá de dentro. Ele estava no quarto da frente, recostado numa cama grande demais para o quarto. Era de madeira envernizada cor de chocolate, com a cabeceira e os pés entalhados; essa cama, enorme, antiquada, ritual, me deixou mais nervosa do que qualquer outra coisa no quarto, inclusive o próprio Buddy. A janela estava aberta e as cortinas brancas de barra de renda – de um tipo em que mamãe jamais pensaria, por causa da forma como teriam de ser alvejadas, engomadas e passadas – oscilaram um pouco no ar. Pela janela chegou o ruído de uma máquina de cortar grama.

À porta eu hesitei; sorri e entrei. Buddy estava com uma camiseta branca e coberto só com o lençol puxado até a cintura. Parecia mais brando, mais baixo, menor. Sorriu para mim e estendeu a mão.

– Trouxe uns biscoitos. – Estávamos tímidos os dois, por causa do silêncio e do vazio. Segurei a mão dele e ele me puxou brandamente para si. A cama era tão alta que acabei de me acercar já escalando. Deixei a sacola dos biscoitos ao lado dele e lhe passei os braços pelo pescoço. A pele dele cheirava a cigarro e sabonete, o cabelo estava penteado e ainda úmido. A boca tinha gosto de creme dental. Pensei nele andando com esforço pela casa, talvez com dor, se arrumando para me esperar. Eu nunca tinha pensado muito em garotos se aprontando para esperar garotas, lavando-se, olhando-se no espelho do banheiro, esperando, ficando ansiosos, tentando agradar. Agora eu via que eles faziam isso, que a coisa não acontecia só no outro sentido. Abri os olhos e olhei para Buddy enquanto o beijava. Eu também nunca tinha feito isso. De olhos fechados, Buddy era diferente, mais forte do que Buddy de olhos abertos. Parecia sonolento, e era como se estivesse no meio de um sonho perturbador.

Eu nunca tinha beijado tanto Buddy. Não havia perigo: ele estava doente. Ele gemeu baixinho, e achei que o tinha machucado.

– Cuidado – e ele me empurrou para um lado. Parei de beijar e deitei o rosto no ombro dele, junto ao pescoço. De lá eu via a cômoda, que combinava com a cama; tinha em cima um caminho de mesa de crochê e fotos de crianças em porta-retratos de prata. Acima pendia um espelho numa moldura baça com uma guirlanda de rosas entalhada; dentro aparecia Buddy comigo deitada ao lado. Imaginei que este fosse o quarto dos pais dele, a cama deles. Havia algo triste no fato de eu ficar deitada ali com Buddy, num quarto formal e atulhado, com sua beleza pesada, de uma alegria elaborada e escura. Para mim o quarto era algo estranho: a celebração de algo com que não conseguia me identificar e que nunca seria capaz de compartilhar. Jamais seria preciso muita coisa para satisfazer Buddy: bastava uma coisa assim. Era isso que ele esperava de mim, esse não muito, que era muito mais do que eu tinha. Jamais senti tanto medo de Buddy.

– Ei – chamou ele –, anime-se! Tudo vai dar certo. – Ele pensava que eu estava inquieta com sua hérnia.

Vimos que eu tinha rolado sobre a sacola de biscoito e reduzido tudo a migalhas, o que deu uma sensação de segurança, pois então pudemos rir. Mas quando chegou o momento de ir embora, Buddy ficou melancólico. Segurou minha mão.

– E se eu não deixar você sair?

A caminho da parada do bonde eu vi uma mulher andando em minha direção, carregando uma bolsa de mão grande, de couro, e uma sacola de papel. Tinha um rosto vigoroso e decidido, o rosto da mulher que por muito tempo teve de lutar, por uma coisa ou outra, de um jeito ou de outro. Olhou para mim como pensando que eu não queria nada que prestasse, e eu tomei consciência de meu vestido de algodão amarrotado de me deitar com Buddy. Imaginei que talvez fosse a mãe dele.

* * *

Buddy não tardou a melhorar. Nas semanas seguintes ele deixou de ser uma concessão, até uma piada, para virar obrigação. Continuamos a sair, nas mesmas noites de sempre, mas agora havia nele arestas antes ausentes. Às vezes Trish e Charlie saíam conosco, mas já não se agarravam desbragadamente no banco de trás. Davam as mãos e falavam baixo sobre coisas que soavam sérias e até sombrias, como o preço dos apartamentos. Trish tinha começado a juntar louça. Mas agora Charlie também tinha carro, e cada vez mais eu ficava com Buddy a sós, desprotegida. Buddy respirava mais forte e já não sorria bonachão quando eu lhe segurava a mão para fazê-lo parar. Estava cansado de meus catorze anos.

Comecei a me esquecer de Buddy quando não estava com ele. Era um esquecimento proposital, uma forma invertida de lembrar-me. Em vez de passar horas ao telefone falando com ele, passava horas fazendo roupa para as bonecas de minha irmãzinha. Quando não fazia isso, eu lia revistas em quadrinhos de meu irmão, que ele há muito abandonara, deitada no chão do meu quarto com os pés em cima da cama. Meu irmão já não me ensinava grego. Tinha extrapolado e entrado em trigonometria, coisa que eu jamais ia aprender, como ele sabia, e eu também.

* * *

Buddy se acabou numa noite de outubro, de chofre, como uma luz que é desligada. Eu ia sair com ele, mas, ao jantar, meu pai me aconselhou a pensar duas vezes: uma tempestade violenta estava prestes a cair sobre Toronto, chuva torrencial e ventania, e ele achava melhor eu não me expor fora de casa, ainda mais num carro como o de Buddy. Estava escuro; a chuva já castigava as janelas atrás das cortinas fechadas, e vagalhões de vento uivavam entre os freixos. Eu sentia a casa encolher. Minha mãe anunciou que ia buscar umas velas para o caso de faltar luz. Felizmente, lembrou ela, estamos em terreno elevado. Meu pai ainda disse que a decisão era minha, claro, mas só um louco sairia numa noite como aquela.

Buddy ligou para saber a que horas me apanhar. Respondi que o tempo estava piorando e talvez fosse melhor sair no dia seguinte. Por que ter medo de uma chuvinha?, argumentou ele; queria me ver. Eu disse que também queria vê-lo, mas talvez fosse perigoso. Ele disse que eu estava inventando desculpas. Eu disse que não.

Meu pai passou por mim no hall estalando os dedos em tesoura. Eu disse a Buddy que só um louco sairia numa noite como aquela, é só você ligar o rádio, está chegando um furacão, mas ele nem tomou conhecimento. Disse que se eu não saísse com ele no meio do furacão era porque não o amava o bastante. Foi um espanto: era a primeira vez que ele usava o verbo amar para se referir ao que havia entre nós oralmente e não no desfecho de uma carta. Quando respondi que ele estava dizendo uma estupidez, ele bateu o telefone, o que me deu raiva. Mas, claro, ele tinha razão. Eu não o amava o bastante.

Fiquei em casa e fui jogar xadrez com meu irmão, que venceu, como sempre. Nunca joguei muito bem: não suportava a espera e o silêncio. O jogo foi envolto num clima de reencontro que, no entanto, não duraria muito. Buddy se havia ido, mas fora um sintoma.

* * *

Este foi o primeiro de uma longa série de rompimentos atmosfericamente sobrecarregados com homens, coisa que na época eu não previ. Nevascas, trovoadas, ondas de calor, tempestades de granizo – eu haveria de romper em meio a tudo isso. Não sei bem o que era. Tem provavelmente algo a ver com os íons positivos, que eu levaria anos e anos para descobrir; mas vim a crer que havia em mim algo que inspirava gestos extremos, se bem que nunca pude precisar o que era. Depois de um desses rompimentos, consumado durante uma chuvarada gélida, meu ex-namorado me deu de presente um coração de vaca de verdade com uma flecha de verdade atravessada. Ele explicou que ia me dar aquilo no Dia dos Namorados e que não havia outra garota capaz de lhe dar valor. Passei semanas tentando entender se aquilo era ou não era um elogio.

Buddy não foi tão cordial. Depois do rompimento, nunca mais falou comigo. Mandou pedir por Trish que eu devolvesse a pulseira de identificação e eu a entreguei a ela no banheiro das meninas na hora do almoço. Ele queria dar a pulseira a outra pessoa, contou Trish, uma garota chamada Mary Jo, que fazia datilografia e não francês, naquele tempo um sinal seguro de que depois do secundário ela ia logo procurar emprego. Mary Jo tinha uma cara redonda e amistosa, franja de cão pastor na testa e peitos pesados, e de fato abandonou a escola cedo. Enquanto isso, usou o nome de Buddy em prata no pulso. Trish me traiu, embora não de imediato. Mais tarde, soube que tinha espalhado que eu havia passado um verão inteiro num estábulo.

Seria um erro dizer que eu não senti falta de Buddy. Também neste particular, ele foi o primeiro de uma série. Continuei a sentir falta dos homens que iam embora, mesmo quando, como se diz, não significavam absolutamente nada. Para mim, a categoria do absolutamente nada, como eu haveria de constatar, não existia.

Mas tudo isso é coisa do futuro. Na manhã seguinte ao furacão, eu só tinha a sensação de ter atravessado ilesa uma catástrofe. Depois de ouvir o noticiário – motoristas presos em carros virados, casas desmoronadas, a torrente, a calamidade, dinheiro levado pela correnteza –, meu irmão e eu calçamos botas de borracha e seguimos pela Pottery Road – velha, antes esburacada, agora decrépita e cheia de crateras.

O furacão Hazel   57

Não havia tanta coisa para ver como esperávamos. Vimos galhos arrancados e árvores tombadas, mas não tantas. O Don River havia transbordado e estava lamacento, mas era difícil dizer se as peças de carro meio afundadas e os desfigurados pneus de caminhão, as tábuas e os restos despedaçados levados e dispersos pela corrente, que encalhavam em terra onde a água tinha começado a recuar, eram vítimas novas ou apenas um maior volume do lixo a que estávamos habituados. O céu ainda estava encoberto; nossas botas chapinhavam na lama, de onde não se projetavam mãos estendidas. Eu esperava algo mais trágico. De fato duas pessoas tinham se afogado ali durante a noite, mas isto só mais tarde nós soubemos. É disso que eu mais me lembro em relação a Buddy: destroços de aparência comum, água já calma, luz melancólica.

LOULOU, OU A VIDA DOMÉSTICA DA LINGUAGEM

Loulou está na cocheira, trabalhando a argila. Calça meias de lã de trabalhador e um par de tênis que um dia foram brancos, mas evoluíram para uma cor parda, e veste uma saia vermelhão de algodão com estampa índia e uma bata ferrugem tão impregnada de argila que lhe cai como se fosse brocado, mangas arregaçadas acima do cotovelo. É sua roupa de trabalho predileta. Ao som de *A Flauta Mágica*, que vem do toca-fita CBC estéreo, ergue uma placa de argila e bate com ela no torno de cerâmica, dá-lhe meia-volta, ergue e bate. Faz isso para tirar as bolhas, para que nada vá explodir no forno. Certos oleiros contratam aprendizes para isso; Loulou, não.

É verdade que ela tem um aprendiz, aliás dois; consegue com o governo, como estagiários não remunerados. Eles fazem pratos e canecas pelos desenhos dela, mas isso é praticamente tudo de que são capazes. Ela não os considera habilitados para trabalhar a argila, têm bíceps murchos e pulsos de palito, tão mirrados em comparação com os musculosos braços dela, rijos e bem-proporcionados, e com suas mãos largas, firmes e bem torneadas que os poetas admiram tanto. *Marmóreas*, disse um deles, ou melhor, escreveu, obrigando Loulou a uma de suas frequentes incursões ao dicionário para ver se aquilo era um insulto.

No começo ela fazia isso às claras, sempre que eles usavam em relação a ela um termo que não conhecia, mas, quando descobriram, eles acharam graça e começaram a soltar de propósito palavras desse tipo: "Loulou é tão geomórfica", observou um, e já que ela corava e fazia cara feia, outro pegava a deixa: "E tem mais, é fundamentalmente ctônica." "Telúrica", propunha um terceiro. No fim, riam. Ela resolveu que a única solução era ignorá-los. Mas não era tão estúpida quanto eles pensavam, memorizava as palavras e, quando ninguém estava olhando, escapava para dar uma olhada no *Shorter Oxford* (que ficava no estúdio que só pertencia a um, mas na cabeça dela era *deles*), depois de lavar as mãos para não se trair deixando marcas de argila na página.

Toma as mesmas precauções para ler as revistas literárias deles. Desconfia que eles sabem. É seu jeito de manter-se a par do que eles realmente pensam dela, ou talvez só a par do que querem que ela pense que eles pensam. As revistas deviam ser secretas, mas Loulou entende que ler aquilo é direito seu, e uma espécie de dever. Encara essa leitura da mesma forma que a mãe dela encarava as gavetas de meias e roupa de baixo da família para separar o que era limpo do que tornavam a guardar depois de usado. Eram assim as revistas dos poetas. Geralmente como meias, mas nunca se sabe o que se vai encontrar.

"Loulou está ficando mais metonímica", leu ela outro dia. Há dias essa observação a incomoda. Às vezes tem ganas de interpelar: "Que diabo você quer dizer com isso?" Mas sabe que assim não chegaria a parte alguma.

"Loulou é a antagonista da ordem abstrata", diria um. É uma das convicções prediletas deles.

"Loulou é a antagonista do lixo abstrato."

"Loulou é a Suprema Divindade."
"Loulou é a grande almofada."
A coisa acabava com Loulou dizendo a eles pra dar o fora. Se insistissem, ela diria que não ia ter mais frango assado. Ameaçar de privá-los de comida em geral funcionava.

Ostensivamente, Loulou faz questão de manifestar desprezo em relação aos poetas, não tanto por eles próprios – que têm sua razão – mas por sua suscetibilidade em relação às palavras. "Que diferença faz o nome?", ela argumenta. "Um pedaço de pão é um pedaço de pão. Você quer ou não quer?" E ela se inclina para puxar do forno três dos seus famosos pães, dourados com perfeição, e os poetas admiram o traseiro dela, a anca. Às vezes olham acintosamente, como os outros homens, rosnando e estalando a língua, imitando operários. Eles gostam de imitar; no verão, jogam beisebol juntos e criam caso por causa do boné certo. Às vezes, porém, olham discretamente, e Loulou só fica sabendo que olharam pelos poemas que escrevem. Ela sabe quando o poema é sobre ela, embora eles troquem o seu nome: "minha dama", "a dama amiga", "minha amiga", "mulher minha", "a mulher do meu amigo". Jamais "garota", jamais o nome dela. *Traseiro* e *anca* tampouco são termos de Loulou; ela diria *bunda*.

Loulou não entende de música, mas gosta de ouvir. Neste momento a Rainha da Noite eleva o seu trinado e Loulou faz uma pausa para ver se a soprano vai até o derradeiro agudo. Ela quase não chega lá, mas chega, e Loulou, gozando o triunfo alheio, força o dedo na massa de argila. Depois a cobre com um plástico e vai à pia lavar as mãos. Daí a pouco o temporizador do forno vai disparar e um dos poetas, talvez o seu marido, nunca se sabe, vai chamá-la pelo interfone para ir ver o pão. Não é que eles não o tirassem, se ela pedisse; um dos quatro ou cinco provavelmente conseguiria. É que Loulou não confia neles. Há muito tempo ela concluiu que, em matéria de realidade, nenhum deles sabe a diferença entre o próprio umbigo e um buraco no chão. Se quiser que o pão saia do forno quando estiver assado mas não torrado, ela tem que tirar pessoalmente.

Não sabia quem estava na cozinha agora: seu primeiro marido com certeza, e o homem com quem ela havia vivido por três anos sem casar, e também o segundo marido, o atual, além de dois ex-namorados. Talvez meia dúzia, em torno da mesa da cozinha, bebendo o café dela e comendo biscoito e falando sobre tudo que eles não comentam quando ela está presente. No passado houve períodos de tensão entre eles, sobretudo quando Loulou estava trocando de parceiro, mas agora todos se dão bem. Fazem juntos uma revista de poesia, o que em geral os mantém a salvo de encrencas. A revista chama-se *Comma*, ou seja, *Vírgula*, mas entre si os poetas a chamam de *Coma*. Nas festas, eles gostam de abordar jovens candidatas a poetisa (a quem chamam pelas costas de "poetietes") e propor: "Eu gostaria que você entrasse em *Coma*." Um tempo atrás *Comma* publicava sobretudo poemas sem vírgula, mas isso está saindo da moda, do mesmo jeito que as barbas estão dando lugar aos bigodes ou até ao barbeador. A coisa mais ousada que os poetas já fizeram foi raspar as suíças. Loulou não sabe bem se aprova isso.

Ela não sabe se os poetas são poetas bons, se os poemas que escrevem em profusão têm algum valor. Nesse particular, Loulou não tem opinião: só importa o que eles escrevem sobre ela. Os poemas saem nos livros, mas pra quê? Pra ganhar dinheiro, não é. Não se ganha dinheiro com poesia, são os poetas que dizem, a menos que você também cante e toque uma guitarra. Às vezes eles fazem uma palestra e ganham uns duzentos dólares. Para Loulou, isso equivale a fazer três panelas de barro médias com tampa. Por outro lado, não arcam com as despesas dela. Ao contrário, pesam no orçamento dela.

Loulou não se lembra exatamente de como se envolveu com os poetas. Não é que ela tivesse uma queda especial por poetas: simplesmente aconteceu. Após o primeiro, os outros pareceram suceder-se naturalmente, quase como se estivessem todos atados ao mesmo cordão. Andavam sempre por ali, e ela vivia muito ocupada para sair e procurar outro tipo de homem. Agora que a atividade dela vai tão bem, seria natural pensar que ela teria mais tempo livre, mas não é isso que acontece. Todo o tempo livre que tem ela passa com os poetas. E eles estão sempre a alfinetá-la por trabalhar demais.

Bob foi o primeiro, e também seu primeiro marido. Ele estava na escola de Belas-Artes no tempo dela, mas concluiu que não era talhado para aquilo. Não tinha habilidade prática, deixava tudo ressecar: tinta, argila, até as sobras na geladeira de solteiro, como Loulou descobriu na primeira noite em que dormiu com ele. Ela dedicou a manhã seguinte a limpar a cozinha, jogar fora pires com restos petrificados de ervilha cozida, pernas de frango roídas e ressecadas, pacotes rachados de presunto fatiado velhos de dois meses, e pedaços de queijo gordurosos por fora e por dentro duros como o azulejo da cozinha. Loulou sempre odiou a desordem, que ela, em poucas palavras, define como coisa fora do lugar. Contrariado, mas grato, Bob ficou olhando enquanto ela arremessava e esfregava coisas. Talvez tenha sido por isso que resolveu amá-la: ela ia fazer esse tipo de coisa. Mas o que ele disse foi: "Você me completa."

Disse também que tinha se apaixonado pelo nome dela. Todos os poetas fizeram isso, um após outro. O primeiro sintoma é perguntar a ela se Loulou é apelido. Louise? Quando ela diz que não, eles olham para ela com o olhar vago que ela reconhece instantaneamente: é como se eles nunca lhe tivessem dado a devida atenção, ou sequer a visto antes. Para ela esse olhar é a parte predileta de toda nova relação com um homem. Tem sido melhor que o sexo, embora Loulou goste bastante de sexo e todos os poetas tenham se mostrado bons de cama. Mas Loulou nunca dormiu com um homem que não achasse bom de cama. Ela já começa a pensar que isso acontece porque não é muito exigente.

No começo Loulou ficou intrigada com essa obsessão por seu nome, pensando que fosse obsessão por ela, mas não era. O que os interessava era a lacuna, como explicou um deles (não foi Bob, talvez Phil, o segundo, que era o mais linguístico de todos).

– Que lacuna? – perguntou Loulou desconfiada. Ela sabia que seus caninos superiores eram um pouco separados, quando mais jovem aquilo a incomodava.

– A lacuna entre a palavra e o significado – respondeu Phil. Sua mão estava no peito dela e ele tinha lhe dado um aperto distraído, como que para ilustrar o que queria dizer. Estavam na cama. Em geral Loulou não gosta de conversar na cama. Mas também não gosta muito de conversar em outras situações.

Phil explicou que o nome Loulou evocava a imagem de dançarinas francesas de cancã, de corpete, cintura de vespa, cachos louros e riso borbulhante. E havia a Loulou real – morena, cabelo liso, constituição robusta, marmórea e, bem, não muito borbulhante. Mais terrena, pode-se dizer. (Loulou não sabia então o que ele queria dizer com "terrena", mas agora já aprendeu que, para ele, para todos eles, significava "funcionalmente analfabeta".) O problema é este, disse Phil: O que há no espaço entre Loulou e seu nome?

Loulou não sabia de que ele falava. Que espaço? No passado ela ficara ressentida com a mãe por lhe ter atrelado esse nome, gostaria de chamar-se Mary ou Ann. Talvez suspeitasse que a mãe preferia de fato uma filha mais adequada ao nome – loura, esguia, cacheada – e em vez disso teve Loulou, baixa, larga, queixo obstinado, sem grande interesse nas roupas de boneca de crochê cheias de fitas que a mãe fizera laboriosamente para ela. Loulou gostava de fazer bolo de lama, que arrumava cuidadosamente em cima da grade, no pórtico dos fundos, para que as pessoas não pisassem neles. A reação da mãe aos bolos era dizer "Oh, Loulou!" como se *Loulou* significasse lama, problema, consternação.

– É só um nome – ponderou ela. – Phil também é um nome idiota, se você quer saber.

Phil respondeu que o problema não era esse, ele não a estava *criticando*, mas Loulou tinha cortado a conversa subindo nele e deixando o comprido cabelo cair sobre seu rosto.

Isso foi no começo; na época ele gostava do cabelo dela. "A tropa", como chamou em um poema, bem mais tarde. Loulou não se entusiasmou quando foi conferir no dicionário. O termo podia referir-se a trabalhadores braçais, até ao gado. Para Loulou, a consequência do poema foi lavar mais a cabeça. Cedo ou tarde todos os poetas falavam do seu cabelo, que ela estava cansada de ver comparado à cauda de cavalo, pelo de cachorro terra-nova, buraco negro, fundo de caverna. Quando se enraivecia mais, ela ameaçava os poetas de cortar o cabelo à escovinha, mesmo sabendo que estava brincando com a sorte.

Depois de enxugar as mãos, Loulou tira a bata. Por baixo ela tem uma camiseta lilás de manga comprida com a inscrição OTIMISTA RADICAL na frente. Fora presente coletivo de Natal dos poetas. Algumas semanas antes, um deles tinha perguntado: "Por que você é tão mal-humorada, Loulou?" E ela havia respondido: "Só fico de mau humor quando vocês ficam me alfinetando", e, depois de uma pausa: "Comparada com vocês, eu sou uma otimista radical." Era verdade, embora eles zombassem dela por isso mesmo. Em grupo eles podem rir, mas só Loulou viu a todos de um em um, sentados horas a fio com a cabeça nos braços cruzados, quase incapazes de se mexer. Foi Loulou que segurou a mão deles quando não davam conta na cama e disse que havia outras coisas igualmente importantes, embora ela nunca soubesse precisar quais eram. Foi Loulou que saiu e se embebedou com eles e os ouviu falando sobre o vazio da vida e sobre a assustadora página em branco e sobre toda forma de arte como um modo de fugir ao suicídio. Loulou acha tudo isso um monte de asneiras: ela não entende que fazer panela de barro com tampa ou fruteira de porcelana seja fugir ao suicídio, mas, como eles já observaram muitas vezes, o que ela faz não é arte, é artesanato. Uma vez Bob perguntou quando ela ia diversificar sua atividade para o macramê, e ela despejou a pá de lixo em cima dele. Mas ela os acompanha cerveja após cerveja, chega ao ponto de vomitar junto com eles, quando é preciso. Um deles disse um dia que ela era dadivosa.

O interfone soa quando Loulou está pendurando a bata. Ela o faz soar de volta, para mostrar que ouviu, tira o elástico do cabelo, que alisa com a mão, olhando-se no espelho mexicano redondo de metal acima da pia da cocheira, e antes de sair vai ver a pequena Marilyn, sua nova aprendiz.

Marilyn ainda tem dificuldade com a asa das xícaras. Loulou vai ter que voltar e explicar-lhe a técnica. Se a asa não ficar reta, dirá, a xícara vai ficar torta quando for levantada, e quem estiver bebendo vai derramar a bebida e se queimar. É assim que você deve expor as coisas para o aprendiz: em termos de lesões corporais. Para Loulou, é importante que as peças saiam certas. São o seu ganha-pão, embora ela goste mais de trabalhar em coisas maiores, vasos tipo ânfora, terrinas um tamanho acima do que qualquer outro seria capaz de modelar. Certa vez um outro oleiro disse que para dar um jantar com as peças de Loulou era preciso um guindaste, mas isso foi uma manifestação de inveja. O que mais dizem dela é que não brinca em serviço.

Loulou joga no ombro o suéter rosa, bate a porta da cocheira e caminha para casa, assobiando e batendo os pés para tirar a argila. A cozinha cheira a fermento do pão que está assando. Loulou aspira o cheiro deleitada: cheiro de sua própria criação.

Os poetas estão ao redor da mesa da cozinha, tomando café. Talvez seja uma reunião, difícil dizer. Alguns acenam para ela, outros sorriem. Hoje há duas poetisas presentes, e Loulou não gosta muito. Do seu ponto de vista, elas não têm grande coisa a oferecer: são quase tão medíocres quanto os poetas, sem a graça redentora de ser homem. Usam muito preto e têm maçãs do rosto salientes.

Fodam-se as maçãs da cara delas, pensa Loulou. Ela sabe o que isto significa. Aos olhos dos poetas, os poetas *dela*, essas poetisas são nervosas e atraentes. Por vezes eles louvam seu trabalho, com certo exagero, às vezes falam do seu corpo – nunca na presença delas, claro – e de como seriam na cama. As duas abordagens deixam Loulou furiosa. Ela não gosta das poetisas – comem seus bolinhos e são condescendentes com ela, e Loulou suspeita que têm intenções em relação aos poetas, alguns dos quais talvez já tenham se deixado empolgar, a julgar por seus modos arrogantes – mas também não gosta quando são humilhadas. O que realmente a irrita é que, durante essas conversas, os poetas agem como se ela não existisse.

De fato, porém, as poetisas não contam. Nem fazem parte da junta editorial de *Comma*. Ficam na periferia, como mascotes, e hoje Loulou praticamente as ignora.

– Vocês podiam ter feito mais café – diz ela em sua voz mais irritadiça.

– Que é que há, Loulou? – Phil é sempre o primeiro a reagir a Loulou e a seu mau humor. Não que ela precise de muita sintonia fina.

– Nada em que você possa dar jeito – retruca ela secamente. Tira o suéter e empina o peito. *Marmóreo*, pensa. Chega de poetisa de peito chato. Tudo chato.

– Ei, Loulou, que tal um pouco de nictação? – propõe um poeta.

– Ela vai achar que é uma coisa suja – pondera outro. – Vai confundir com micturição.

– Quer dizer pestanejar, Loulou – explica o primeiro.

– Ele achou na seção de curiosidades – diz um terceiro.

Loulou tira a assadeira do forno, levanta um pão, dá-lhe uma pancadinha, recoloca o pão na assadeira e a assadeira no forno. Eles são capazes de continuar com isso durante horas. Se lhes der um pingo de atenção, deixam você louca.

– Como é que você aguenta a gente, Loulou? – perguntou Phil uma vez. Às vezes Loulou também tenta entender, e não consegue. Mas sabe por que eles a aguentam, não é só porque ela paga a hipoteca: ela é robusta, previsível, está sempre lá, com ela eles se sentem protegidos. Mas ultimamente ela tem pensado: Quem vai me proteger, a mim?

* * *

Já é outro dia, e Loulou está a caminho do contador a fim de seduzi-lo. Calça umas botas vermelhonas com anos de idade e marcas de umidade de neve lamacenta, uma saia larga cor de cereja que fez com pano de cortina quando estava na escola de Belas-Artes e uma camisa social de homem tingida de lilás – é o máximo que ela consegue em matéria de roupa formal. Por causa da parte da cidade aonde vai, onde predominam lojas centro-europeias, padarias e lojas de roupa com blusas amareladas bordadas na vitrine e lugares onde se vendem ovos de Páscoa de madeira pintados à mão e jogos de xadrez com peões em forma de cossacos, ela jogou na cabeça um xale preto de lã. Assim, pensa, fico mais étnica e não chamo a atenção; ela se sente até meio clandestina. Um dos poetas já disse que Loulou está para *farol baixo* assim como Las Vegas à noite para uma lâmpada de sessenta watts, mas na verdade, com seu cabelo comprido de um preto leve, olhos pretos grandes e os firmes planos do rosto, ela tem um jeito decididamente camponês. Essa aparência é reforçada pelas duas sacolas de plástico que leva, uma em cada mão. Mas não carrega compras de casa, e sim recibos e canhotos de cheques dos dois anos anteriores. Loulou está atrasada com a declaração de rendimentos, primeira razão para arranjar um contador. Por que não matar dois coelhos com uma cajadada?

Está atrasada com a declaração porque tem medo de dinheiro. Quando estava casada com Bob, dinheiro era coisa que nenhum dos dois tinha, portanto a declaração não era problema. Phil, com quem ela viveu depois, era bom com números, e embora não tivesse renda nem, portanto, imposto a declarar, lidava com a declaração dela como se fosse um jogo, uma espécie de Palavas Cruzadas avançado. Mas o atual marido, Calvin, acha dinheiro uma coisa chata. Tudo bem ter – como Loulou, cada vez mais –, porém falar em dinheiro é baixaria e perda de tempo. Segundo Calvin, quem realmente lê formulários de imposto de renda ou, pior ainda, quem os entende, já tem o cérebro danificado de forma grave e irreversível. Loulou passou a despachar suas faturas e calcular seus ganhos na cocheira, não mais na mesa da cozinha, e assim as operações de adição e subtração ganharam conotações de sexo proibido. Talvez seja isso que a levou ao passo que está prestes a dar. Barco perdido, bem carregado.

Ademais Loulou, ultimamente, vem sentindo um melancólico desejo de proteção. O desejo vai e vem, sobretudo quando não faz sol, e em geral ela não lhe dá muita atenção. Contudo, está presente. Todo o mundo depende dela, mas quando ela precisa de ajuda – com a declaração de renda, por exemplo –, ninguém aparece. Podia pedir a Phil para voltar a fazer, mas Calvin era capaz de criar caso. A vontade dela é entregar as duas sacolas a um homem, um homem pacato e metódico, dotado de força interior e que não fosse feio demais, que esclarecesse o teor dos documentos, lhe dissesse para não se preocupar e que, quem sabe, não tinha nada a pagar.

Antes de encontrar o contador, Loulou passou várias tardes batendo o centro financeiro. E quando pensou tê-lo localizado ficou tão intimidada com as torres de vidro hermeticamente fechadas e com a ideia da recepcionista de cabelo feito e unha pintada que nem passou da porta de nenhum dos endereços encontrados nas Páginas Amarelas. Parou na esquina como se esperasse o sinal fechar, olhando homens de negócios que passavam apressados, alguns com o tipo de sobretudo que os poetas não usariam, bege ou azul-marinho, de aspecto resistente mas provocadoramente lascado atrás, ou terno completo, desafiadoramente fechado com centenas de botões e zíperes, traseiro firme de jogador de tênis oculto sob camadas de lãs caras, gravata acenando tentadoramente abaixo do queixo como a ponta solta de uma peça de macramê na parede: um puxão, e tudo se desenrola. Os poetas, com seus moletons e jeans, parecem mais acessíveis, mas são limitados por paradoxos e frequentemente neurastênicos. Os homens de negócios seriam simples e inteiros, vermelho e azul primário em vez de vermelhão ou violeta, batata em vez de, como os poetas, abacate meio passado.

Contemplá-los encheu Loulou de um sensualidade intensa e vaga, embora ela também os achasse tocantes. Ela era como uma banqueira de meia-idade rodeada de donzelos adolescentes: ansiava ser a primeira, embora a princípio sem saber direito em quê. Mas compreendia que sabia muita coisa que aqueles homens provavelmente ignoravam: os poetas, nos dias bons, eram pelo menos inventivos.

Loulou não pensa no contador que agora tem como um contador real, que para ela é um contador assustador. Não fica numa torre de vidro nem tem recepcionista produzida, embora tenha diploma na parede e até terno completo (só um, suspeita Loulou). Ela o achou casualmente na Queen Street, comprando frango fresco em A. Stork, o melhor lugar para isso na opinião dela, sobretudo para quem precisa de muito, como era o caso, porque à noite todos os poetas vinham jantar. A caminho do ponto do bonde com a sacola de frango tenro, Loulou viu uma placa escrita à mão na janela de um loja de tecidos: IMPOSTO DE RENDA, e abaixo alguma coisa numa língua estrangeira. Foi o fato de ser escrito à mão que fez Loulou decidir: se além do mais estava mal escrita, ela ia se dar muito melhor.

Atrás do balcão estava um pequenino homem calvo, barricado por rolos de fazenda vermelhona e com uma prateleira de botões na parede atrás dele, mas não era o contador. O contador ficava numa sala dos fundos onde não havia nada, exceto uma mesa de madeira do tipo que Loulou identificava com seus professores primários, outra cadeira e um arquivo. Quando Loulou entrou, ele se levantou e se ofereceu para colocar em algum lugar a sacola dela.

– Não, obrigada – respondeu Loulou, pois via que ele não tinha onde colocá-la: em cima do arquivo havia uma samambaia, evidentemente nos estertores, e, se ela aceitasse, ele ficaria ainda mais confuso do que já estava; portanto, ela iniciou sua primeira reunião com uma sacola de frango no colo.

Depois disso, ela foi lá mais duas vezes. Ele dá a ela mais tempo do que realmente é necessário, talvez porque não seja lá muito ocupado. E conversa com ela mais do que é preciso. A essa altura, Loulou já o conhece bem. Está mais difícil começar, ele explicou. A loja é do pai, que lhe emprestou a sala em troca do serviço de contabilidade. O pai é tcheco de primeira geração e ele próprio fala duas línguas, além do inglês. Neste bairro – ele abre as mãos num gesto resignado –, isso ajuda. Trabalha para algumas padarias, uma loja de ferragens e uma joalheria de segunda mão, além de velhos amigos do pai. Talvez as coisas melhorem quando a recessão acabar. Ele também conta, espontaneamente, que seu passatempo é halterofilismo. Loulou não perguntou se é casado, acha que não. Se fosse, a samambaia estaria mais apresentável.

Ele fala, Loulou faz que sim com a cabeça e sorri. Ela não sabe bem a idade dele. Jovem, acha ela, embora tente parecer mais velho usando óculos de aro de metal. Ela acha que as mãos dele são bonitas, não são mãos de contador, não são compridas. Na segunda reunião, ele foi à loja e voltou com xícaras de chá, o que Loulou achou atencioso. Então ele pediu a opinião dela sobre o carpete. Ela já estava com dó dele. Descobriu que ele raramente saía para almoçar; quase sempre trazia comida da loja de frios do outro lado da rua. Ela logo pensou em trazer uns bolinhos para ele.

Esses temas – carpete, halterofilismo, comida – são acessíveis para Loulou. O difícil é que ele resolveu que ela não era uma oleira, mas uma artista, e sua ideia não combina com o modo como a própria Loulou se vê. Ele espera que ela seja sinuosa e excêntrica, quase extraterrena; fala, constrangedoramente, do "impulso criativo". Para Loulou, isso é muito poético. Ela já tentou explicar que trabalha com argila, que não é nada etérea. "É como fazer bolos de areia", explicou, mas isso ele não quer ouvir. E ela não encontrou palavras para fazer com que ele entendesse o que ela queria dizer: que ao modelar uma bilha ela fica animada, exatamente como ficava fazendo bagunça no pórtico dos fundos da sua mãe. Se ele a visse como realmente fica ao trabalhar, de mãos meladas, entenderia que ela não é bem uma flor.

Na segunda vez em que o viu, o contador confessou que invejava a liberdade dela. Ele gostaria de fazer algo mais criativo, mas é preciso ganhar a vida. Loulou se conteve para não observar que ela parecia se sair melhor que ele. Com ele, ela usa de mais tato do que jamais usou com os poetas. O fato é que está começando a gostar da visão que ele tem da pessoa dela. Às vezes ela chega a acreditar, e pensa que talvez esteja prestes a aprender algo de novo sobre si mesma. Começa a se achar misteriosa. Em parte é por essa razão que ela quer ir pra cama com o contador; acha que com isso vai mudar.

Se soubessem, os poetas ririam, mas ela não está disposta a contar. No entanto, anunciou o advento do contador na mesma noite, com os poetas todos em torno da mesa comendo frango e discutindo uma coisa que chamavam "a linguagem". Atualmente eles fazem muito isso, e Loulou está ficando entediada. "A linguagem" não são apenas palavras: é algo cercado por essa aura mística, como a religião, ela sabe pelo modo reverente com que eles baixam a voz para mencioná-la. Todos tinham acabado de ler um novo livro. "Estou realmente penetrando o fenômeno da linguagem", disse um, e os outros mastigavam em silenciosa comunhão.

– Eu arranjei um contador – contou alto Loulou para quebrar o encanto.

– Arranjou? Mas já deu conta dele? – perguntou Bob. Os outros riram, exceto Calvin, que começou a expor as chances que teria o contador de escapar de Loulou, que eles consideraram nulas. Detalharam as posições e lugares onde Loulou acabaria por acuá-lo (debaixo da mesa, em cima do arquivo) e as contusões que ele sofreria. Pintaram-no repelindo Loulou com uma caneta.

Irritada, Loulou roía uma coxa de frango. Claro, os poetas não acreditavam que nada disso fosse acontecer. Eram muito convencidos: depois de conhecer todos eles, como ela ia rebaixar-se tanto? Não sabiam de nada.

* * *

Loulou se aproxima da porta da loja assobiando Mozart. Pensa no contador e imagina como será o corpo dele sem o terno, e ao mesmo tempo em amanhã, quando terá de começar a trabalhar numa encomenda de doze vasos de planta para um bom cliente. Nos dois casos, o problema é apoiar direito os pés. Loulou não entende de judô, mas está sempre consciente da posição dos pés em relação ao resto do corpo.

O contador espera por ela, uma forma imprecisa atrás do vidro empoeirado da porta. Passa das seis, e a loja está fechada. Loulou explicou, astuta, que não podia vir mais cedo. Não queria o homenzinho calvo rondando por ali.

O contador destranca a porta para ela. Os dois atravessam o cheiro de lã e algodão recém-cortados a caminho da sala dele, e Loulou despeja pela mesa inteira a sacola de recibos (presos em maços com elásticos; não lhe falta um senso de ordem). Ele parece gostar e diz que com certeza há muita coisa para pôr em dia.

Ele traz duas xícaras de chá, senta-se, apanha um lápis com a ponta feita e pergunta qual a área de sua casa que poderia ser declarada como local de trabalho. Loulou conta o arranjo da cocheira. Ela não usa o corpo principal da casa, explica, não para trabalhar, pois os poetas sempre a ocupam. Às vezes até moram lá, mas isso depende.

– De quê? – pergunta o contador franzindo um pouco a testa.

– De estarem ou não morando em outra parte.

Ao ouvir Loulou dizer que eles não pagam aluguel, o contador faz cara de censura e diz que ela não devia deixar as coisas correrem dessa forma. Loulou explica que os poetas nunca têm dinheiro, exceto quando ganham uma bolsa. O contador se levanta e começa a andar para um lado e para outro, o que é difícil, pois Loulou ocupa muito espaço. Ele diz que Loulou se deixa dominar, que isso não é bom e que ela deve acabar com esta situação.

Talvez Loulou sentisse isto mesmo de tempos em tempos, mas ouvir o contador dizer abertamente a perturba. Para onde iriam os poetas? Quem cuidaria deles? Ela não queria demorar-se neste assunto agora, é complicado, talvez até penoso. O que ela faz é levantar-se, separar e plantar firmemente os pés no chão, interceptar o contador quando ele passa e, com um puxão aqui e uma pressãozinha ali, acabar com os braços dele mais ou menos em torno dela. Ela recua e se encosta à mesa para equilibrar-se, põe a mão para trás e derruba a xícara dele na papeleira. Ele nem percebe, felizmente não estava quente.

Depois de um tempo, o contador tira os óculos de aro de metal e, transcorrido mais um tempo, diz, a voz uma oitava abaixo do normal:

– Eu não contava com isso.

Loulou não diz nada – ela só mente quando é indispensável – e começa a abrir os botões do colete. Quando chega à camisa, ele ergue a cabeça, olha em volta e murmura:

– Aqui não.

Ótimo, porque ele ainda não tem carpete e o chão é de cimento pintado.

Ele a leva para a loja agora escura e começa a abrir caminho entre os rolos de fazenda. Loulou não entende o que ele está fazendo até que ele escolhe um rolo de veludo rosa-escuro, que desenrola e estende no piso atrás do balcão com um floreio, como o cavalheiro que estende a capa sobre a poça de lama. Loulou admira o modo como age, é tanta habilidade que não pode ser a primeira vez que ele faz isso. Ela se deita no veludo, estende os braços para ele e, após alguns minutos lidando desajeitadamente com a roupa, dedos trêmulos, eles fazem amor, um tanto apressados. O piso é de cimento e o veludo não é muito grosso. Loulou fica preocupada com os joelhos dele.

– Bem – diz o contador. Ele se senta e começa a se vestir. Faz isso com muita habilidade. Loulou desejaria que esperasse um pouco, seria mais cordial, mas ele já está se abotoando. Talvez tema que chegue alguém. Ele enrola o tapete de veludo rosa e recoloca o rolo em seu lugar na prateleira. Eles voltam à sala e ele acha os óculos e os coloca, e promete a ela apresentar alguns números dentro de talvez duas semanas. Não fala em vê-la nesse intervalo; talvez esteja abalada a imagem que ele tinha dela como uma delicada flor artística. Mas ele se despede com um beijo. A última coisa que lhe diz é: "Não deixe que as pessoas se aproveitem de você." Loulou sabe que ele pensa que acaba de fazer exatamente isso com ela. Ele é como os poetas: acha que ela não percebe suas intenções.

Loulou decide voltar a pé para casa, a mais de um quilômetro e meio de distância, e não de bonde. Precisa de tempo para se acalmar. Por um lado está exultante, como sempre fica ao levar a cabo o que se dispôs a fazer, por outro está confusa. Ficou diferente, ou não? Fora o próprio sexo, que Loulou jamais criticaria e foi bom, embora meio rapidinho, em que deu aquilo tudo? Não se sentia mais conhecida, mais compreendida. Aliás, sente-se menos compreendida. Incógnita. É como se todas aquelas palavras que os poetas lhe pregaram ao longo dos anos tivessem se desfeito e agora vagassem rumo às nuvens, como balões. Se ela fosse um dos poetas, tiraria disso uma conclusão: é exatamente sobre esse tipo de coisa que eles gostam de escrever. É melhor escrever sobre um não evento do que sobre um evento, diz Phil, porque em relação ao não evento você pode arquitetar o significado, qualquer coisa que diga que significa. Para os poetas nada se perde, e mesmo que se perca eles podem escrever sobre a perda. O que ela deve fazer é jogar todos no lixo.

Loulou chega à sua casa de três andares de tijolo vermelho e nota, como sempre, o gramado descascado. Em relação ao gramado, os poetas divergem: uns acham que é uma coisa burguesa; outros, que é ultrapassado dizer isso. Loulou diz que ela mesma não vai aparar a grama nem que se dane. É um impasse. Ela sobe o caminho da frente, sem assobiar, e abre a porta. No corredor, mergulha no cheiro familiar da casa, mas é como um cheiro que vem da infância. De algo que ficou para trás.

Os poetas estão na cozinha, em torno da mesa atulhada de papéis, xícaras de café e pratos com migalhas e restos de manteiga. O olhar de Loulou passa de um poeta para outro como se fossem figuras de um quadro, como se nunca os tivesse visto. Ela podia sair na mesma hora para nunca mais voltar, e cinquenta anos depois eles estariam lá, com os mesmos pratos, as mesmas xícaras, a mesma manteiga barata. Só que ela não sabia aonde iria.

– Acabaram os bolinhos – informa Bob. Loulou o encara.

– Fodam-se os bolinhos – retruca ela afinal, mas sem convicção. Bob parece cansado, pensa ela. Já se veem nele sinais de idade, aliás em todos. É a primeira vez que ela nota. Eles não vão durar para sempre.

– Aonde você foi? – quer saber Calvin. – São mais de sete e meia. – É seu jeito de dizer que eles querem jantar.

– Meu Deus, você não tem jeito – diz Loulou. – Por que não mandaram buscar pizza? – Que ela saiba, eles nunca telefonaram para pedir pizza. Nunca precisaram.

Ela se deixa cair pesadamente à mesa. A vida que tem levado lhe parece agora totalmente insana. Como é que foi acabar nesse manicômio? Seguindo sempre em frente, sem tirar os olhos do chão. Desse jeito você pode acabar seja onde for. Não é que o contador seja mais normal que os poetas, nem uma possível alternativa. Ela nem vai se deitar com ele outra vez, não pretende, pelo menos. Mas ele é outro, é outra pessoa. Ela também podia ser outra. Mas qual outra? Por trás de tudo, o que é Loulou, realmente? Como vai saber? Afinal, talvez seja o que os poetas dizem que ela é; talvez só tenha por si a palavra deles, suas palavras.

– Pizza – começa Bob num tom indignado. – Sacana... – mas os outros o mandam calar a boca. Percebem que há algum problema, e fazem questão de não saber o que é.

— Reifique a pizza — diz Calvin a Phil. — Use o telefone. É uma moderna invenção da tecnologia ocidental. — Agora se fingem de estrangeiros. É um jogo que encenam com mais frequência quando há tensão no ar do que quando não há.

— Insira o dedo no orifício que houver — diz Calvin. — Gire o pulso.

— Com anchova, então — Bob não adere ao jogo. Loulou ouve as vozes deles viajando para ela pelo espaço, como se estivessem lá fora. O que vê é o veio da madeira da mesa, junto a sua mão.

— Loulou acha que *reificar* quer dizer *tornar real* — diz Phil depois de desligar. Eles estão sempre a falar dela assim, na terceira pessoa, um dizendo ao outro o que ela acha. A verdade é que ela nunca tinha ouvido a palavra na vida.

— Então o que é, sabichões? — pergunta Loulou com um esforço, livrando-se de certa beligerância para colocá-los à vontade.

— Se Loulou não existisse, Deus teria que inventar — diz Bob.

— Deus, o diabo — diz Phil. — Nós inventaríamos. Já fizemos isso uma vez, não foi?

Para Loulou, a coisa está indo longe demais. Ela não foi inventada por ninguém, muito obrigada. Eles inventam coisas sobre ela, mas isso é outra história.

— Cale a boca — diz ela.

— Reificar — pontifica Phil — significa transformar em outra coisa que, tenho certeza de que a maioria de nós concorda, não é bem a mesma.

Loulou olha em torno. Tudo está no lugar, todos olham para ela para ver o que vai dizer agora. Ela levanta o queixo.

— Por que não? Qual é a grande diferença?

E eles relaxam, riem, dão pancadinhas no ombro um do outro como se fossem parte de um time e acabassem de marcar um gol. Isso, dizem, é bem Loulou, e de repente ela vê que é isso que eles esperam dela, talvez tudo que esperam: que ela seja *apenas Loulou*. Nada mais, porém com certeza nada menos. E talvez isso não seja tão mau.

GATAFEIA

✺

Joel odeia novembro. Por ele, novembro você pode largar na calha do lixo, ele não vai reclamar. Frio, chuvinha fina, todo o mundo deprimido, e, pela frente, um inverno para atravessar. O senhorio tornou a desligar o aquecimento, então Joel tem que deixar os seus pãezinhos endurecerem até quebrar, ou então ligar o aquecedor elétrico, o que implica aumentar a conta de eletricidade. O senhorio faz isso para prejudicá-lo pessoalmente, ele, Joel. Por isso mesmo, Joel se recusa a se mudar. Diz às pessoas que gosta do prédio, o que é verdade: é uma joia antiga, nos bons tempos foi uma mansão, com sua entrada em arco e seus vitrais. Mas não quer fazer a vontade do velho sanguessuga. Quando morava aqui, Becka lidava bem com ele. Bastava ela se debruçar na balaustrada quando o patife estava lá embaixo e usar a sua voz adequada, aquela aveludada, e a temperatura subia, recurso fora do alcance de Joel.

Ele gostaria de estar num lugar quente, mas como ia pagar? Azar o seu se tributaram as bolsas – não que ele tenha grande chance de arranjar outra, do jeito que vão as coisas.

As coisas não vão muito bem. Ele começa a achar que teatro de rua é coisa para a Califórnia: aqui você só trabalha três meses por ano, e parte desse tempo faz calor demais e os atores derretem dentro daquelas máscaras grandes. Nem dirigir é fácil. No verão passado, o sol lhe provocou uma queimadura na cabeça, ali onde está ficando calvo. Foi logo depois que Becka o apanhou no banheiro, de costas para o espelho, olhando a cabeça por um espelho de mão com moldura violeta, o dela. Durante semanas ela não lhe deu trégua. "Já contemplou hoje a sua máscula beleza?" "Que tal uma peruca?" "Louro você ia ficar lindo. Combina com seu crânio." "Você já usa pelo autoadesivo no peito?" "Você podia cortar a barba e grudar na cabeça, né?" Talvez ele tivesse pedido aquilo: ele se lembrava de ter mexido com ela por gastar vinte e cinco dólares no cabeleireiro, pouco depois de se mudar para o apartamento dele. O dinheiro era dela, mas eles iam dividir despesas. Ele a chamou de luxenta. Ela se lembrava de que ele se lembrava, claro. A memória dela captura delatores: está cheia deles.

Joel tem frio nos dedos. O apartamento lembra uma partida de futebol americano na chuva. Ele descansa a Bic preta com que há meia hora não escreve nada, se espreguiça, coça a cabeça. Por um momento recorda, irritado, a caneta italiana de caligrafia que Becka exibiu algum tempo: exibição que acabou como todas as outras. Ele volta à estaca zero.

A peça em que estão trabalhando deve ser encenada dentro de duas semanas. A Crucificação segundo Solemate Sox, com a diretoria apresentada como Judas. Vão encená-la ao lado dos piquetes, o que animará os companheiros – pelo menos era essa a ideia. Joel não está muito seguro em relação à peça, que já provocou discussão dentro do grupo. O conceito era de Becka. Seu raciocínio era que deviam escolher símbolos com que os trabalhadores se identificassem, e a maioria era de portugueses, e todos conheciam a história de Judas, basta olhar para os gramados deles, todos aqueles cristos sangrentos e virgens marias com bebês de arrepiar. Embora, por isso mesmo, não faltasse quem tivesse a impressão de que um Cristo em forma de uma meia enorme, tricotada com listas vermelhas e brancas, podia ser demais para eles. A comunicação era capaz de sair pela culatra. O próprio Joel não se sentia muito à vontade, mas votou por Becka, porque nesse momento eles ainda estavam tentando se acertar e ele sabia o inferno que ia ser pagar o aluguel caso se voltasse contra ela. Mais uma prova de que você nunca aceita que eu me expresse, era o que ela ia dizer.

Ele espera que não chova: se chover, além do mais, a meia gigante vai ficar encharcada. Talvez fosse melhor largar isso, tentar outra abordagem. Façam o que fizerem, porém, provavelmente vão dar com o subgerente e o próprio velho saindo e os acusando de antissemitismo. Isso acontece muito com Joel; tornou-se mais frequente depois da peça sobre o Líbano e a venda de armas à África do Sul que encenaram fora do Beth Tzedec no Yom Kippur. Talvez tenham ido longe demais quando mostraram a vala comum de tela atulhada com bonecos de bebês e salpicada de tinta vermelha. Alguns membros da trupe achavam que talvez aquilo fosse de mau gosto, mas Joel declarou que o conceito de mau gosto era apenas uma forma internacionalizada de coação pelo Sistema.

Joel não acredita em panos quentes. E quando você bate, também leva. As coisas estão ficando de um jeito que agora ele mal pode ir a uma festa. Embora não deva evitar todas, só um certo tipo, aquelas onde encontraria primos em segundo grau e homens com quem foi à sinagoga e agora são dentistas ou abriram firmas. Mesmo antes da peça sobre o Líbano, já não eram muito cordatos. Na última festa uma desconhecida, mais velha, veio lhe dizer:

– Em vez de apertar sua mão eu devia lhe chutar o estômago.

– Para quê? – perguntou Joel.

– Você sabe – respondeu ela. – Você tem topete. Comendo nossa comida. Devia ter uma indigestão.

– Não acha que se devia discutir esta situação abertamente? – perguntou Joel. – Como fazem em Israel?

– Gói não tem direito.

– Quem é gói aqui?

– Você – disse a mulher. – Você não é judeu de verdade.

– E de repente você está autonomeada comissão para a pureza da raça. Leia o Torá. Antigamente apedrejavam os profetas.

– Besteira – decretou a mulher.

Joel não se quer deixar abalar: tem suas credenciais. "Querem parentes massacrados?" é o que podia dizer. "Eu tenho." "Então, como ousa traí-los?" é o que iam responder. "Você está cuspindo nos mortos." "Você acha que eles aprovariam o que está acontecendo?", ele retrucaria. "Um erro não justifica outro."

Então se faz silêncio dentro dele, pois isto ninguém jamais saberá.

* * *

A cabeça de Joel está doendo. Ele se levanta da escrivaninha, senta-se na cadeira onde pensa, parecida com aquela onde seu pai lia o jornal, uma espreguiçadeira La-Z-Boy forrada de couro sintético. Joel comprou a sua pelo menos de terceira mão da organização beneficente Goodwill, por nostalgia e desejo de conforto, embora Becka tenha dito que foi para agredi-la. Ela jamais suportaria tal mobília, principalmente a mesa tipo pingue-pongue, estava sempre em campanha por uma mesa de jantar de verdade, embora, como Joel sensatamente observaria, viesse a ter dupla função.

– Você está sempre falando em burguesia – diria Becka, e era verdade. – E essa cadeira é a essência burguesa. Extrato de burguesia. – Ela escandia a palavra em três sílabas: *bur-gue-sia*. Talvez fizesse isso de propósito, para atingi-lo estragando a palavra, embora na única vez em que ele a corrigiu (*única*, ele tem certeza) ela dissesse: "Bem, desculpe eu estar viva." Acaso ele podia evitar, depois de passar um ano em Montreal? Ela não. Não podia evitar nenhuma das coisas a que ele tivera acesso e ela não.

Ele pensara que eles estavam entabulando um diálogo do qual, mais cedo ou mais tarde, emergeria um consenso. Achara que tinham se empenhado num processo de adaptação recíproca. Aqui, porém, agora, não havia diálogo. Só um degradante bate-boca.

Joel decide que não vai mais ficar remoendo aquela merda pessoal. Há coisas mais importantes no mundo. Ele pega o jornal espalhado no chão, onde sabe que vai ler versões distorcidas e censuradas de algumas delas; mas exatamente quando se prepara para ler as "Cartas dos Leitores", míopes, estúpidas, o telefone toca. Joel hesita: talvez seja Becka, e ele nunca sabe como Becka vai atacar. Mas a curiosidade é mais forte, como acontece tantas vezes quando se trata dela. Não é Becka, porém.

* * *

– Eu vou lhe cortar o pescoço – murmura uma voz de homem num tom quase sensual.

– Com quem o senhor deseja falar? – Joel está fazendo sua melhor imitação de um mordomo inglês de um filme dos anos 1930. Ele vê muito filme clássico.

Não é o primeiro telefonema desse tipo que recebe. Às vezes é um antissemita querendo cortar sua cabeça judia; às vezes é um judeu querendo cortar-lhe a cabeça porque na sua opinião ele não é bastante judeu. Em ambos os casos a mensagem é a mesma: sua cabeça tem que rolar. Talvez fosse o caso de apresentar os dois, eles cortariam cada um a cabeça do outro; pelo jeito, têm bossa para isso. Mas Joel gosta de sua cabeça onde está.

A recepção de Joel deixa desconcertado o cara, que resmunga alguma coisa sobre vermelhos imundos. Joel diz que o Sr. Murgatroyd não está, gostaria de deixar nome e número de telefone? O covarde desliga, Joel também. Joel está molhado de suor. Não suava quando isso começou, mas os telefonemas às duas da madrugada lhe dão nos nervos.

Joel não quer virar um desses paranoicos que se jogam debaixo do sofá quando alguém bate à porta. Aqui não tem Gestapo, diz ele para si mesmo. Precisa é comer. Vai à cozinha e revira a geladeira, mas não acha grande coisa. Becka é que fazia a maior parte das compras. Sem ela, ele regrediu a seus antigos hábitos: pizza, frango do KFC, rosquinha da Dunkin' Donuts. Ele sabe que não é bom para a saúde, mas se entrega ao nocivo numa espécie de perversa rebelião contra ela. Ele justificava seu gosto dizendo que é isso que come o trabalhador médio, porém mesmo então sabia que estava encobrindo vício com ideologia. Mas já deve estar chegando à meia-idade, pois ainda toma os comprimidos de vitamina que Becka lhe impunha ameaçando-o com beribéri, prisão de ventre e escorbuto se ele se esquivasse. Ele recorda com certa pena a fase das fibras.

A verdade é que até a cozinha diária de Becka, embora boa, o enervava. Ele tinha sempre a sensação de estar na casa errada, não na sua, pois nunca associava lar a comida tragável. Sua mãe cozinhava tão mal que a maioria das noites ele se levantava da mesa com fome. À meia-noite ia rondar o apartamento, com o estômago roncando tão forte que ele temia acordá-la, descalço, pé ante pé, rumo à cozinha. Seguia-se a caça aos únicos produtos comestíveis, que vinham sempre da Hunt's ou da Woman's Bakery: pastéis de maçã, bolinhos, biscoitos. Ela os escondia; nunca ficavam na geladeira ou na cesta de pão, porém jamais parecia desconfiar que era ele que ia comer no meio da noite. Cauteloso como um assaltante girando a combinação de um segredo, ele desmontava a cozinha, tirando do lugar, um a um, potes e pilhas de pratos. Ela chegava a esconder comida na sala de visitas; uma vez até no banheiro, debaixo da pia, o que era revoltante. Ele se lembra da sensação de desafio, da crescente excitação, do triunfo quando finalmente apareciam as familiares sacolas oleosas de papel pardo com tampa bem fechada e o leve cheiro de comida passada. Ele guarda uma imagem de si mesmo de pijama, agachado ao lado da presa recém-descoberta debaixo da espreguiçadeira, que arrastava para se empanturrar de bolinho Chelsea com um prazer maligno. No dia seguinte ela nunca mencionava o sumiço. Uma ou duas vezes ele falhou, mas só uma ou duas. Isso tampouco ela mencionou.

Agora, cutucando o caos de sua própria geladeira, Joel também não acha o que comer. Tem um pouco de iogurte, mas é sobra da Becka e, a essa altura, seu estado é suspeito. Resolve sair. Demora mas localiza a jaqueta, na última gaveta de roupa do armário do hall. Por algum motivo, as coisas não ficam penduradas onde ele as pendura. A jaqueta tem a inscrição *Bluejays* nas costas e punhos puídos; está sebenta no peito há anos, desde que ele se arrastou com ela pra baixo do carro, tentando, num exercício de futilidade, provar a alguém que era capaz de explicar um vazamento. O carro, em si, era um exemplo de irracionalidade: nunca havia explicação racional para nada do que lhe acontecia, para nenhuma das peças que despencavam. A sensação de Joel era que sair naquele carro era menosprezar a comunidade motorizada, os esnobes a bordo de automóveis, a ideia platônica do carro; ele se recusava a barganhar. Foi este carro que acabou roubado. "Foi um favor que eles fizeram", opinou Becka.

Um dia Becka ameaçou queimar sua jaqueta Bluejays. Se você quer usar uma etiqueta machista idiota, podia pelo menos escolher um time vencedor; o que mostra o quanto ela entendia de beisebol. Ser apontada assim ela tolera. Mas a essa altura ele já começou a ignorá-la, pelo menos a ignorar o que ela diz, não o que está por trás do que diz. Na medida do possível.

Enquanto ele fecha o zíper, o telefone toca. Joel desconfia que é mais um vendedor insistente, devia instalar uma secretária eletrônica para saber quem está ligando antes de atender. Mas desta vez é mesmo Becka. Esta noite com a vozinha triste em que ele jamais confia. Ela merece mais confiança quando fala firme.

– Oi, Becka – diz ele numa voz prudentemente neutra. – Como vão as coisas? – Foi ela que saiu, embora "sair" seja um termo brando para contar o que se passou, de modo que, se alguém precisa de apaziguar alguém, é ela. – Você precisa de alguma coisa?

– Não seja assim – reclama ela após uma breve pausa para refletir.

– Assim como? Que há de ruim no meu jeito?

Ela suspira. Ele está acostumado com os suspiros: ela suspira ao telefone melhor do que qualquer outra mulher que ele conheça. Se ela não tivesse suspirado tantas vezes para ele, se ele já não soubesse os custos embutidos na conta dos suspiros, ele se deixaria levar. Mas ela se esquiva da pergunta; desta vez ia lhe fazer face.

– Pensei que eu podia ir aí, pra gente conversar.

– Claro – Joel escorrega para o velho hábito: nunca recusou uma proposta para discutir o assunto. Mas ele sabe aonde leva essa conversa. Imagina o corpo de Becka, que ela sempre guarda como argumento definitivo; e que ela chama de opulento, e ele, de gordo. Algumas de suas primeiras discussões giraram sobre essa divergência. – Eu não vou sair.

* * *

Mas após desligar ele sente ter aceitado com essa facilidade. Quer dizer que eles vão pra cama. E daí? Que é que isso vai provar? Será que nas suas costas ela está preparando outra jogada? Ele já não sabe se está disposto a passar mais uma vez pelo processo inteiro. Seja como for, está com fome. Bate à máquina um bilhete – manuscrito ficaria muito íntimo – dizendo que foi chamado de última hora para uma reunião importante, fala com ela mais tarde. Não diz que *a vê* mais tarde. Abre a porta dos fundos, por onde ela vai chegar, e prega lá o bilhete, notando enquanto isso que alguém jogou um ovo na porta: os restos escorrem pela pintura, meio endurecidos, a casca quebrada caiu no passeio.

Joel torna a entrar, fecha a porta. Lá fora está escuro. Alguém se deu ao trabalho de contornar a casa e ir assim até os fundos; alguém que sabe exatamente quem mora atrás daquela porta. Não era um lance esporádico, alguém que ia passando com um ovo na mão e teve o impulso de atirá-lo. Joel tem alternativas: pode ser um dos *nut-slicers*, ideia que não lhe agrada. Talvez o senhorio: foi dele que suspeitou a semana passada, quando encontrou um prego enfiado no pneu traseiro da bicicleta. Não acha que seja uma autoridade. Já suspeitou mais de uma vez que a Polícia Montada tinha grampeado seu telefone, ele conhece aquele guincho nítido na linha, e não tem dúvida de que está na lista deles, como muita gente neste país que não fez nada. Mas eles não se dariam ao trabalho de jogar ovo na sua porta.

Ou talvez Becka. Jogar um ovo na sua porta e depois ligar para dar uma compensação porque se sente culpada de uma coisa que jamais confessará a ele – é o estilo dela. "Que ovo?", ela vai dizer se ele perguntar, com aquele olhinho de esquilo inocente, e como ele vai ter certeza? Uma vez, juntos numa festa, ouviram uma fofoca sobre uma mulher que acabara de se separar de um homem que os dois conheciam. A mulher tinha ido ao correio e preenchido em nome dele um cartão de mudança de endereço para uma cidade no meio da África. Joel não gostava muito do homem e achou a história hilariante. Becka não, embora tivesse ouvido com mais atenção do que ele e perguntado por detalhes. Agora ele se espanta de ela ter arquivado a história. Ele agora tenta lembrar o resto, as outras coisas que a mulher fez: interceptar a roupa dele voltando da lavanderia e cortar fora todos os botões, mandar coroas fúnebres para a namorada nova dele. Joel não corre nenhum dos dois perigos: não manda camisa para a lavanderia nem tem namorada nova. É só ter cuidado com o correio.

Agora ele reflete se é mesmo uma boa ideia sair. Becka ainda tem a chave, o que ele vai ter de resolver logo. Quando voltar é capaz de ela estar no apartamento, esperando. Ele decide arriscar. Vendo que ele não está, ela pode ir embora ou esperar, ela é que sabe. (Para ele, deixar a decisão com ela sempre foi uma das melhores táticas; ela fica enfurecida.) Seja como for, ele deu seu passo. Mostrou a ela que não está muito interessado. Agora todo esforço cabe a ela.

Enquanto procura a carteira na pilha de livros, documentos e meias ao lado da cama, Gatafeia se esfrega em sua perna, ronronando. Ele coça a gata atrás da orelha e a puxa pelo rabo devagar, coisa de que, tem certeza, gato gosta. ("Pare com isso, você vai quebrar a espinha dela!", protestava Becka. Mas, pra começo de conversa, Gatafeia era o raio da gata dele.)

– Gatafeia – diz ele. Ela está com ele quase há tanto tempo quanto a espreguiçadeira La-Z-Boy e a mesa de pingue-pongue: já viveu muita coisa ao lado dele. Ela vira para cima o focinho meio laranja, meio preto, dividido ao longo do nariz, uma gata Yin e Yang, como dizia Becka em sua fase cereal orgânico e energia corpo-mente.

A gata o segue para a porta, desta vez a da frente, ele vai sair pelo hall comum e descer a escada, onde há luz da rua. Ela mia, mas ele não quer que ela saia, de noite não. Ela não tem ovários mas vagabundeia por aí e às vezes se mete em brigas. Talvez os gatos não percebam que ela é menina; ou talvez achem que é e ela resiste. Joel costumava elaborar penetrantes análises das excursões sexuais de Gatafeia para Becka no café da manhã. Fosse qual fosse a razão, a gata está maltratada: foi mordida nas orelhas, tratadas por ele com uma pomada antibiótica que ela tirou às lambidas. Ele pensa em distraí-la com comida, mas a ração felina acabou, mais um motivo para ele sair. Tira da geladeira o duvidoso iogurte e o deixa no chão, aberto para ela.

* * *

Joel limpa a boca, empurra o prato. Empanturrou-se: bife à milanesa, batata frita, tudo. Agora está farto e preguiçoso. A sala dos fundos do Blue Danube era um de seus lugares prediletos para comer antes de ir morar com Becka, ou melhor, de ela vir morar com ele. É barato, lá o dinheiro rende, a qualidade é boa. E tem outra vantagem: vem mais gente atrás de comida barata, estudantes de arte, em duplas ou sós, atores e atrizes desempregados, os que estão rondando mas não estão desesperados, ou são ricos ou bastante indiferentes para frequentar bar de solteiro.

Becka jamais gostou deste lugar, de modo que foi deixando aos poucos de comer ali. Mas foi lá que comeram juntos pela última vez: para eles, sinal certo de que a maré tinha virado.

Becka tinha voltado do banheiro e se deixado cair na cadeira em frente a ele, como se acabasse de fazer uma descoberta capaz de abalar o mundo.

– Adivinhe o que escreveram no banheiro das mulheres.
– Conte.
– "As mulheres fazem amor, os homens guerra."
– E daí? Escreveram com batom vermelho ou rosa?
– Daí que é verdade.
– E você acha isso uma revelação? – retrucou Joel. – Não são os homens que fazem guerra. São certos homens. Você acha que aqueles garotos de classe operária têm vontade de embarcar para serem abatidos? São os generais, é...
– Mas não são as mulheres, são? – insistiu Becka.
– Isso não tem nada a ver com nada – Joel já estava exasperado.
– É isso que eu critico em você. Só vale o seu maldito ponto de vista, não é?
– Bobagem. Não se trata de ponto de vista. Trata-se da História.

Joel falou já se sentindo, como sempre acontecia, dominado pela futilidade do que tentava fazer: pra que serve persistir numa sociedade como esta, que está sempre a dar dois passos para frente e dois pra trás? Frustração, falta de dinheiro, indiferença, e como se fosse pouco as incessantes farpas dentro da esquerda para provar quem é mais puro. Se houvesse um combate de verdade (ele pensa em "armas", não em "guerra"), e se fosse aberto, as coisas ficariam mais claras; mas também isso pode ser visto como uma tentação, o impulso de ver a luta alheia sob uma luz romântica. É difícil decidir qual forma de atuação é válida. Será que só morrendo você pode ser autêntico, como os puristas parecem acreditar? Ainda não viu nenhum diante do pelotão de fuzilamento. Talvez tenha tomado o bonde errado; talvez o teatro de rua não seja o gênero adequado aqui, onde as ruas são tão limpas e ordenadas e não há gente morando em choupanas ou esgotos nem deitada em esteiras nas calçadas. Às vezes ele acha que estão todos brincando de teatro, se fantasiando para um jogo que não leva a nada. Mas esse estado de espírito não costuma durar.

– As guerras são travadas para que os poderosos possam continuar no poder – diz ele, tentando ser paciente.

– Você não acha que um dia vai *vencer*, acha? – diz Becka baixinho. Ela sabe ler os pensamentos dele, mas só nos momentos ruins.

– Não se trata de vencer. Eu sei de que lado quero ficar, só isso.

– Que tal ficar do meu lado, para variar? – retruca Becka.

– Que merda é essa?

– Não estou com fome. Vamos pra casa.

Agora é a palavra *casa* que ecoa no ar para Joel, lamentosa, em tom menor. Casa não é um lugar, disse Becka uma vez, é um sentimento. Talvez o problema seja este, respondeu Joel. Para ele, quando menino, era a ausência de uma coisa que devia estar lá. Ir pra casa era ir pro nada. Melhor ficar fora.

Ele passa os olhos pela sala enfumaçada, pelos casais, demora-se nas mulheres sós. Por que não confessar? Saiu esta noite para procurar, como já fez muitas vezes: alguém com quem ir para casa, pra casa dela, não a sua, na esperança de achar nesse lugar ignoto – mais um lugar ignoto – alguma coisa desejada. Foi o telefonema de Becka que lhe despertou esse desejo: ela tem esse efeito sobre ele. Todo passo que ela dá para cercá-lo, prendê-lo, o empurra para um canto, provoca o desespero da fuga. Ela nunca disse isso abertamente, mas o que quer é continuidade, compromisso, monogamia, todo o mecanismo. Quarenta anos do mesmo jeito, noite após noite, é muito tempo.

Ele avista uma mulher que conhece ligeiramente, lembra-se do verão, quando faziam *O Tomate Monstro Canibal* perto de Leamington para trabalhadores agrícolas sazonais. (Choupanas com água fria. Inseticida no pulmão. Falta de assistência médica. Intimidação. Boa peça.) A mulher era uma atriz secundária, um personagem que carregava uma placa. Pelo que se lembra, ela estava dando para alguém da trupe, era a única explicação para sua presença. Ele espera estar certo, espera que ela não seja politizada demais. Becka não era politizada quando ele a conheceu. Fazia arteterapia numa clínica de malucos, ajudava a se expressarem com jornal molhado e cola. Tinha uma calma, uma paciência que, depois ele percebeu, não passava de um verniz profissional, mas na época ele se instalou naquela imagem como quem se deita numa rede. Gostou de tentar educá-la, e ela embarcou na tentativa para imitá-lo, ou agradá-lo. Que erro!

Nos últimos anos ele veio a compreender que o tipo de mulher que devia empolgá-lo – intelectuais de tendências esquerdistas capazes de sustentar um debate, que acreditam em igualdade e podem ser boas camaradas – não é o que de fato o empolga. Essa descoberta não o envergonha como antes o envergonharia. Prefere mulheres de fala mansa, que não vivem o tempo todo no mundo do intelecto nem levam tudo com uma seriedade acachapante. Ele precisa é de alguém que não fique discutindo se ele é machista demais, se é certo ou errado estimular os capitalistas usando desodorante, se a esfera pessoal também é política e se a política também é pessoal, se ele é antissemita ou misógino, ou antiqualquercoisa. Alguém que não fique discutindo.

Ele empurra a cadeira e se encaminha para lá, pronto para uma rejeição. Elas sempre podem despachá-lo. Ele não se importa muito, nunca tenta forçar a barra. Não tem sentido ser desagradável, e não quer ficar com alguém que não queira estar com ele. Nunca entendeu por que se estupram mulheres.

Essa mulher tem cabelo arruivado dividido no meio e puxado pra trás. Está sentada curvada sobre sua massa e fingindo-se absorvida num livro grande mas não encadernado aberto ao lado do prato. Joel recita a fala inicial.

– Oi, é bom ver você de novo. Posso me sentar?

Ela olha pra cima com aquela cara de estranheza que tantas vezes ele já viu, aquela cara de quem está saindo de um transe. *Você me deu um susto*, como se não tivesse consciência de que ele estava se acercando. Tinha consciência. Ela o reconhece, hesita, indecisa; depois sorri. Está agradecida, ele bem vê, pela companhia; deve ter acabado com o fulano. Aliviado, ele se senta. Mesmo sabendo que ninguém está realmente observando, ser rejeitado como um cãozinho desastrado ainda lhe dá a sensação de ser um idiota.

E o livro? É sempre um bom começo. Ele se vira para ver o título: *Como os edredons foram feitos ao longo da história*. Essa é difícil: não entende nada disso, e se interessa ainda menos. O palpite dele é que ela é o tipo de mulher que lê a respeito mas nunca põe a mão na massa; mas começar dizendo uma coisa destas seria agressivo demais. É um erro começar inferiorizando a mulher.

– Você quer uma cerveja – pergunta –, ou é vegetariana?

— De fato sou — ela responde com aquele minissorriso contraído e superior que elas dão. Não tinha entendido a piada. Joel suspira: a grande abertura fracassou.

— Então você se incomoda que eu fume?

Ela fica mais branda. Evidentemente não quer mandá-lo embora.

— Tudo bem. O salão é grande. — Ela não lembra que já está cheio de fumaça, e ele fica gostando mais dela.

Ele pensa em dizer: "Você mora por aqui?", mas não consegue, não vai fazer isso de novo. "Fale de você" também é inadmissível. Mais cedo do que normalmente, ele se vê derivando para o realismo social.

— Hoje está sendo um dia de merda. — É isso que ele sente, não está fingindo, o dia está sendo mesmo uma merda e tanto; mas em outro plano ele sabe que quer solidariedade, e em ainda outro tem consciência de que isto é um artifício útil: se elas tiverem dó, como é que vão despachar você?

Becka dizia que ele tinha pau desmontável. Conforme a versão dela, ele o desatarraxava, punha-lhe uma coleira e o levava a passear, como se fosse um bassê sem pernas ou um porco caçador de trufas (metáfora dela). Segundo ela, ele se enfiava em qualquer buraco, qualquer fenda que encontrasse, qualquer coisa cuja forma lembrasse, mesmo vagamente, um túnel, uma mulher. Em suas criações mais surrealistas (quando ela ainda tentava conviver com o que chamava esse costume dele, antes dela trocar o termo para *compulsão*, quando ela ainda tentava encarar aquilo com bom humor), ele tinha se imaginado preso numa ratoeira, ou num tronco de árvore morta, ou numa torneira, sem conseguir se livrar porque o pau tinha cometido um erro. Que se pode esperar, dizia ele, de um animal primitivo e sem olhos?

– Se eu lhe arranjar uma ovelha e um par de botas de borracha você fica mais em casa? – propôs ela. – A ovelha podia ficar na garagem. Se a gente tivesse garagem. Se não fosse tão burguês ter garagem.

Mas ela não tinha razão, não era atrás de sexo que ele andava. Ou não só de sexo. Às vezes, no meio de uma transa, ele pensa que preferia estar correndo em torno do quarteirão, ou vendo um filme, ou jogando pingue-pongue. O sexo é apenas um prelúdio social, como um aperto de mão antigamente, é o primeiro passo para conhecer alguém. Uma vez superado, você pode se concentrar no que interessa; embora, sem sexo, de certa forma você não consiga. Ele gosta de mulher, gosta de simplesmente conversar com mulheres, às vezes. Aquelas com quem gosta de conversar, rir junto com elas, são aquelas a que ele se refere em particular como "as repetentes".

– Por que eu não basto? – protestou Becka logo após as duas ou três primeiras, quando entendeu. Ele mentia mal; não gostava de ser obrigado a esconder as coisas.

– Isso não tem importância – argumentou ele, tentando consolá-la; ela estava chorando. Então ele ainda a amava, de uma forma singela. – É tão importante quanto um espirro. Não é um compromisso emocional. Você é que é um compromisso emocional.

– Se não tem importância, por que você faz?

Ele não achou resposta.

– Eu sou assim, é só isso. Isso é parte de minha pessoa. Você não pode aceitar?

– E eu sou assim. – Ela chorava ainda mais. – Você me faz sentir como um zero. Como se eu não valesse mais que um espirro.

– Isso é chantagem. – E ele se afastou. Não suportava que extraíssem dele amor e fidelidade como quem espreme suco de

Gatafeia

laranja ou arranca dente. Fora com o espremedor, fora com o boticão. Ela devia saber que era sua principal relação: ele tinha dito e repetido.

O nome da mulher, que ele tinha esquecido mas tira dela fingindo quase se lembrar, é Amelia. Trabalha numa livraria, claro. Olhando com mais atenção, ele vê que ela não é tão jovem como a princípio ele pensava. Tem umas ruguinhas começando a aparecer em torno dos olhos e uma linha se formando das narinas ao canto da boca; mais tarde vai descer até o queixo, que é pequeno e pontudo, e vai aparecer o olhar irritadiço e necessitado. As ruivas têm pele delicada, envelhecem logo. Ela usa uma corrente no pescoço, com flores secas num pendente de vidro. Ele suspeita que é o tipo de mulher que tem prismas pendurados na janela e um cartaz de baleia acima da cama, e quando chegam à casa dela vê que tem mesmo.

* * *

Amelia vem a ser um tipo veemente, o que lhe agrada; de certa forma é uma elogio. Ele está também surpreso: não dava para adivinhar olhando antes para ela, com aquela reserva e decência quase pudica, com a forma como contraiu o bumbunzinho e o afastou quando ele pôs a mão em cima enquanto ela abria a porta. Joel não sabe por que sempre espera que as mulheres de orelha furada com brinco de miniestrelas de ouro, maçãs salientes e tórax mirrado sejam discretas na cama. É alguma noção antiquada do bom gosto que ele tem, se bem que a essa altura devia saber que as magras têm mais terminações nervosas por centímetro quadrado.

Depois ela retoma sua postura discreta, como se estivesse um pouco envergonhada dos gemidos, de tê-lo agarrado daquele modo, como se afinal ele não fosse praticamente um estranho. Ele tenta imaginar quantas vezes ela já foi pra casa com alguém que mal conhecia; está curioso, tem vontade de perguntar: "Você faz muito isso?" Mas sabe por experiência que elas podem sentir essa pergunta como um insulto, uma espécie de injúria contra seus padrões morais; mesmo que, como ele, elas façam. Às vezes, sobretudo com as mais jovens, ele tem o impulso de as aconselhar a não portar-se assim. Nem todo homem vale o risco, nem os que comem no Blue Danube. Alguns podem ser violentos, gostar de chicote, alfinete de segurança, ser pervertidos, assassinos; diferentes dele. Mas qualquer interferência de sua parte pode ser interpretada como patriarcalismo: também é por experiência que ele sabe. Elas são as suas próprias sentinelas; e, de qualquer forma, por que reclamar?

Amelia está recostada nele, cabeça no seu bíceps, cabelo ruivo espalhado sobre seu braço, boca frouxa; ele está contente com sua simples presença física, com seu calor animal. As mulheres não gostam de ser comparadas a regalos para as mãos, e ele sabe; mas para ele o termo é expressivo e afetuoso: algo de pele que envolve e aquece você. É disso que ele precisa para atravessar novembro. De um modo meio distante, ela está sendo até amistosa. Ele não pode contar que elas sejam sempre amistosas depois. Sabe-se que já o acusaram, como se fosse uma coisa que ele fizesse sozinho, nelas e não com elas; como se elas não tivessem nada a ver com o pato.

* * *

Ele gosta desta a ponto de sugerir que assistam a um programa de TV, experiência que não partilha com qualquer uma. Sexo, tudo bem; cinema na TV, não. Será que ela tem comida em casa, quem sabe um bolo, para comer com a mão durante o filme e lamber glacê dos dedos um do outro? Está de novo com fome e, sobretudo, desejando a sensação de conforto que a comida lhe daria. Existe algo especial no glacê de limão no escuro. Mas quando ela diz sem rodeios que não, quer dormir, precisa levantar cedo e ir à academia antes do trabalho, para ele tudo bem do mesmo jeito. Ele se veste, de coração leve, a coisa toda o animou. Tem aquela sensação oculta de ter se dado bem de novo, entrou e saiu pela janela sem ser apanhado: aqui não tem papel pega-mosca. De passagem, lembra o dia em que percebeu que a mãe escondia biscoito não para o impedir de achar, mas para que ele achasse, e como se enfureceu e se sentiu traído. Tinha visto a ponta do robe verde de chenile virando velozmente o corredor; ela estivera do lado de fora da cozinha, escutando-o comer. Devia saber como cozinhava mal, e esta era sua forma indireta de fazer com que ele comesse alguma coisa. É o que ele acha agora, mas na época só sentiu que tinha sido controlado e manipulado o tempo todo. Talvez tenha sido então que ele começou a duvidar do livre-arbítrio.

Amelia se virou de lado e está quase dormindo. Ele a beija e diz que ela não precisa levá-lo à porta. Não sabe se gosta dela a ponto de se encontrar com ela de novo; conclui que não. Não obstante, memoriza o número dela, que está no telefone da mesa de cabeceira; deixa para anotar depois, na cozinha, onde ela não vai perceber. Ele nunca sabe se um dia não vai precisar de uma informação como esta. Na tempestade todo porto é porto bom, e, quando a curva da satisfação desce a níveis muito baixos, ele precisa de alguém, e então, dentro de certos limites, não faz muita diferença quem.

Urina no vaso dela, dá descarga, nota o adesivo antinuclear no espelho e os potes de tempero lutando pela vida no parapeito da janela. Depois entra na pequena cozinha, acende a luz e de passagem lança uma breve investida contra a geladeira, na esperança de encontrar alguma coisa gostosa e que não seja saudável. Mas ela é de comer tofu e ele, relutante, vai embora.

Joel não pensa em Becka. Não pensa até que a chave já está na fechadura e lhe vem uma súbita imagem dela à sua espreita lá dentro, cabelo preto caindo em torno do rosto como uma figura de Lorca, grandes olhos feridos olhando para ele, um instrumento de morte na mão: um saca-rolha, um descascador de batata, ou, ideia mais clássica, um furador de gelo, embora ele não tenha. Cautelosamente, ele abre a porta, se esgueira para dentro e fica aliviado porque nada acontece. Talvez, afinal, esteja tudo acabado. Ocorre-lhe que esqueceu de comprar ração para a gata.

O alívio dura até ele chegar à sala. Ela esteve aqui, sim. Olha chocado as entranhas da La-Z-Boy espalhadas no piso, os fios internos projetando-se do que resta da armação, chumaços de espuma do sofá lançados contra a lareira como detritos atirados à praia pelo mar, como se Becka fosse uma tormenta, um furacão. Em outro canto acha todas as bolas de pingue-pongue, enfileiradas e pisadas; parecem ovos de tartaruga arrancados da mãe. Parte de suas cuecas está na lareira, a orla meio enegrecida, ainda fumegando.

Joel encolhe os ombros. Maldosa e dramática, pensa ele. É só trocar os objetos. Aqui não há nada insubstituível. Ela não vai triunfar com tanta facilidade. Mas não tocou na máquina de escrever: sabe exatamente até onde pode ir.

É então que ele vê o bilhete. *Quer recuperar Gatafeia? Ela está num latão de lixo. Comece a procurar.* O bilhete está pregado na grossa vela artística laranja, um dos primeiros presentes dela para ele, colocado na cornija da lareira. Foi como se afinal ele recebesse a visita de Papai Noel, que veio a ser o monstro contra o qual a sua mãe sempre o prevenia quando Joel dava sinais de querer um Natal como o dos outros garotos do quarteirão. *Papai Noel só traz carvão e batata podre. Pra que você precisa dele?*

Mas isto não era Papai Noel, era Becka, que sabe exatamente onde cravar a faca. Ela não diz se Gatafeia está viva ou morta. Jamais gostou da gata, mas claro que não chegaria ao ponto de matar. Incapaz de reconhecer o próprio medo, ele, porém, teme o pior. Tem que buscar e tirar a limpo. Já ouve unhas arranhando metal, miados aflitos, o pânico se avoluma enquanto ele torna a fechar o zíper. Finalmente, sabe que ela não se detém diante de nada.

Ele percorre um círculo de raio cada vez maior pelas ruas em torno da casa, abrindo todos os latões, fuçando sacos, tentando ouvir miados abafados. Não devia estar gastando tempo com uma coisa tão banal, tão pessoal; devia poupar energia para as coisas importantes. Precisa é de perspectiva. Isso é Becka mais uma vez no comando. Talvez seja mentira, talvez Gatafeia esteja sã e salva na casa nova dela, ronronando ao lado do registro do aquecimento. Talvez Becka o esteja obrigando a passar por isso tudo por nada, na esperança de que ele chegue à porta dela e ela possa torturá-lo ou premiá-lo, conforme a disposição dela no momento.

– Gatafeia! – chama ele. Diz para si mesmo que está em estado de choque, que isso o atingirá amanhã, quando ele acabar de absorver todas as implicações de um futuro sem Gatafeia. Por enquanto, porém, ele pensa: *Por que fui dar a ela esse nome idiota?*

* * *

Becka vai andando pela rua. Já andou muitas vezes ali mesmo. Para si mesma diz que não há nada estranho nisso.

Não calça luvas, e tem sangue na mão direita, além de quatro linhas cruzando o rosto. Na mão direita, leva um machado. Na verdade algo menor, uma machadinha, aquela que Joel tem ao lado da lareira para rachar gravetos a fim de acender a lareira. Houve tempo em que ela gostava de fazer amor com ele no tapete em frente à lareira, à luz laranja da grossa vela. Isso durou até que ele reclamou que ali havia sempre uma corrente de ar e que ele preferia ir pra cama, onde era mais quente. Ela acabou entendendo que na verdade ele não gostava que olhassem para ele; tinha uma espécie de pudor, como se sentisse que seu corpo era só dele. Uma vez ela tentou lisonjeá-lo, mas foi má ideia, não se deve fazer essas comparações. De modo que agora era debaixo das cobertas, como marido e mulher. Antes disso ela o importunava por deixar a machadinha na sala, preferia que ele a deixasse no pórtico dos fundos e rachasse os gravetos lá; disse que não gostava de lasquinhas de lenha.

Foi olhando a machadinha que ela se decidiu a agir. Joel havia dito que ia estar em casa, e não estava. Ela não sabia bem aonde ele tinha ido, mas tinha uma ideia. Ele estava sempre fazendo isso com ela. Ela esperou uma hora e meia, andando pra lá e pra cá, lendo as revistas dele, no meio de um espaço que tinha sido dela e que ainda tinha a sensação de pertencer-lhe. O aquecimento estava desligado, o que queria dizer que Joel tinha andado hostilizando o senhorio de novo. Ela pensou em acender a lareira. Gatafeia veio e se esfregou nas pernas dela, e se queixou, e quando Becka entrou na cozinha para pegar comida lá estava o iogurte que ela própria tinha comprado, aberto no chão.

Becka perguntou a si mesma quanto tempo ia esperar. Mesmo se ele chegasse logo, teria no corpo o jeito e o cheiro do orgulho. Ela teria as opções de ignorar, caso em que ele venceria, e de dizer alguma coisa, e ele também ia vencer, já que poderia acusá-la de interferir em sua privacidade. Seria mais uma prova, diria ele, de que as coisas não tinham solução. Ela ficaria irada – têm, sim, é só ele tentar – e ele a criticaria por se enraivecer. Sua raiva seria uma demonstração do poder que ele mantinha sobre ela. Ela sabe disso, mas é incapaz de controlar-se. Desta vez a coisa tinha passado da conta. Passava da conta a cada vez.

Becka caminha depressa, a cabeça um pouco baixa e para frente, como se tivesse de abrir caminho no ar. O vento joga seu cabelo para trás. Começa a chuviscar. Na mão esquerda leva um saco de lixo verde fechado e com a boca amarrada. A rua é a Spadina, de que ela se lembra na infância como o lugar aonde o avô a levava quando ia visitar velhos amigos. Ele se exibia com ela e lhe dava coisas de comer. Isso foi antes de os chineses tomarem conta da rua. Agora a rua está bem iluminada, mesmo a essa hora da noite, mobília de bambu, roupa no atacado, restaurantes – étnicos, como dizem; mas ela não vai comprar nem comer, só procuro um latão de lixo, obrigada, um lugar onde jogar um saco. Só preciso de um latão de lixo comum, por que não aparece?

Não acredita que fez o que acabara de fazer. O que a horroriza é que agiu com prazer, a machadinha abrindo o couro sintético da nojenta cadeira dele, o sofá, o estofamento que arrancou e espalhou, bem podia ter feito a mesma coisa com o dono. Se bem que, se ele estivesse em casa, teria feito ela parar, bastava sua presença, bastava olhar pra ela como se dissesse: *Então você não acha mesmo coisa melhor pra fazer?*

Foi a isso que ele me reduziu, pensa ela. Eu nunca fui mesquinha assim, era uma pessoa boa, uma mulher boa, não era?

Hoje, antes de ligar pra ele, ela sentiu um gosto ruim na boca. Estou farta de solidão, chega de liberdade. Mulher sem homem é como peixe sem bicicleta – heroicas palavras, que ela mesma já tinha bradado, antes de entender que ela não era peixe. Hoje pensou que ainda amava Joel, e o amor é mais forte que tudo, não é? Onde existe amor há esperança. Talvez pudessem recuperar o que tinham. Agora, ela já não sabe.

Becka pensa em enfiar o saco de lixo numa caixa de coleta do correio, dessas para encomendas, ou numa caixa de vender jornais. Podia enfiar a moeda de vinte e cinco centavos, abrir a caixa, tirar os jornais e jogar lá dentro o saco. Assim alguém acharia o saco mais depressa. Ela tem coração.

Mas de repente lá está um latão de lixo, não de plástico, mas dos antigos, de metal, em frente à quitanda chinesa. Ela vai lá, encosta a machadinha, põe o saco no chão e tenta abrir a tampa. Ou está emperrada, ou são as suas mãos que estão dormentes. Ela bate o latão contra um poste telefônico, e várias pessoas olham para ela. Afinal a tampa cede. Felizmente, o latão está meio vazio. Ela joga dentro o saco. Nem um ruído: ela borrifou na gata um impermeabilizante de botas, única coisa que lhe ocorreu – quem respira aquilo fica tonto. Na escola os garotos usavam para entrar num barato. Aquela gata estúpida rasgou com as unhas os dois primeiros sacos de lixo antes dela a prender com uma camisa de Joel e a borrifar com impermeabilizante, para acalmá-la. Becka não sabe se a gata perdeu os sentidos; talvez só não tenha conseguido rasgar a camisa e aí desistiu de lutar em vão. Talvez só estivesse catatônica. Para cunhar uma frase. Becka espera que ela esteja viva. Dá um empurrãozinho no saco: sente que se mexe. Fica aliviada, mas não cede, não solta a gata. Por que todo o sofrimento tinha de cair em cima dela? Vamos deixar um pouco para ele, pra variar.

Gatafeia

É isso que realmente vai afetá-lo, ela sabe: este roubo. A filha sequestrada, aquela que ele não queria lhe dar. *Não estamos preparados*, e todo aquele papo de merda. Merda! Ele pensava mais na gata do que nela. Ela ficava revoltada vendo a forma como ele pegava a gata pelo rabo e o passava pela mão, como areia, e a gata, imunda masoquista que era, adorava. O tipo de bicho que baba quando se faz um afago. Se esfregava toda nele. Talvez a verdadeira razão por que Becka não a suportava era o fato de ser uma parodiazinha grotesca, retardada e felpuda dela mesma. Talvez para os outros ela também fosse assim quando estava com ele. Talvez fosse assim que Joel a via. Becka pensa em si mesma deitada de olhos fechados, boca frouxa e aberta. Será que ele, quando estava com as outras, se lembrava como era ela naqueles momentos?

Ela não tampa o latão. Deixa a machadinha onde a encostou, e se afasta. Sente-se menor, encolhida, como se algo a houvesse sugado pelo pescoço. A raiva deve liberar, assim diz a mitologia, mas a dela não a liberou de nenhum modo perceptível. Só a deixou mais vazia, ao jorrar dela dessa forma. Ela não quer ficar raivosa; quer ser consolada. Quer uma trégua.

Vagamente, ela se lembra de ter sido uma mulher segura. Já não sabe de onde lhe veio isso. Atravessar a vida abrindo a boca, era seu lema. Viver no presente. Fazer face plenamente à experiência. Acolher de braços abertos. Um dia acreditou ser capaz de lidar com qualquer coisa.

Hoje ela se sente deprimida, velha. Daqui a pouco vai aderir aos cremes de firmeza; vai começar a inquietar-se com as pálpebras. Dizem que recomeçar inspira entusiasmo, é um desafio. O recomeço é ótimo enquanto ideia, mas recomeçar com quê? Já esgotou tudo; ela própria está esgotada.

Mesmo assim, gostaria de conseguir amar alguém; gostaria de sentir-se outra vez habitada. Desta vez não seria tão pentelha, aceitaria um homem talvez um tanto gasto, uma segunda opção, com umas falhas no cabelo, meio puído, algo oferecido entre salvados de incêndio, alguém meio defeituoso. Como naqueles anúncios de crianças para adoção: "A Criança de Hoje". O amante de hoje. Um homem em estado de choque, surrado. Pegaria um divorciado, um homem mais velho, alguém que só se levantasse com sexo diferente, qualquer coisa, desde que ele ficasse grato. É isso que ela quer, no fim das contas: uma gratidão igual à sua. Mas até nisso ela se ilude. Por que tal homem seria distinto dos outros? São todos meio defeituosos. Fosse como fosse, estaria se agarrando numa palha, e quem quer ser palha?

Nunca devia ter ligado para Joel. A essa altura, devia saber: o que se acabou se acabou, quando aparece *Fim* no fim do livro quer dizer que não vai acontecer mais nada; coisa em que ela jamais acredita inteiramente. O problema é que ela já investiu muito sofrimento nele, e não consegue se livrar da ideia de que o sofrimento tem de servir para alguma coisa. Talvez a infelicidade seja uma droga como qualquer outra: você pode criar uma dependência em relação a ela, e aí vai sempre querer mais.

As pessoas chegam ao fim do que tinham a se dizer, Joel disse uma vez, numa das inúmeras sessões sobre a conveniência de ficarem juntos, no tempo em que ele tentava exercer sabedoria. Depois disso, afirmou ele, é só repetição. Mas Becka protestou: ela não tinha chegado ao fim do que tinha a dizer, ao menos acreditava que não. O problema era este: ela nunca chegava ao fim do que tinha a dizer. Ele a pressionava muito e ela despejava coisas, coisas que depois não tinha como anular, cometia erros desastrados que jamais cometeria com outra pessoa, o senhorio, por exemplo, com quem era um milagre de tato. Com Joel, porém, está sempre acontecendo o irremediável.

Ele disse, um dia, que queria partilhar a sua vida com ela. Acrescentou que nunca tinha pedido isso a ninguém. Como Becka amoleceu, como se deleitou! Mas ele nunca declarou querer que ela partilhasse a vida dela com ele, e quando isso aconteceu veio a ser algo muito diferente.

E agora, agora que ela fez o que fez? O tempo continuará passando. Ela vai voltar à casa de Cabbagetown que divide com mais duas mulheres. É o que pode pagar; pelo menos tem um quarto só pra ela. Raramente vê as outras; detecta sua presença principalmente pelo cheiro, torrada queimada de manhã, à noite incenso (a que tem o namorado provisório). Toda a situação fede a provisório. Achou o quarto num anúncio de jornal (*Procura-se terceira inquilina para casa, cozinha partilhada. Sem drogas nem costumes anormais*) depois de sair do apartamento em que ainda pensa como o seu e de uma semana infeliz com a mãe, que pensou mas não disse que ela merecia aquilo por não insistir no casamento. E, de qualquer forma, que é que ela esperava de um homem como aquele? Não tinha um emprego de verdade. Não era um judeu de verdade. Não era de verdade.

Becka chega exausta, o surto de adrenalina passou e em seu lugar baixou uma fadiga desolada. Vai vestir a sua camisola mais lúgubre, de flanela de algodão com flores azuis, a que Joel detesta porque lhe faz lembrar senhorias. Vai preparar uma bolsa d'água quente e cair na cama, que ainda não tem o cheiro dela, e ter dó de si mesma. Talvez devesse ir pra rua à caça de alguém, entrar num bar, coisa que nunca fez, mas uma vez há que ser a primeira. Mas precisa dormir. Amanhã tem que trabalhar, tem o emprego novo, o trabalho antigo, misturando tintas de cartazes para os emocionalmente perturbados, categoria que no momento a inclui. Não paga bem e implica riscos, mas hoje em dia ela tem sorte de estar empregada.

Não podia continuar com a trupe, muito embora tivesse trabalhado tão bem com os corpos sem cabeça para a peça de El Salvador na primavera, muito embora ela é que tivesse inventado a meia tricotada para fazer de Cristo. Para a trupe a presença dela seria desagregadora, ela e Joel tinham concordado nesse ponto; tensão, desequilíbrio de egos conflitantes. Ou termos semelhantes. Ele era tão bom naquela baboseira verbal, e o resultado foi que ela ficou sem trabalho e ele não, e ela ainda chegou a sentir-se enobrecida.

Agora Becka está a quatro quadras do latão de lixo, e chove forte. De pé embaixo de um toldo, à espera de que a chuva passe, ela tenta resolver se cede e pega o bonde ou não. Quer voltar andando, para livrar-se dessa furiosa energia.

Para Joel, é hora de ir pra casa. Ela o imagina abrindo a porta, jogando a jaqueta no chão, vê aquilo com que ele vai se deparar. Agora ela se sente como quem cometeu um sacrilégio. Por quê? Porque durante ao menos dois anos ela pensou que ele fosse Deus.

Não é. Ela o vê, em sua sebenta jaqueta Bluejays, correndo pelas ruas ofegante, deve ter comido demais no jantar com a puta que pegou, enfiando a mão no lixo frio, chamando como um idiota: *Gatafeia!* As pessoas vão pensar que ele é louco. Mas ele só está louco de dor.

Da mesma forma que ela, que encosta a cabeça na vitrine fria e olha pelo vidro escuro, amarelado por aquelas coisas de plástico que põem para evitar que o sol desbote as mercadorias, como a mulher vestida de pele lá dentro. As lágrimas lhe correm pelo rosto. Ela já nem se lembra em que latão jogou o diabo da coisa, se procurasse não encontraria. Devia ter levado para casa. Um dia Gatafeia também foi a gata dela, mais ou menos. Também ronronava e babava diante dela. E lhe fazia companhia. Como é que foi fazer tal coisa? Talvez o impermeabilizante lhe debilite a mente. É só disso que ele vai precisar, de uma gata de mente entorpecida. Não que alguém perceba a diferença.

A minha também vai se entorpecer, se eu continuar assim. Becka enxuga o nariz e os olhos na manga úmida, endireita-se. Quando chegar em casa vai fazer respiração ioga e concentrar-se algum tempo no infinito, tentando mais uma vez alcançar a serenidade, e tomar um banho de banheira. *Meu coração não está sangrando*, diz ela para si mesma. Mas está.

DUAS HISTÓRIAS SOBRE EMMA

✿

A CORREDEIRA

Há mulheres que parecem nascidas sem medo, como há gente que nasce incapaz de sentir dor. Os que não sentem dor andam por aí, pousando a mão em fogões acesos, congelando os pés na neve a ponto de gangrenar, escaldando a garganta com café fervente, tudo por falta de sofrimento que sirva de alerta. Para elas, a evolução não facilita nada. Talvez aconteça a mesma coisa com as mulheres destemidas, embora não haja muitas por aí. Eu só conheci duas. Uma delas foi uma produtora de documentários de TV, uma das primeiras a filmar no Vietnã. Lá estava a praia, diziam, e a orla da selva, com os soldados avançando e, diante deles, recuando, essa mulher. Parece que a Providência as protege, talvez por espanto. Até o dia em que não protege.

Dizem que a falta de medo acaba quando essas mulheres têm bebê. Então viram covardes como o resto de nós. Se alguém ameaça o bebê, elas se tornam ferozes, claro, mas isso é normal.

A outra que eu conheci, e ainda conheço – ela continua com sorte – é Emma, que sempre me intrigou. Penso em Emma como uma mulher capaz de qualquer coisa, embora não seja assim que ela se vê. As verdadeiramente intimoratas se consideram normais.

Até onde eu sei, foi desse jeito que ela ficou assim.

* * *

Quando estava com vinte e um anos, Emma quase morreu. Foi o que lhe disseram, e como quatro dos que estavam com ela morreram mesmo, teve de acreditar. Na época, porém, ela não sentiu a morte se acercar.

Foi um acidente esquisito, e ela mesma estava lá por acidente, devido a um capricho e ao fato de conhecer alguém. Emma sempre trava conhecimento com um monte de gente. A pessoa que ela conhecia e estava lá nessa ocasião era um homem, aliás um garoto mais ou menos da idade dela. Ele não tinha credenciais para namorado, era apenas da turma dela no ano anterior, na universidade. No verão ele trabalhava para uma agência de viagens, uma boa agência, especializada em programas fora do comum: excursões de bicicleta pela França, parques de caça africanos, esse tipo de coisa. Esse garoto, Bill, era um dos chefes de excursão. Exímio ciclista, tinha bem desenvolvidos os músculos da perna, claramente visíveis aquele dia, pois estava de short e camiseta. Talvez ele tenha sido salvo por esses músculos.

Emma não tinha músculos de ciclista. Mas fisicamente nunca foi preguiçosa, e só recentemente veio a sentir necessidade de um cuidado especial com a forma física. Naquela época tinha bíceps robustos, resultado do levantamento de pesadas bandejas. Era garçonete no café de um motel turístico nas cataratas do Niágara, na margem canadense. O motel tinha um letreiro de neon com dois corações entrelaçados, um vermelho e outro azul, e corações estampados no alto do cardápio, coisa que Emma achava meio macabra ligada a comida. O motel tinha um fraco por recém-casados e oferecia até uma Suíte Nupcial, com papel de parede vermelho, cama equipada com massageador elétrico Magic Fingers e cafeteira elétrica para dois.

Diz Emma que nunca entendeu a identificação das cataratas de Niágara com lua de mel. Que é que a visão daquela massa d'água despencando por um penhasco faz pela sexualidade? Talvez dar ao noivo uma sensação de potência: ela acha que devia perguntar, um dia. E é capaz de a noiva ficar trêmula e possuída de desejo diante daquela força brutal, inumana, que anseia por ver comprovada nele. Embora hoje em dia elas com certeza já estejam cientes quando chegam ao altar. Já não se compram nabos em sacos.

Ou talvez seja a própria natureza banal da cidade, seu caráter efêmero, aquele aspecto de coisa vistosa e barata feita de papel prateado e bonecos de cera, contrastando com a noção de Amor Eterno em que, a despeito das piadas que fez em vários momentos da vida, Emma jamais cessou de acreditar.

Àquela altura ela não o conhecia. Não pensava em amor, mas em ganhar dinheiro suficiente para atravessar o último ano da universidade sem se endividar demais. E para isso as cataratas do Niágara era um bom lugar: os satisfeitos dão gorjetas generosas.

Portanto, Emma tinha o que buscava Bill, o ciclista: acessibilidade. Estivesse ela em outra parte, nada disso teria acontecido.

Em Bill, não havia nada digno de nota; era apenas um daqueles agentes do Destino que se imiscuíam na vida de Emma de tempos em tempos e, cumprida a missão, partiam. Como tanta gente sem medo, Emma acredita no Destino.

Bill era um bom rapaz; tão bom que um dia, quando entrou sem pressa no café e disse a ela que estava interessado no seu corpo, Emma entendeu aquilo como uma piada e não se ofendeu. Mas ele o queria mesmo, para um teste, foi o que explicou. A agência de viagem estava trabalhando no projeto-piloto de uma nova atividade: um passeio pelos Whirlpool Rapids, abaixo das cataratas, numa grande balsa de borracha. Já tinham feito o percurso nove vezes e a segurança era perfeita, mas não podiam abrir o passeio ao público antes de mais um teste. Até aqui só tinham participado o pessoal da própria agência e seus amigos, explicou, e faltavam corpos: só com a lotação completa a coisa ia ser conclusiva, precisavam de quarenta pessoas para testar peso e equilíbrio. E lhe ocorreu que este era o tipo de coisa que talvez interessasse a Emma.

Emma ficou lisonjeada com essa imagem de sua pessoa e prontamente a aceitou como verdade: uma jovem dotada de coragem física, uma pessoa temerária, disposta a topar um convite de última hora pra vestir um colete salva-vidas, entrar numa grande plataforma de borracha e descer redemoinhando as perigosas corredeiras. Seria como uma montanha-russa, coisa que sempre a fascinara. Ela ia se juntar às fileiras dos que tinham desejado enfrentar as corredeiras no passado: os que atravessaram as cataratas andando num arame, os que entravam num barril acolchoado que era atirado ao rio acima da queda d'água, até os suicidas, que ela colocava no mesmo saco dos heróis, pois se você não tem espírito de aventura por que não usa uma pistola? Em todas essas tentativas, Emma enxergava um elemento de prova religiosa para aferição de culpa, como a caminhada nas brasas ou a prova da água. Toda essa gente se entregava à mercê de algo, ou de alguém. Com certeza não era só ao rio. Senhor, salvai-me; mostrai que eu mereço a Vossa graça. Deve ter sido isso, pensou Emma depois ao recordar o caso, que me impeliu: o desejo de arriscar, de fato uma manifestação de arrogância.

Emma aceitou imediatamente e conseguiu uma folga no dia seguinte, quando ocorreria o décimo teste da balsa. De manhã, era segunda-feira, Bill a apanhou na arruinada casa de madeira cujo aluguel ela dividia com mais três mulheres, e a levou de carro pela Rainbow Bridge até o cais, que ficava do lado americano. Então não se sabia – só depois um repórter apurou – que os canadenses tinham negado licença para o teste, alegando que era excessivamente arriscado, porém, mesmo se soubesse, Emma não teria desistido. Como tantos patrícios, ela considerava os canadenses um bando de gente sem talento; não foram eles que torceram o nariz quando Alexander Bell inventou o telefone?

A balsa era negra, enorme e, no ancoradouro, parecia estável. Deram a Emma um colete salva-vidas laranja, que ela vestiu e fechou, com ajuda de Bill. Depois, agarrados ao corrimão, eles embarcaram e se instalaram na proa. Foram dos primeiros a chegar, e tiveram que esperar os outros. Emma começou a se sentir um pouco desamparada e a pensar por que tinha vindo. A balsa era grande demais, demasiado sólida; parecia um estacionamento flutuante.

Mas assim que entraram na correnteza, a superfície de borracha onde ela pisava começou a se agitar com grandes ondas, que se contraíam como uma garganta gigantesca a engolir, e eles foram atingidos pelos primeiros borrifos, e Emma compreendeu que as corredeiras, tão decorativas à primeira vista – de longe lembravam um glacê – afinal existiam de verdade. Dos outros passageiros partiram os esperados gritos de entusiasmo, depois outros sons, menos entusiásticos. Emma se viu agarrando o braço de Bill, coisa que normalmente não faria. O céu estava de um azul singular e a margem do rio – pontilhada de figuras de turistas de branco que pareciam pintadas, extáticas, como desenhos de papel de parede – já estava bem distante.

Depois se discutiria muito por que o décimo teste acabara em tal desastre depois de nove sem a menor falha. Houve algumas tentativas de localizar a causa no formato da balsa; outros diziam que, devido a uma quantidade de chuva anormal na semana anterior, o nível da água tinha subido demais e a correnteza se acelerado também anormalmente. Emma não se lembrava de ter pensado nisso na época. Só viu a proa da balsa mergulhando numa depressão mais funda do que todas as outras, enquanto uma muralha d'água se erguia contra eles. A balsa deveria se inclinar sinuosamente e deslizar a cavaleiro das ondas. Em vez disso, ela cedeu no meio e a metade da frente se dobrou para trás, como o bico de um pássaro. Emma, Bill, todos que estavam na fila da frente foram projetados para trás, por cima da cabeça dos outros, que se empilhavam no fundo do V, que agora afundava. (Emma não viu isso direito no momento; foi uma coisa que deduziu depois. Só guardou as impressões dos próprios movimentos e, claro, tudo aconteceu muito depressa.)

Alguma coisa lhe bateu na têmpora – talvez um pé calçado de bota – e lá estava ela embaixo d'água. Soube depois que a balsa tinha virado e que um homem ficou preso embaixo e se afogou, portanto nada mal ela ser jogada para um lado. Debaixo d'água, no entanto, ela não pensou. O instinto fez com que prendesse a respiração e lutasse para subir à superfície, que ela via, branca e prata, de modo que devia estar de olhos abertos. Sua cabeça emergiu, ela arquejou em busca de ar e foi tragada novamente.

A água rolou e fervilhou, e Emma lutou pra se safar. Estava possuída de uma energia filha da raiva: *Não vou morrer dessa maneira estúpida*, foi assim que ela veio a explicar. Acha que berrou, pelo menos uma vez: "Não!" O que era um desperdício de fôlego, pois ninguém estava escutando. Havia pedras, e ela colidiu com várias, e se machucou e se arranhou, mas nada mais lhe bateu na cabeça, e depois do que pareceu uma hora, mas de fato foram apenas dez minutos, a correnteza abrandou e ela viu que conseguia manter a cabeça à flor da água e até nadar. Era difícil mexer os braços. Mas ela se impeliu para a margem e, afinal, se arrastou para uma pequena praia pedregosa. Os tênis de correr tinham desaparecido. Devia ter se livrado deles, embora não se lembrasse disso; ou talvez eles tivessem se rasgado. Ficou pensando como passaria pelas pedras descalça.

O céu estava ainda mais azul que antes. Entre as pedras havia também flores azuis, algum tipo de mato, centáureas azuis. Emma olhou para elas e não sentiu nada. Ela devia ter se cortado, a roupa estava rasgada, tinha um galo na testa, mas na hora não percebeu nada. Duas pessoas, um homem e uma mulher em roupa de verão, caminhavam calmamente em sua direção.

– De que lado eu estou? – perguntou Emma.

– Canadá – respondeu o homem.

Eles passaram por ela e seguiram caminho, como se nada percebessem de estranho. Provavelmente não perceberam mesmo. Ainda não tinham ouvido a notícia do acidente, portanto não entenderam que tinha acontecido alguma coisa.

Por sua vez, Emma não estranhou o comportamento dos dois. *Tudo bem, então*, pensou. Não ia ter que voltar pela ponte e passar pelo controle de passaportes, o que era uma sorte, pois sua bolsa havia sido carregada pela água e ela não tinha consigo nem a certidão de nascimento. Começou a andar rio acima, devagar por causa dos pés descalços. Havia um número fora do comum de helicópteros rondando. Ela pegou uma carona para o motel – nem sabe por que resolveu ir para lá e não para casa – e quando chegou o acidente já estava no noticiário e todo o mundo pensava que ela estivesse morta.

Foi levada para o hospital, tratada como vítima de choque e entrevistada pela televisão. Sua foto apareceu brevemente nos jornais. Bill veio vê-la e contou a sua própria experiência. Tinha chegado a um ponto, embaixo d'água, em que desistiu, e a água ficou serena e linda. Foi assim que Emma percebeu que ela própria não estivera à beira da morte. Mas as pernas de ciclista de Bill se debateram sozinhas, como as de uma rã ferida, e o trouxeram de volta.

Por um momento Emma sentiu-se mais próxima de Bill do que de qualquer outra pessoa, mas isso passou, embora os dois ainda troquem cartões de Natal. Nunca houve possibilidade de namoro: após o acidente, os dois eram gêmeos demais, e também demasiado estranhos. A intimidade do desastre não pode passar disso.

Emma contou-me que aprendeu várias coisas com esta experiência. Primeiro, que o número nove dá mais sorte que o dez, superstição que ela conserva até hoje. Segundo, que era muito maior do que pensava o número de pessoas que saberiam do acidente e de algum modo seriam afetadas pela sua morte, se ocorresse; por outro lado, que essas pessoas não seriam afetadas profundamente, nem por muito tempo. Logo ela seria reduzida a um nome, o nome de uma mulher que tinha morrido jovem num trágico acidente algum tempo atrás. Foi por esta razão, talvez, que Emma jamais sentiu aquele vago desejo de morrer, nem se encantou com o quarto cavaleiro do Apocalipse que aflige tantas mulheres na faixa dos vinte anos. Jamais pensou, algo esperançosa, algo melodramática, que não chegaria aos trinta, que seria levada por uma doença vaga e elegante. Ela, não. Estava decidida a viver, acontecesse o que acontecesse.

Nem jamais se sentiu tentada, depois disso, a desistir de nada – de um homem, um apartamento, um emprego, sequer umas férias – pela convicção equivocada de que assim fazendo contribuiria para a felicidade alheia. Tendo constatado muito cedo como é pouca a diferença que faz no sistema geral das coisas, ela rilhou os dentes, ignorou gemidos, dicas e até ameaças, e fez o que bem quis, quase sempre. Por isso ela já foi chamada de egoísta e fria. Acho que merece crédito por não ter, nessas ocasiões, recorrido à história de seu quase afogamento como justificativa para um comportamento às vezes discutível.

Mas o efeito mais óbvio do acidente sobre Emma é sua crença posterior – firme como uma fé religiosa – de que ela era invulnerável. Não apenas o sentia, sabia disso, com a mesma certeza com que sabia que sua mão era dela. Tinha sido arremessada nos Whirlpool Rapids das cataratas de Niágara e sobrevivido; portanto, nada mais podia afetá-la. Ela vivia numa bolha de ar encantada, que por vezes imaginava quase ver, tremeluzindo em volta dela como uma névoa; a névoa que subia das cataratas. Se lhe tivessem disparado uma flecha, ela ricochetearia. Quanto a isso não havia dúvida, ao menos para Emma.

Pouco a pouco, porém, essa crença vacilou. Brilhante como nunca logo após o acidente, começou a fraquejar ano após ano, até que agora nada resta exceto uma débil fosforescência. Seus amigos chamam de otimismo ao que resta, essa convicção de que, para ela, as coisas de algum modo vão se resolver.

EMMA CAMINHA SOBRE AS ÁGUAS

Vários anos depois das corredeiras do Niágara, mais destemida que nunca, Emma subia o Nilo num barco. Foi durante sua fase de viagens pelo mundo. Na época ela não tinha muito dinheiro, portanto o barco não era de primeira classe. Para ela, o melhor lugar era o convés. Em uma área coberta havia assentos, mas vivia cheia de fumaça e cheirava aos numerosos passageiros anteriores, nem todos felizes. Então Emma ficava lá fora sem reclamar, pois de lá podia apreciar melhor a paisagem. E tinha um chapéu mole de jeans para se proteger do sol.

Viajava sozinha.

Um árabe de estatura mediana, com seus trinta anos de idade, espantado com essa anomalia cultural que punha uma jovem num barco, vestida com uma roupa esquisita e, para ele, insuficiente, olhos perdidos além da amurada, e cuja companhia única era uma mochila, começou a dar em cima de Emma. Ela não respondeu, só franziu a testa e se afastou. Ele sorriu; tinha vários dentes de ouro. Ofereceu dinheiro a ela, não muito.

– Vá embora – retrucou Emma.

O homem interpretou a resposta como um estímulo. Talvez fosse um erro dizer a ele fosse o que fosse. Ele pôs a mão no braço dela, nu até o cotovelo. Ela afastou a mão, não muito bruscamente – não queria ofender, só se desvencilhar – e foi para a amurada oposta. Outros homens, provavelmente amigos do primeiro, estavam observando; ela achou que eles o incitavam. Ele a seguiu e passou o braço na cintura dela.

– Se você não me deixar em paz – ameaçou ela em voz alta –, eu pulo daqui.

Os outros homens riam. Ele tentou beijá-la, de um modo exageradamente cortês que provavelmente aprendera em velhos filmes americanos, tentando curvá-la para trás. Mas era mais baixo do que Emma e não conseguiu fazer com que ela se mexesse. A essa altura, já desesperançado, ele encenava um número para os outros. Emma pegou a mão dele e dobrou o mindinho para trás a fim de afastá-lo, truque aprendido no recreio da escola. Depois subiu na amurada, parecendo, ela sabia, meio desajeitada na longa saia-envelope que usava por respeito ao horror local às pernas. Ela saltou da amurada. O Nilo estava lamacento e opaco, e por um instante, enquanto caía, sua fé vacilou. Tinha pensado: *crocodilos*. Mas não havia crocodilos ali, e os homens berraram, e o barco parou e voltou e a recolheu, como previra Emma. Os homens a bordo passaram a respeitá-la, manter distância, falar dela à socapa e, esperava ela, com um temor reverente. Aquele gesto eles entendiam. Antes, não acreditavam que uma jovem ocidental que viajava só levasse a própria honra a sério a ponto de arriscar a vida para defendê-la.

Emma sentou-se no convés, pingando, enxugando o cabelo ao sol, o chapéu – que, misteriosamente, havia permanecido na cabeça – secando a seu lado. Embora fosse evidentemente a única coisa a fazer nas circunstâncias, sentia-se meio reles por recorrer àquele ardil, pois sabia que não tinha arriscado coisa alguma. Não tinha a menor intenção de morrer.

* * *

Talvez eu tenha dado a impressão de que Emma seja um tipo sapatão, que troca cigarros com os homens e dá palmadas nas costas deles, mas fora isso lhes é indiferente. Ao contrário: embora seja alta, Emma está sempre se apaixonando, empreendimento que para ela se parece muito com o paraquedismo acrobático: você começa se jogando no ar confiante de que o paraquedas vai se abrir.

Em geral os homens por quem Emma se apaixona são casados e além disso horríveis, a crer nos amigos dela. Tentamos arranjar para ela homens bons, com quem pudesse sossegar, que é o que ela própria diz querer, num tom talvez falsamente nostálgico. Mas na verdade ela não se interessa por homens bondosos, ou educados, ou sequer sem dívidas. Quer os excepcionais, diz, homens que ela respeite, de modo que adora, um após outro, homens que se destacam em seu campo, muitas vezes graças a um implacável egoísmo, à capacidade de retaliar e, como diz ela, dedicar-se, ou seja, não ter mais tempo para ninguém quando a situação se complica, nem para ela. Por que ela não detecta esse tipo de homem de longe, com toda a prática que tem, é coisa que não sei. Mas, como já disse, ela nada teme. Nossos mecanismos de defesa são melhores.

A essa altura da vida dela – na fase das viagens – Emma estava apaixonada por Robbie, que tinha sido seu professor na universidade. Robbie, vinte anos mais velho, era um escocês atarracado de barba ruiva cuja legendária rabugice Emma interpretou como timidez. Achava que ele era espiritualmente mais maduro que ela, e, portanto, difícil de entender. Achava também que, mais cedo ou mais tarde, Robbie entenderia que sua alma gêmea era ela, Emma, e não a mulher com quem estava casado havia quinze anos e era a mãe de seus dois filhos. Isso foi no começo da carreira de Emma. Mais tarde ela abandonou o tema do casamento, ou pelo menos parou de falar tanto nisso. Mas continuou a escolher homens horríveis.

Robbie era figura de proa em seu campo, que era especializado: arqueologia funerária. Estava escrevendo sobre tumbas, um estudo comparativo que o levava a diferentes pontos do mundo. Isso convinha a Emma. Robbie nunca se opunha a que ela o acompanhasse, desde que pagasse a própria viagem. Entre os outros defeitos dele, sentíamos que figurava a exploração do tema da mulher liberada. Estava sempre dando lições a Emma sobre a forma de ela se liberar mais. Mesmo assim, ela o amava.

* * *

Durante os primeiros e idílicos tempos de seu relacionamento, quando Robbie se tornara para Emma o único homem do mundo que não acabava no cinto mas seguia até o fundo das calças, quando ela ainda acreditava em fidelidade e eternidade e estava convencida de que Robbie acabaria se casando com ela, quase o matou. Mas não foi de propósito.

Estavam numa ilha do Caribe, Santa Eunice, uma das menos conhecidas. As férias eram ideia de Robbie, que estava trabalhando em tumbas no México e resolveu abreviar a agenda para se reunir a Emma.

– Veja, estou sacrificando minha carreira por você – disse ele em tom de brincadeira, embora ela suspeitasse que, no fundo, ele falava sério. – Em Santa Eunice não há tumbas dignas de atenção.

Mas acabaram passando uma tarde no cemitério local, onde os túmulos eram fechados com concreto e cercados para manter as cabras a distância e, em potes de geleia, despontavam flores naturais murchas e desbotadas flores de plástico. São oferendas propiciatórias aos mortos, explicou Robbie. Emma comentou que isso lembrava a Terra Nova. Robbie nunca tinha estado na Terra Nova, e ficou contrariado: não gostava de saber que ela conhecia um lugar e ele não. Para recuperar o bom humor dele – fazia calor demais para ter raiva –, ela afirmou que nunca tinha ido à Terra Nova, apenas visto fotos. Assim ele sorriu, apontou para a antiga pintura de um labirinto num dos túmulos e explicou que originalmente os labirintos

Duas histórias sobre Emma

eram entradas e saídas de mamoas. Destinavam-se a desorientar os mortos, para que não saíssem. Em certas culturas, ocorriam desenhos semelhantes em portas e degraus que levavam às portas, ensinou ele, mas estes eram feitos para que os mortos não entrassem.

Essa conversa consumiu o tempo entre o cemitério e a casa, onde Robbie, excitado com a própria erudição, fez amor com Emma no meio da tarde, coisa que ela ainda era bastante jovem para achar inovadora.

A casa onde estavam pertencia a um amigo de um amigo de Robbie. Era de pedra e estuque, com janelas de treliça e um ventilador de teto estilo caribenho, e uma ampla varanda ao redor de toda a construção. O pátio ficava à sombra de uma trepadeira sete-léguas, e do mar vinha uma brisa fresca.

A não ser ficar um com o outro, porém, eles não tinham muito que fazer. Iam passar duas semanas, e no fim da primeira Emma já sentia falta de um tempo sem Robbie, embora ainda o amasse tanto quanto antes, claro. É que, assim como os gases, ele tinha a propriedade de expandir-se até ocupar todo o espaço disponível.

Emma, mais fisicamente aventurosa do que Robbie, começou a fazer longas caminhadas. Às vezes subia um penhasco, às vezes avançava por recifes escorregadios que só afloravam na maré baixa. Eventualmente Robbie ia andar com ela, mas a maior parte das vezes ficava sentado na varanda, redigindo suas notas.

A casa ficava perto de uma praia, e ao largo, a pouco mais de quinhentos metros, havia uma ilha conhecida como Naufrágio. Um navio de cruzeiro tinha encalhado lá: ainda restavam destroços do casco. Depois que os passageiros foram resgatados, muitas pessoas do local saíram de barco, na hora certa – às vezes as correntes do canal ficavam agitadas e traiçoeiras – e voltaram com itens salvados. A mata, alguém disse a Emma, estava cheia de vasos sanitários por instalar, lustres de cristal, tigelas grandes demais para usar em casa.

Emma ouviu essa história no bar da praia, onde também ficou sabendo de um recife submerso que partia da ilha do Naufrágio. De cima do morro que dava para a baía, podia-se ver o recife como uma linha mais escura no mar. Rezava a tradição que, na maré baixa, era possível caminhar pelo recife de uma ilha à outra. Com água até o pescoço, diziam. Ainda havia lembrança de um homem que estava às turras com um vizinho por causa de uma mulher e fizera isso; o vizinho tomou um barco a ponta de faca, remou até lá e espancou selvagemente o outro, mas a vítima acabou como herói e foi apelidada de Jesus Cristo, pois tinha caminhado sobre a água.

Ao ouvir esse relato, Emma meteu na cabeça que também iria andando à ilha do Naufrágio. Não sabia por quê. Para Robbie, ela atribuiu a ideia ao tédio: já tinha explorado tudo que havia nas redondezas; não seria um desafio caminhar até a outra ilha? Ela não teria usado o termo "desafio" se não tivesse uma intenção oculta: convencer Robbie a ir com ela. A audácia dela tinha limites, e, embora ainda acreditasse ser invulnerável, não achava ruim ter companhia e certa cobertura. Sabia que de fato Robbie não queria ir, mas também sabia que ele não resistiria ao termo "desafio". Ela deixou claro que iria de qualquer maneira, e ele terminou se dispondo a ir também. Explicou que alguém tinha de vigiá-la para o caso de ela se meter em apuros.

Emma escolheu cuidadosamente os trajes: roupa de banho de mar, camiseta por cima por causa do sol; tênis, pois o recife era em parte de coral; chapéu mole de jeans, que Emma comprou especialmente para a aventura numa loja local, o dela rosa, o dele azul, cada um com uma estrela-do-mar estampada. Passou protetor solar no nariz dele – Robbie gostava quando ela mexia no corpo dele – e no próprio nariz. Ela sentiu também que cada um devia levar uma garrafa d'água a tiracolo, para não passar sede. Muniu-se também de bastões para cada um se equilibrar e sondar o caminho debaixo d'água.

Emma conseguiu a tábua das marés com o pessoal dos iates, havia muitos na barra. Com a maré baixa, umas dez horas da manhã, eles partiram. A notícia se espalhara, e lá estava um pequeno grupo reunido para despedir-se. Outro grupo, o dos mais tímidos, imaginou Emma, rondava a distância, observando.

Emma entrou primeiro. Localizar o recife não foi difícil. A água subiu-lhe até as axilas – Jesus devia ser baixo – e ela pisou com certa firmeza, embora atenta à forma escura dos ouriços. No ponto mais estreito, o recife parecia ter apenas uns trinta centímetros de largura e era bem íngreme dos lados. Devia ser uma formação geológica antiga, um levantamento de lava mais dura que o leito em torno. Ela sabia que muitas dessas ilhas eram vulcânicas.

Ao alcançar um quarto do caminho, Emma sentiu que a água estava muito mais fria do que era quando ela nadava. E a correnteza no canal entre as ilhas, mais forte do que pensava. A verdade é que não tinha lhe dado muita atenção: não era algo que incluísse em sua imagem mental da breve caminhada. A maré estava na marca de virada quando eles entraram, e, a meio caminho, recomeçara a avançar. Alcançar o recife levaria menos tempo. Ela resolveu não tentar retroceder e fazer um sinal para que alguém da ilha principal viesse buscá-los. Até então não tinha pensado na forma de voltar. O que era típico de Emma. Era especialista em avanço: não gostava de recuo.

Ela sentiu que as ondas subiam e que já era mais difícil manter firme o pé, embora ainda conseguisse, com ajuda do bastão. A panturrilha começava a doer com o constante esforço para avançar contra a água. Tinha de concentrar-se, e era por isso que não olhava em torno para ver onde estaria Robbie. Agora, porém, olhou.

A princípio não o viu. Não estava onde devia, acima do recife, atrás dela. Viu apenas o morro que dava para a baía, coberto de gente. Todos quietos, sentados, como se estivessem no teatro, atentos ao espetáculo.

O espetáculo era Robbie se afogando. Agora Emma o viu: fora arrastado do recife e estava sendo carregado pela correnteza ao longo do canal, para o mar. Ela só viu o chapéu azul-claro e uma nesga da cabeça. Diante de seus olhos um braço emergiu, agitou-se debilmente e tornou a afundar. Ela ainda ouviu um fraco som: Robbie chamando. Por que não ouvira antes? Ela alçou o bastão no ar e o sacudiu na direção do morro.

– Façam alguma coisa! – gritou.

Apontou para Robbie com o bastão, como se fosse uma varinha de condão e ela pudesse ordenar que ele parasse, viesse à superfície, voltasse boiando. Emma sentia-se impotente. Sentia-se apanhada numa armadilha. Sabia que não era capaz de salvá-lo a nado: se tentasse, os dois estariam perdidos. Tinha de continuar andando, ou logo a água a cobriria.

Por fim, despacharam Horace atrás de Robbie no seu carcomido barco a remo. Ninguém mais se arriscaria, pois era sabido que a virada da maré era o momento mais absurdo para entrar no canal da baía do Naufrágio, e não havia à mão nenhum barco a motor. Toda pessoa sensata guardava o barco, fosse a motor, a vela ou até remo, do outro lado da ilha, onde havia um ancoradouro protegido, mas Horace tinha fama de parafuso frouxo e, além do mais, era teimoso: preferia o seu barco onde pudesse ficar de olho nele. Além disso, era forte como um touro, o que foi uma sorte para Robbie. Com ou sem parafuso frouxo, o fato é que naquela ocasião se comportou muito melhor do que todos os outros, inclusive Emma. Ele remou até Robbie, pescou-o e remou de volta à praia. A multidão aplaudiu, e Robbie entrou em estado de choque.

Emma alcançou a ilha do Naufrágio e lá ficou, trêmula e preocupada com Robbie, até que alguém se lembrou dela e mandou um barco a motor buscá-la. Ninguém a felicitou por sua ousada façanha nem a chamou de Miss Jesus, como desejava, o que só depois percebeu. Disseram apenas que era idiotice da parte dela tentar semelhante proeza.

– Então por que você não me impediu? – Emma estava duplamente contrariada, pois sabia que eles tinham razão. (Mas tinha conseguido, tinha terminado a caminhada.)

O barman da baía do Naufrágio – era ele que lhe repreendia – respondeu que todo o mundo sabia que ela era assim. Depois que metia uma ideia na cabeça, ninguém tirava. Ele encolheu os ombros e continuou a lavar copos, e Emma compreendeu que aqui ela não estava escondida nem era invisível, como sempre achou que acontecesse num país estrangeiro, e sim o centro das atenções.

Em relação a Robbie, Emma sentiu-se terrivelmente culpada. Postou-se junto à cama onde ele jazia enrolado em cobertores a despeito do calor, segurou sua mão e chegou a exclamar: "Robbie, que foi que eu fiz com você?" Como a maioria das pessoas, ela cai rapidamente em frases feitas em momentos de tensão. Só nos livros as pessoas param para pensar numa forma original de exprimir dor ou temor. Robbie era um homem bom e agradável a quem ela amava, e quase o tinha matado.

Robbie estava muito gripado. Emma mandou chamar o médico local. Ela já o conhecia, tinha se tratado com ele de uma infecção estafilocócica na perna, causada por uma lasca de coral apanhada no porto. O médico – que era indiano e se sentia exilado em Santa Eunice, onde não tinha conterrâneos – gostava de dar injeção. Confidenciou a Emma que aplicava em si mesmo quando não tinha mais em quem aplicar. Deu uma injeção em Robbie, e o branco do olho do paciente voltou ao tamanho normal.

Emma fez chá fraco para Robbie e o induziu a comer, chegando ao ponto de fazer biscoito para ele. No calor, era um esforço especial. Robbie se deitava por ali coberto com um lençol, como que semimorto, enquanto Emma rastejava diante dele. Ele aceitou o seu pedido de perdão com uma cara pálida, compreensiva e cor pastel como um cartão de Páscoa, o cabelo ruivo dando ao rosto uma aparência de um verde-esbranquiçado. Tão logo ele ficou melhor, tornou-se mais irritadiço do que de costume. Todo o episódio era uma humilhação para ele; sentiu que estava envelhecendo, a ponto de ser arquivado, embora Emma, com seus vinte e três anos, não entendesse isso no momento. Ainda que só por um instante, ela duvidou que afinal quisesse realmente se casar com Robbie. Mas logo ele se recuperou e os dois voltaram de avião ao mundo da realidade, e o amor prosseguiu como antes, até que se acabou.

* * *

Com este episódio, segundo ela me contou, Emma aprendeu que sua bolha de invulnerabilidade, embora ainda resistisse bem em relação a ela, não era bastante poderosa para estender-se aos que a rodeavam. É por isso que, quando está apaixonada, ela sempre se preocupa com ataques cardíacos, acidentes de automóvel, epidemias, pistolas defeituosas e cigarros largados displicentemente à beira da mesa. Sabe que não vai ser a primeira a morrer.

O OVO DO BARBA-AZUL

Sally está à janela da cozinha, esperando que o molho ferva e engrosse, e olha para fora. Além da garagem, o terreno se estende ladeira abaixo, mergulhando no barranco; lá é puro mato, arbustos, galharia e o que aos olhos dela são trepadeiras. Ela queria uma espécie de terraço feito com dormentes e entre eles flores silvestres, mas Edward gosta do lugar como está. Há uma casinha de brinquedo ao fundo, perto da cerca, daqui ela só vê o teto. A casinha não tem nada a ver com os filhos que Edward teve nas encarnações anteriores, antes de Sally entrar em cena; é ainda mais velha, e está caindo aos pedaços. Por ela, Sally daria fim àquilo. Suspeita que haja bêbados dormindo ali, aqueles que moram debaixo da ponte e, vez por outra, perambulando, ultrapassam a cerca (que está quebrada onde eles pisaram), sobem a ladeira e emergem piscando como toupeiras à luz que banha a bem tratada grama que Sally tem nos fundos.

Lá fora, para a esquerda, está Ed numa jaqueta fechada – oficialmente é primavera e a cila azul de Sally já desabrochou, mas está friozinho para essa época do ano. A jaqueta é velha, mas ele se recusa a jogar fora; ainda tem a inscrição WILDCATS, relíquia dos tempos em que jogou quando cursava o ensino médio, tão remotos que Sally mal consegue imaginá-los, embora não seja tão difícil imaginar Ed no ensino médio. Deve ter despertado paixonites nas garotas sem saber; essas coisas não mudam.

Agora ele mexe no canteiro pedregoso das plantas xerófilas; algumas pedras estão se projetando exageradamente, com risco de arranhar o Peugeot de Sally a caminho da garagem, e ele as arruma. Ele gosta de fazer essas coisas, mexer no jardim cantarolando só. Não usa luvas de jardinagem, embora Sally viva dizendo que ele é capaz de machucar os dedos.

Observando suas costas curvadas com a inscrição puída, nostálgica, Sally se desmancha, o que não é raro. *Edward, querido. Meu urso cabeça de camarão. Eu amo tanto você.* Nesses momentos ela sente uma intensa necessidade de protegê-lo.

Sally tem por certo que as louras estúpidas foram amadas não por serem louras, mas por serem estúpidas. Foi a incompetência e atrapalhação que um dia as tornou sexualmente apetitosas; não o cabelo. Não era falso o terno impulso que os homens terão sentido por elas. Sally entende.

Pois é forçoso admitir: Sally está apaixonada por Ed por causa de sua estupidez, sua gigantesca e quase militante estupidez: militante, sim, a estupidez de Ed não é passiva. Ele não é um burro qualquer; só se esforçando você chega a esse ponto. Mas será que assim Sally se sente orgulhosa, mais inteligente do que é? Não, ao contrário, ela se sente humilde. E fascinada, vendo que neste mundo há maravilhas como a colossal, adorável impermeabilidade de Ed ao entendimento. Ele é *tão burro!* Cada vez que entrega mais uma prova de burrice, mais um ladrilho que Sally assenta no vasto painel da estupidez, que está sempre ampliando, ela tem vontade de abraçá-lo, e muitas vezes abraça; e ele é tão burro que nunca entende por quê.

Pois Ed é tão estúpido que nem sabe que é. Ele é um filho da sorte, o terceiro filho que, sem armamento algum salvo certa cordialidade oligofrênica, consegue atravessar a floresta infestada de bruxas, armadilhas e alçapões, e acabar com a princesa, que é Sally, claro. Se bem que o fato de ser bonito ajuda.

Nos dias bons ela vê em sua estupidez a inocência, uma inocência de cordeiro, que brilha à luz (por exemplo) do sol que inunda um pasto verde pontilhado de margaridas. (Quando Sally começa a pensar em Ed assim, em termos da arte de calendário de banheiro de posto de gasolina de sua infância, garimpando imagens de um garoto de cachos dourados abraçando um cão de caça irlandês – um bicho notoriamente destituído de cérebro, ela não esquece –, sabe que está passando da conta, escorregando para um horrendo sentimentalismo, e que precisa parar de imediato, ou Ed vai sumir e ser trocado por um fac-símile empalhado que não vai servir pra nada, exceto como porta-guarda-chuva. Ed é uma pessoa real, com muito mais substância do que mostram essas avaliações simplistas; o que às vezes a inquieta.) Nos dias ruins, porém, ela vê sua estupidez como uma atitude deliberada, uma teimosa determinação de excluir coisas. Ele se faz de obtuso para levantar uma muralha atrás da qual pode cuidar da vida cantarolando só, enquanto Sally, sem poder entrar, tem que abrir caminho no mato, mal contando com uma capa de chuva transparente para proteger a pele.

Por que ela o teria escolhido (ou, para ser precisa, como pergunta ela própria até em voz alta quando está sozinha, *por que eu o teria caçado?*) se é evidente para todo o mundo que tinha alternativas? A Marylynn, sua melhor amiga, embora também a mais recente, ela já explicou que na juventude foi influenciada por livros de Agatha Christie em que a heroína inteligente e arguta deixa de lado o primeiro herói, igualmente inteligente e arguto, e que ajudou a desvendar o crime, para casar-se com o segundo, que é estúpido, aquele que teria sido preso, condenado e executado não fosse a argúcia dela. Talvez seja assim que ela vê Ed: se não fosse ela, a bondade dele, campeã de mancadas, estaria sempre a levá-lo para areias movediças, a becos sem saída de onde jamais se safaria só, e para ele seria o fim.

"Beco sem saída" e "areia movediça" não são formas lisonjeiras de se referir a outra mulher, mas no fundo é isso que Sally pensa; especificamente, em relação às duas mulheres anteriores de Ed. Sally não o desembaraçou das garras delas, não foi bem assim. Nem conheceu a primeira, que se mudou para a costa oeste faz catorze anos e ainda manda cartões de Natal, e a segunda tinha chegado à meia-idade e já estava no processo de se desligar de Ed quando Sally apareceu. (Para Sally, toda pessoa com cinco anos mais que ela é de "meia- idade". Sempre foi assim. Mas ela só aplica a fórmula às mulheres. Não acha que Ed esteja na meia-idade, embora haja entre eles uma diferença de bem mais que cinco anos.)

Ed não sabe o que aconteceu com os dois primeiros casamentos, que foi que deu errado. Seus protestos de ignorância e o fato de negar-se a conversar sobre as sutilezas das duas relações são frustrantes para Sally, pois ela queria ouvir a história toda. E causam ansiedade: se ele não sabe o que aconteceu com os dois primeiros, pode estar acontecendo a mesma coisa com o terceiro, o casamento com ela, sem que ele saiba. Estupidez como a de Ed pode ser um risco para a saúde alheia. E se um belo dia ele resolver que ela não é a noiva legítima, porém a falsa? Aí ela vai ser posta na *iron maid*, aquele barril com pregos de ponta pra dentro que rolaria morro abaixo enquanto ele tomaria champagne em outro leito nupcial. Ela se lembra até da marca, foi ela que comprou. Se bem que champagne não é o tipo de requinte que ocorra a Ed, embora ele bem que gostasse na época. Por fora, porém, Sally ri de tudo isso.

– Ele *não sabe* – diz ela a Marylynn com um riso, e as duas sacodem a cabeça. No lugar dele, elas saberiam direitinho. De fato Marylynn, que está divorciada, é capaz de relacionar tudo que deu errado, fato por fato. E depois acrescentar que o divórcio foi uma das melhores coisas que aconteceram em sua vida.

– Antes, eu era um zero à esquerda. Depois, recuperei o controle de minha vida.

Olhando para Marylynn, que está do outro lado da mesa da cozinha, Sally tem de concordar que agora a amiga está longe do zero. Ela começou reformando armários alheios e foi subindo até abrir a própria firma de decoração. Desenha o interior da casa de novos-ricos, que não têm mobília antiga nem coragem para usar mobília velha e desejam uma decoração que reflita um gosto pessoal que de fato não têm.

– Eles querem um mausoléu – explica Marylynn – ou um hotel – que ela monta alegremente. – Até os cinzeiros. Já imaginou, alguém escolhendo um cinzeiro para você?

Com isso, Marylynn informa a Sally que não a inclui nessa categoria, embora Sally realmente a tenha contratado, bem no começo, para assessorá-la em certos detalhes da casa. Foi Marylynn que redesenhou a série de armários no quarto principal e descobriu a maciça mesa chinesa de mogno, que lhe custou setecentos dólares só para raspar a pintura. Mas o resultado foi perfeito, como Marylynn tinha previsto. Agora ela desencavou uma escrivaninha século XIX que, tanto ela quanto Sally sabem, ficará perfeita no recesso da janela saliente da sala de estar.

– Para que você quer isso? – quis saber Ed, perplexo. – Pensei que você fosse trabalhar no seu escritório.

Sally reconheceu que sim, mas alegou que podiam guardar ali as contas de telefone, o que pareceu satisfazê-lo. Ela sabe exatamente para que quer aquilo: para instalar-se num objeto harmonioso à luz do sol da manhã e disparar bilhetes elegantemente. Tinha visto num anúncio de café dos anos 1940 uma cena parecida com o marido, de pé atrás da cadeira, curvado numa atitude de adoração.

Marylynn é o tipo de amiga a quem Sally não precisa explicar nada disso, pois são coisas que as duas já presumem. Tem uma inteligência do tipo que Sally respeita.

Marylynn é alta e elegante, e qualquer coisa que vista parece estar na moda. Seu cabelo está prematuramente grisalho, mas ela não pinta. Prefere blusas folgadas de seda creme e excêntricas echarpes achadas em lojas curiosas e estranhos cantos do mundo, jogadas negligentemente no pescoço e nos ombros. (Sally tentou fazer a mesma coisa diante do espelho, mas não deu certo.) Marylynn tem uma grande variedade de sapatos incomuns; explica que são incomuns porque ela tem pé grande, mas Sally sabe a verdade. Sally, que antes se achava bonita e agora acha que está bem para a idade, inveja a ossatura de Marylynn, que a ajudará quando o inevitável acontecer.

Sempre que Marylynn vem jantar, como hoje – ela também trouxe a escrivaninha –, Sally se veste e se maquia com um cuidado especial. Sabe que nessas coisas a amiga é seu principal público, pois a Ed nenhuma novidade que ela adote afeta: ele não aprova, não desaprova, nem toma conhecimento.

– Pra mim você está bem – é só o que ele diz, seja qual for o resultado na figura dela. (Mas será que ela quer mesmo que ele veja essas coisas claramente? Pouco provável. Se ele visse, notaria as rugas incipientes, pequenas bolsas de carne em formação, a teia que se forma sob os olhos. Melhor do jeito que está.)

Sally repetiu para Marylynn o comentário de Ed, precisando que ele o fizera no dia em que a jacuzzi transbordou porque o detector de fumaça disparou, pois o bolinho que ela estava esquentando para comer na banheira encalhou na torradeira e ela teve de passar uma hora estendendo jornais e enxugando, e só teve uma hora para se arrumar para um jantar fora.

– Fiquei com cara de fantasma – contou Sally.

Ultimamente ela tem dado por si repetindo muitas das coisas que diz Ed, as estúpidas. Marylynn é a única amiga a que Sally confiou este segredo.

– Ed é uma flor – dizia Marylynn. – Uma flor bonita e colorida. Se fosse meu, dava-lhe um banho de bronze e colocava na cornija da lareira.

Marylynn é ainda melhor que Sally para descrever a categoria de estupidez específica de Ed, o que irrita Sally: feito por ela, sua mulher, esse tipo de comentário parece indulgente, mas partindo de Marylynn é quase como se ela tratasse Ed como uma criança. Portanto, Sally sai em defesa de Ed, que absolutamente não é estúpido em relação a tudo. Olhando as coisas mais de perto, só existe uma área em que ele não tem jeito. Nas outras é bastante inteligente, em algumas até brilhante. Não fosse assim, como teria tanto sucesso?

Ed é cardiologista, um dos melhores, e a ironia desse fato não escapa a Sally: Quem entenderia menos que ele os mecanismos do coração, do coração verdadeiro, simbolizado por cetim vermelho com debrum de renda e encimado por um arco e flecha cor-de-rosa? Corações atravessados por flechas. Por outro lado, é seu coração que gera em grande parte seu fascínio. As mulheres o assediam nos sofás, o acossam nas varandas dos coquetéis, sussurram para ele nos jantares. E agem assim diante de Sally, bem na sua cara, como se ela fosse invisível, e Ed permite. Isso nunca aconteceria se ele estivesse na área financeira ou na construção civil.

Estando onde está, ele é perseguido pelo canto das sereias aonde quer que vá. Elas esperam dele remédio para o coração ferido. Parece que todas sofrem algum mal, um sopro, um murmúrio. Ou vivem desmaiando e querem que ele explique por quê. A conversa gira sempre em torno disso, afirma Ed, e Sally acredita. Ela própria havia desejado isso, essa miragem. Que é que ela havia forjado para ele, no começo?

Um coração apertado, que batia forte demais após as refeições. E ele foi um amor, olhou pra ela com aqueles seus olhos castanhos, estonteantes, como se a questão fosse realmente o coração dela, escutou sério o que ela dizia, como se nunca tivesse ouvido aquele papo banal, e disse para ela tomar menos café. E ela sentiu-se triunfante levando a cabo sua pequena impostura, arrancando aquele pequenino sinal de interesse.

Recordar este incidente a deixa constrangida, agora que vê a própria atuação repetida pelas outras, inclusive a mão pousada no coração, claro, para chamar a atenção sobre o seio. Algumas dessas mulheres estiveram a ponto de fazer Ed deitar a cabeça no seu peito bem ali, na sala de visita de Sally. Vigiando tudo isso com o canto do olho enquanto serve o licor, Sally sente a asteca brotar dentro dela. *Distúrbio no coração? É só remover*, pensa ela, *e o problema está resolvido*.

* * *

Às vezes Sally teme ser um zero à esquerda, como Marylynn antes de se divorciar e trabalhar. Mas Sally não é um zero e, portanto, não precisa divorciar-se para deixar de ser. E sempre teve trabalho, inclusive agora. Felizmente Ed não tem objeções; aliás, não tem grandes objeções a nada do que ela faz.

Teoricamente é um emprego de tempo integral, mas, na prática, de meio período, pois Sally pode levar para casa grande parte do trabalho, que faz, como ela diz, com um pé nas costas. Quando está briguenta, quando faz o papel da esposa chata de um homem de bons sentimentos – fica assim diante de gente com quem não está disposta a perder tempo –, ela diz que é bancária, não faz nada importante. E observa os olhos dessa gente que a olha como coisa sem valor. Por outro lado, quando quer impressionar diz que trabalha com RP. Na verdade, ela edita a revista interna de um fundo de fideicomisso de médio porte. É uma revista fina, bem impressa, lançada para fazer os empregados sentirem que alguns dos caras estão fazendo coisas meritórias lá fora e são também seres humanos. Ainda são *os* caras, embora se exibam regularmente às poucas mulheres que estejam em qualquer cargo que lembre uma posição de mando, com trajes de executiva, sorriso inteligente e modos que esperam sejam interpretados como seguros e não como agressivos.

Este é o último de uma série de empregos que Sally teve ao longo dos anos; todos foram tranquilos, e nenhum exigiu toda a sua capacidade nem levou a nada. Formalmente, ela é a subchefe: acima dela há um homem que não estava acertando na administração, mas não podia ser demitido porque era aparentado com o presidente da empresa. Ele está sempre saindo para almoços regados a álcool e que duram horas, joga golfe, e enquanto isso é Sally que fica no leme. Esse homem colhe os louros de tudo que ela faz de bom, mas, quando ninguém está olhando, os altos executivos puxam Sally de lado, dizem que mulher formidável ela é e elogiam a competência com que dá conta do recado.

A verdadeira compensação de Sally, porém, é que o chefe produz um inesgotável estoque de historinhas. Ela se regala com aquelas que o apresentam como tapado e pomposo, suas sugestões retardadas sobre o que os dois deviam cozinhar para a revista; *o órgão*, que é, conta ela, como ele sempre se refere à revista.

– Ele diz que precisamos de sangue novo para levantar o órgão – conta Sally, e os cárdios abrem um sorriso:

– Ele falou mesmo isso?

Falar assim do chefe seria temerário – nunca se sabe qual vai ser a reação, e as paredes têm ouvidos – para quem tivesse medo de perder o emprego, mas não é este o caso de Sally. Entre ela e o chefe há um tácito entendimento. Ambos sabem que se ela dançar, ele dança também, pois quem mais o aguentaria? Se ela fosse estúpida a ponto de ignorar as ligações familiares dele, e se cobiçasse as lantejoulas do poder, ela podia manobrar para subir ao cargo dele. Mas está satisfeita com o que tem. Brincando, ela diz que atingiu seu nível de incompetência. Afirma sofrer de fobia do sucesso.

O chefe tem cabelo branco, é esguio, bronzeado, parece um anúncio de academia inglesa de ginástica. Embora insípido, ele é superficialmente distinto, isso ela reconhece. Na verdade, ela o paparica descaradamente, lhe passa a mão na cabeça e está sempre a lhe dar cobertura, embora não chegue ao ponto de agir como uma secretária: não lhe traz café. Mas os dois têm uma secretária que faz isso. E da única vez que ele fez um avanço, ao voltar cambaleante de um almoço, ela foi compreensiva.

Às vezes, nem sempre, Sally tem que viajar a trabalho. É despachada para lugares como Edmonton, em Alberta, onde têm filial. Lá ela entrevista garotões de nível médio e alto; almoçam, e os garotões falam dos altos e baixos do petróleo ou da queda no mercado imobiliário. Depois é levada para visitar centros comerciais em construção. O vento está sempre soprando, e lhe joga pedrinhas no rosto. Ela volta para casa e escreve um texto sobre a juventude e vitalidade do Oeste.

Enquanto faz a mala, Sally provoca Ed dizendo que vai se encontrar com um ou dois impetuosos financistas. Ed não se sente ameaçado; diz a ela que se divirta, e ela o abraça e lhe diz o quanto vai sentir sua falta. Ele é tão idiota que não lhe passa pela cabeça que ela talvez não esteja brincando. Na verdade, teria sido fácil para Sally ter um caso, ou pelo menos uns encontros fortuitos, em várias dessas viagens: ela conhece o código de trânsito e sabe quando está sendo provocada para furar o sinal. Mas não está interessada em ter um caso com ninguém, só em Ed.

Come pouco no avião; não gosta da comida. Mas, na volta, guarda sistematicamente a refeição empacotada, o queijo na embalagem de plástico, a minibarra de chocolate, o saquinho de pretzel. Raspa tudo e põe na bolsa. Para ela é uma reserva de que pode precisar se ficar ilhada num aeroporto estranho, se tiver que fazer um desvio por causa da neve ou nevoeiro, por exemplo. Tudo pode acontecer, embora nada tenha acontecido. Em casa, tira tudo da bolsa e joga fora.

* * *

Para lá da janela, Ed se endireita e bate nas calças as mãos sujas de terra. Ele começa a virar-se, e Sally se afasta da janela para ele não perceber que ela está olhando. Ela não quer que fique óbvio. Transfere a atenção para o molho: é a segunda fase da *sauce suprême*, com que o frango vai ficar outra coisa. Quando ela estava aprendendo a fazer, seu instrutor de cozinha citou um grande cozinheiro segundo o qual o frango seria apenas uma tela. Ele estava comparando o molho a uma pintura, mas Sally torceu suas palavras para a colega a seu lado e virou a frase pelo avesso.

– O meu vai ser uma tela de qualquer maneira, com molho ou sem molho – ou algo assim.

Cozinha gourmet foi o terceiro curso noturno que Sally fez. Ela já está no quinto, chamado *Formas de Ficção Narrativa*. São exercícios de leitura e redação – a instrutora não acredita que se possa entender uma forma de arte sem ao menos tentar pessoalmente – e Sally afirma que está gostando. Diz aos amigos que faz cursos noturnos para evitar que o cérebro se atrofie, e eles acham graça: Que mais pode ocorrer com o cérebro dela? Atrofia não é problema de opção. Sally não diria isso, e em todo caso sempre se pode melhorar. Talvez ela tenha começado os cursos acreditando que assim ficaria mais interessante aos olhos de Ed, mas não tardou a reconsiderar: pelo jeito, agora ela não interessa a ele nem mais nem menos do que antes.

A maior parte do jantar já está pronta. Sally tenta organizar-se bem: a jacuzzi transbordante foi uma aberração. A sopa de agrião com nozes está esfriando na geladeira e a musse de chocolate idem. Sendo quem é, Ed prefere bolo de carne a timo com pinhões, creme de caramelo de envelope a purê de castanha com chantilly. (Sally queimou os dedos descascando a castanha. Não sabia descascar do jeito simples e agora compra em lata.) Diz Sally que Ed prefere aquele tipo de comida porque foi programado pela lanchonete do hospital quando mais jovem: basta mostrar uma salsicha queimada ou uma concha de purê de batata instantâneo, e ele saliva. Portanto, só para convidados ela pode expor seu *boeuf en daube* e o salmão *en papillote*, servi-lo e vê-lo saboreado e elogiado.

O grande prazer de Sally nesses jantares é arrumar a mesa, distribuir os lugares, decidir quem vai se sentar onde e, quando sente o seu impulso maldoso, até o que provavelmente vão dizer. Depois é só sentar-se e ouvir. Às vezes, ela dá umas deixas.

Esta noite não vai enfrentar maiores desafios, são apenas os cárdios com as mulheres, além de Marylynn, de quem Sally espera que os dilua. Os homens são proibidos de falar de trabalho à sua mesa de jantar, mas não adianta.

– Não é bem do que se quer ouvir falar à mesa – argumenta Sally. – Tubos e válvulas. – Consigo mesma ela acha que eles são um bando de presunçosos, todos, exceto Ed. Vez por outra, não resiste a dar umas alfinetadas.

– Quero dizer – explicou ela um dia a um eminente cirurgião – que essencialmente é uma forma glorificada de costura. Não acha?

– Que é isso? – reagiu sorrindo o cirurgião. Os cárdios acham Sally uma provocadora de marca maior.

– É questão de corte e costura, não é? – murmurou ela, e ele riu.

– Não é só isso – interveio inesperadamente Ed, solene.

– Tem mais o quê, Ed? – atalhou o cirurgião. – Pode-se dizer que tem muito babado, mas só na conta. – E ele riu de novo.

Sally prendeu a respiração. Ela ouvia os pensamentos de Ed engrenando bruscamente para soltar palavras. Ele era mesmo uma delícia.

– Bem falado – aprovou Ed. Pronunciadas em tom convicto, suas palavras se abateram pesadamente sobre a mesa. O cirurgião baixou o copo de vinho.

Sally sorriu. Bem sabia que por trás daquilo havia uma censura a ela por não levar as coisas bastante a sério. *Ora, francamente, Ed*, podia dizer. Mas quase sempre ela também sabe a hora de calar o bico. Devia instalar na testa uma placa de BRINCADEIRA que acendesse para informar sua intenção a Ed.

* * *

Os cárdios estão se dando bem. A maioria parece estar se dando melhor que Ed, mas é só porque, no geral, têm um gosto mais dispendioso e menos esposas. Sally calcula esses valores e conclui que Ed está dentro das expectativas.

Falava-se muito em tecnologias avançadas e Sally tenta se manter a par, já que interessam a Ed. Uns anos atrás os cárdios passaram para novas instalações e equipamentos. Ed ficou tão empolgado que contou a Sally, o que não era comum. Uma semana depois Sally anunciou que ia ao hospital no fim da tarde apanhar Ed e levá-lo a jantar; não estou com vontade de cozinhar, explicou. Na verdade, ela queria ver as instalações; gosta de conferir tudo que faz a curva de excitação de Ed subir além do normal.

A princípio Ed alegou que estava cansado, não queria prolongar o dia quando acabasse o expediente. Mas Sally teve tato, passou-lhe uma conversa e ele acabou por levá-la para ver o seu brinquedo novo. Ficava numa sala atulhada e escura, com uma mesa de exame. A coisa parecia uma tela de TV conectada a uma máquina complicada. Ed explicou que agora podiam ligar os fios da máquina ao paciente, pegar ondas sonoras do coração, captar o eco e projetar na tela uma imagem, uma imagem real do coração trabalhando. Era mil vezes melhor do que um eletrocardiograma: dava para ver com muito mais clareza as falhas, o espessamento e as obstruções.

– A cores? – quis saber Sally.

– Preto e branco.

E de repente Sally foi tomada pelo desejo de ver o próprio coração funcionando em preto e branco na tela. No dentista, ela faz questão de ver os raios X de seus dentes, sólidos e brilhantes no meio da cabeça obscura.

– Vamos. Eu quero ver como funciona. – E ela pensou que esse era o tipo de coisa de que Ed normalmente se esquivaria, diria que era uma tolice, mas não foi difícil convencê-lo. Ele próprio estava fascinado com a coisa, e queria se exibir.

Ed verificou se o equipamento não estava reservado para alguém. Instruiu Sally para tirar a roupa, a parte de cima, inclusive o sutiã. Deu-lhe uma bata de papel e se virou de costas até ela se vestir, como se não visse o corpo dela toda noite. Conectou os eletrodos a ela, tornozelos e um pulso, ligou o interruptor e ficou mexendo nos botões do painel. Na verdade, isso é trabalho para um técnico, observou, mas eu sei operar. Ele era bom de aparelhinhos.

Sally deitou-se na mesa, sentindo-se estranhamente nua.

– Que é que eu faço?

– Nada, só fique aí – respondeu Ed. Ele se aproximou e fez um furo na bata, acima do seio esquerdo. Depois começou a passar a sonda na pele dela. Era fria, úmida e escorregadia como um desodorante roll-on.

– Pronto – disse ele, e Sally virou a cabeça. Na tela aparecia um objeto grande e cinza, como um figo gigante, mais pálido no meio, uma linha escura passando pelo centro. Os lados se mexiam para dentro e para fora; duas asas batendo, como uma mariposa indecisa.

– Só isso? – estranhou Sally. Na tela seu coração parecia imaterial, era uma bolsa de gelatina, capaz de derreter, se dissolver, desintegrar-se a um leve aperto.

Ed moveu a sonda e eles olharam para o coração por baixo, em seguida por cima. Depois ele deteve a imagem e passou de positiva a negativa. Sally começou a tremer.

– Maravilhoso – ela disse. Ele parecia tão distante, absorvido em sua máquina, tomando as medidas do coração dela, que batia na tela sozinho, destacado dela, exposto sob o controle dele.

Ed desconectou os fios do corpo de Sally e ela se vestiu, neutra, como se ele fosse realmente um médico. A despeito de toda esta sessão, a sala inteira era erótica de uma forma que ela não entendia, evidentemente um lugar perigoso. Como uma sala de massagem feminina. Bastava pôr um monte de mulheres lá dentro com Ed e elas nunca mais iam querer sair. Ficariam lá dentro, com ele a lhes passar a sonda na pele e mostrar as deficiências de seus corações palpitantes.

– Obrigada.

* * *

Sally ouve a porta dos fundos se abrir e se fechar. Sente Ed se aproximando, avançando pela casa na sua direção, como um vento ou uma massa de eletricidade estática. O pelo dos braços dela se eriça. Diante dele, ela às vezes se sente feliz a ponto de explodir; outras vezes acha que está a ponto de explodir de qualquer forma.

Ele entra na cozinha e ela finge que não vê. Ele a abraça por trás e a beija no pescoço. Ela se inclina para trás, se apertando contra o corpo dele. Agora o que deviam fazer é ir para o quarto (ou para a sala de visita, ou até para a salinha íntima) e fazer amor, mas a Ed não ocorreria a ideia de fazer isso em pleno dia. Sally está sempre lendo artigos de revistas que ensinam a melhorar a vida sexual, o que a faz sentir-se decepcionada, ou saudosa: Ed não é o primeiro nem único homem de Sally. Mas ela sabe que não deve esperar muito dele. Se fosse mais dado à experimentação, mais interessado em variedade, seria outro homem: mais astuto, mais tortuoso, mais observador, mais difícil de lidar.

Sendo como é, Ed faz amor sempre do mesmo jeito, noite após noite, cada movimento seguindo-se a outro sempre na mesma ordem. E parece que fica satisfeito. Claro que fica: sempre se vê quando o homem fica satisfeito. É Sally que depois fica acordada, vendo as cenas que se desenrolam diante de seus olhos fechados.

Sally se afasta de Ed, sorri para ele.

– Como você se saiu hoje com as mulheres?

– Que mulheres? – pergunta Ed ausente, a caminho da pia. Mas ele sabe.

– Aquelas escondidas atrás da forsítia. Contei pelo menos dez. Só esperavam uma chance.

Ela o provoca muito com essas tropas de mulheres que o seguiriam por toda a parte, invisíveis para ele, mas que ela vê com a maior clareza.

– Aposto que elas fazem ponto à porta do hospital – continua Sally –, esperando você sair. Aposto que se escondem nos armários de roupa e pulam nas suas costas e depois fingem que se perderam para você levá-las pela mão pelo atalho. É o jaleco branco que atrai. Elas não resistem a um jaleco branco. Foram condicionadas pela série do Dr. Kildare.

– Não seja boba – protesta ele comedido. Estará corado, constrangido? Sally lhe examina com atenção o rosto, como um geólogo examina uma foto aérea em busca de indícios que revelem tesouros minerais: marcas, sulcos, protuberâncias. Em se tratando de Ed, tudo quer dizer alguma coisa, embora às vezes seja difícil dizer o quê.

Agora ele está lavando as mãos na pia para tirar a terra. Já vai enxugá-las no pano de prato, em vez de usar a toalha de mão. Serão um sinal de complacência, aquelas costas viradas para ela? Talvez essa horda de mulheres exista mesmo, embora ela a tenha inventado. Talvez se portem mesmo daquele jeito. Os ombros dele estão um tanto encolhidos: Será que ele a está excluindo?

– Eu sei o que elas querem – insiste Sally. – Querem entrar naquela sua sala escura e subir na sua mesa. Acham você uma gostosura. Vão engolir você. Vão lhe cravar os dentes, reduzir você a pedacinhos. Só vai sobrar um estetoscópio e o cadarço do sapato.

Ed já riu diante disso, mas hoje não ri. Talvez ela tenha batido nessa tecla um pouco demais. Ele, porém, sorri, enxuga as mãos no pano de prato, abre a geladeira e espia. Gosta de beliscar.

– Tem rosbife frio – diz Sally, perplexa.

* * *

Sally tira o molho do fogão e o separa para o jantar: vai executar os últimos passos da receita logo antes de servir. São apenas duas e meia. Ed desapareceu no porão, onde Sally sabe que ele ficará algum tempo em segurança. Ela entra no escritório, que já foi um dos quartos das crianças, e se senta a sua mesa. Nunca acabou de arrumar o quarto: ainda há uma cama, e uma penteadeira com um babado azul florido que ela ajudou a escolher muito antes de eles irem para a universidade; antes de "baterem as asas", como diz Ed.

Sally não comenta a expressão, embora tenha vontade de dizer que este não foi o primeiro viveiro que deixaram. A casa nem é o viveiro original, pois nenhum dos filhos é dela. Quando se casou com Ed, ela quis um bebê que fosse dela, mas não quis forçar a barra. Ed não se opôs, propriamente, mas ficou neutro, e Sally acabou com a sensação de que para ele bastavam os filhos que já tinha. De qualquer forma, as outras duas mulheres tiveram filhos, e veja o que aconteceu com elas. Como para Sally o destino delas sempre foi obscuro, ela pode imaginar o que quiser, da dependência de drogas à loucura. Fosse o que fosse, o resultado foi que coube a Sally criar os filhos delas, pelo menos a partir da puberdade. A primeira mulher explicou o arranjo dizendo que agora era a vez de Ed. A segunda foi mais indireta: disse que a menina queria ficar um tempo com o pai. Sally não participou dessas formulações, como se não morasse realmente naquela casa e, portanto, não tivesse direito a opinião.

Considerando todo o quadro, ela não se deu mal. Gosta das crianças e tenta ser amiga delas, já que mal consegue se fingir de mãe. Diz que é fácil o relacionamento com os três. Ed não vivia muito disponível para as crianças, mas é a aprovação dele que elas querem, não a de Sally; é a ele que respeitam. Sally é mais uma aliada que os ajuda a conseguir de Ed o que querem.

Quando as crianças eram menores, Sally jogava Monopólio com elas na casa de verão que Ed tinha em Muskoka, mas depois vendeu. Ele também jogava, nas férias e nos fins de semana em que podia ir. Todas as partidas se desenvolviam segundo o mesmo padrão: Sally tinha uma fase de sorte e comprava tudo que tinha chance de comprar. Não queria saber se eram imóveis de alta classe, como os de Boardwalk ou Park Place, ou casinhas sem graça do lado ruim da ferrovia; comprava até estações de trem que as crianças queriam passar adiante, preferindo poupar suas reservas para investimentos melhores. Por seu lado, Ed seguia pesadamente seu caminho, colhendo uma coisinha aqui, outra acolá. Sentindo-se rica, Sally torrava dinheiro comprando luxos praticamente imprestáveis, como a empresa de eletricidade; e quando as crianças começavam a perder, como sempre acontecia, Sally emprestava a juros baixos ou trocava com prejuízo suas propriedades com elas. Por que não? Ela podia.

Enquanto isso, Ed defendia seus negócios juntando quarteirões de terrenos e lá plantando casas e hotéis. Preferia a faixa média, ruas respeitáveis mas discretas. Sally baixava no espaço dele e tinha de pagar caro e em dinheiro. Ed nunca propunha nem aceitava trocas. Fazia um jogo solitário e ganhava mais do que perdia. Então Sally sentia-se frustrada. Dizia que não tinha instinto de caçador; ou que não se importava, pois afinal aquilo era só um jogo e devia deixar as crianças vencerem vez por outra. Ed não conseguia entender a ideia de deixar os outros ganharem. Dizia que isso era ser condescendente com as crianças e que, de qualquer modo, não se podia controlar o resultado de um jogo de dados, pois era em parte questão de sorte. Se é questão de sorte, pensava Sally, por que as partidas eram tão parecidas? No fim lá estava Ed contando suas notas, que arrumava por valor, em pilhas, e Sally com suas vastas posses reduzidas a algumas quadras arruinadas na Baltic Avenue e condenada a perder propriedades hipotecadas: pródiga, generosa, falida.

Nessas noites, depois que as crianças se deitavam, Sally tomava mais dois ou três uísques com gengibre do que seria aconselhável. Ed ia dormir cedo – ganhar o deixava satisfeito e sonolento – e Sally perambulava pela casa ou relia o desfecho de livros de detetive até se enfiar na cama, onde acordava Ed e o excitava em busca de consolo.

* * *

Sally já quase esqueceu esses jogos. Neste momento as crianças estão recuando, se esmaecendo como tinta velha; ao contrário, a figura de Ed ronda cada vez maior, e seus contornos se escurecem. Ele está constantemente a revelar-se, como uma foto polaroide, surgem novas cores, e, no entanto, o resultado permanece igual: Ed é uma superfície que Sally tem dificuldade para penetrar.

– Explore o seu mundo interior – ensinava a instrutora de Sally em *Formas de Ficção Narrativa*, uma mulher de meia-idade, não muito conhecida, que lida tanto com astrologia quanto com o baralho de tarô e escreve contos que não são publicados em nenhuma das revistas que Sally lê.

– Tem o mundo exterior também – lembrou depois Sally para os amigos. – Por exemplo, ela devia dar um jeito no cabelo.

– Ela fez esse comentário banal e mesquinho porque está farta de seu mundo interior; não precisa expor-se a ele. Em seu mundo interior mora Ed, como um boneco russo dentro de outro, e dentro de Ed o mundo interior dele, que ela não alcança.

Mas tenta: o mundo interior de Ed é uma mata, algo como o fundo do barranco do fundo do terreno, sem a cerca. Lá ele vagueia sem rumo entre as árvores. Vez por outra se depara com uma planta estranha, doente, sufocada pelo mato, pela sarça. Ed se ajoelha, limpa a terra em torno, poda com hábeis cortes e escora a planta. Que renasce esplendidamente saudável e da qual brota uma grata flor vermelha. Ed segue caminho. Ou talvez seja um esquilo fora de combate, que ele cura com uma gota do frasco de sua poção mágica. A intervalos regulares, aparece um anjo que lhe traz alimento. Invariavelmente, bolo de carne. Para Ed tudo bem, ele mal sabe o que come. O anjo, porém, está se cansando de ser anjo. Agora Sally começa a pensar no anjo: Por que as asas dele estão puídas na beira, por que o anjo parece tão mirrado e agitado? É nesse ponto que terminam todas as tentativas de Sally para sondar o mundo interior de Ed.

Ela sabe que pensa demais em Ed. Sabe que devia parar. Sabe que não devia perguntar "você ainda me ama?" naquele tom lamurioso que deixa a ela própria com os nervos à flor da pele. Só consegue fazer com que Ed sacuda a cabeça como se não entendesse a razão da pergunta e lhe dê uma palmadinha na mão. "Sally, Sally", diz ele, e tudo segue como antes, exceto pela apreensão que permeia os atos, até os mais corriqueiros, como arrumar cadeiras ou trocar lâmpadas. Mas ela tem medo de quê? Tem o que os outros chamam de "tudo": Ed, a maravilhosa casa no terreno do barranco, o que sempre quis. (Mas o morro é uma selva, e a casa, de gelo. Só não se desintegra graças a Sally, que fica no meio montando um quebra-cabeça. O quebra-cabeça é Ed. Se um dia ela completá-lo, se um dia encaixar a última peça, a casa se derreterá e escorrerá morro abaixo, e então...) É um mau costume, brincar com a cabeça desse jeito. Não ajuda nada. Ela sabe que, se pudesse largar, ficaria mais satisfeita. Devia ser capaz: já largou o cigarro.

Precisa concentrar a atenção em outras coisas. Esta é a verdadeira razão dos cursos noturnos, que ela escolhe quase ao acaso, para coincidir com as noites em que Ed não está. Ele tem reuniões, está na diretoria de entidades beneficentes, acha difícil dizer não. Ela desfila os cursos, história medieval, cozinha, antropologia, na esperança de que sua mente pesque alguma coisa; fez até um curso de geologia que foi fascinante, ela contou aos amigos, todo aquele magma. É isso: tudo é fascinante, mas nada a penetra. Ela é sempre a melhor aluna, se sai bem nas provas e impressiona os professores, e por isso os despreza. Conhece o próprio brilho, as próprias técnicas; fica surpresa porque os outros ainda se cercam deles.

Formas de Ficção Narrativa começou do mesmo jeito. Sally estava cheia de ideias, transbordava de sugestões. De qualquer forma, a parte prática do curso era como uma reunião de comissão, que Sally sabia dirigir, na sombra, sem parecer que dirigia: estava cansada de fazer isso no trabalho. Bertha, a orientadora, disse a Sally que ela era dotada de uma viva imaginação e tinha muita energia criativa inexplorada.

– Bertha! Com um nome desses, não admira que ela não consiga nada – alfineta Sally mais tarde para duas colegas com quem toma um café. – Mas combina com a roupa dela. – Bertha faz o estilo macramê, com sandália, volumosos suéteres tricotados e saias tecidas à mão que em nada ajudam sua figura quadrada, além de um excesso de anéis mexicanos que ela não lava com a devida frequência. Bertha prefere tarefas específicas, a que ela se refere como aprender fazendo. Sally também: gosta de coisas que possa concluir e descartar, e que lhe valham pontos.

O primeiro tema que Bertha propôs foi Os Épicos. O grupo leu *A Odisseia* (passagens escolhidas e traduzidas, com um resumo da trama restante); depois tatearam o *Ulisses* de Joyce para ver como o autor havia adaptado o épico ao romance moderno. Bertha fez a turma manter um caderno onde escreviam pontos de Toronto que correspondessem aos portos de escala da *Odisseia* e explicavam por quê. As escolhas eram lidas em voz alta, e foi uma comédia revelar quem tinha escolhido o quê como o ponto correspondente ao Reino de Hades. (O cemitério de Mount Pleasant, o McDonald's, onde você nunca volta à terra dos vivos se come alimento proibido, o secular Clube da Universidade, com suas almas de mortos ancestrais, e assim por diante.) A escolha de Sally foi o hospital, claro; ela não tinha problema com trincheiras ensanguentadas, e pôs os fantasmas em cadeiras de rodas.

Depois trabalharam The Ballad, e leram pavorosos relatos de crimes de morte e amor traído. Bertha tocou para eles fitas de velhos de respiração sibilante cantando em estilo tradicional, à moda dórica, e os mandou fazer um álbum com recortes dos últimos equivalentes. Para isso, o melhor jornal era o *Sun*. A ficção que se mostrou adequada a esse tipo de trama era do tipo que Sally gostava, de qualquer modo, e ela não teve dificuldade para engendrar uma história de crime completa de cinco páginas, com vingança e tudo.

Mas agora estão nos contos folclóricos e na tradição oral, e Sally empacou. Desta vez Bertha não deixa ninguém ler nada. É ela quem lê, numa voz de caminhão de areia, diz Sally, que não convida ao devaneio. Como o tema era a tradição oral, o grupo foi proibido até de tomar notas; Bertha explicou que os primeiros ouvintes dessas histórias não sabiam ler, memorizavam as histórias.

– Para recriar esse clima – disse Bertha –, eu devia apagar a luz. Essas histórias eram sempre contadas à noite.

– Para ficar mais arrepiantes? – sugeriu alguém.

– Não – respondeu Bertha. – É que de dia as pessoas trabalhavam. – Mas não apagou a luz, só fez o grupo se sentar em círculo.

– Você tinha que nos ver – contou mais tarde Sally a Ed –, ouvindo contos de fadas numa roda. Igualzinho ao jardim da infância. Tinha gente de queixo caído. Pensei que ela fosse dizer: "Quem precisar ir à casinha levante a mão." Sally tentava fazer graça, levar Ed a rir com seu relato da excentricidade de Bertha e a aparência boba dos alunos, a maioria de meia-idade, sentados em roda como crianças. Tentava também menosprezar o curso, um pouquinho. Sempre fazia isso ao falar de seus cursos noturnos, para que Ed não imaginasse que havia algo em sua vida nem de longe tão importante quanto ele. Mas parece que Ed não precisava do humor nem do menosprezo. Ouviu o relato dela com interesse, com seriedade, como se a atitude de Bertha, afinal, fosse apenas a de um especialista. Ninguém mais do que ele sabia como tantas vezes os procedimentos especializados parecem esquisitos ou incompreensíveis para quem observa de fora.

– Ela deve ter suas razões – foi só o que ele disse.

As primeiras histórias que Bertha leu ("Ela não tem que decorar", resmungou Sally) eram de príncipes que ficavam com amnésia, esqueciam a amada e se casavam com uma moça escolhida pela mãe. Tinham de ser salvos com ajuda de artes mágicas. Essas histórias não contavam o que acontecera com as moças com quem o príncipe tinha sido casado, e Sally ficou tentando imaginar. Depois Bertha leu outra história, e desta vez os alunos tinham de se lembrar dos elementos que se destacavam para eles e em cinco páginas transpor a história para o presente em estilo realista. ("Em outras palavras", explicitou Bertha, "nada de magia.") Não podiam usar o narrador distanciado, a que tinham recorrido no trabalho de The Ballad. Agora tinham que adotar um ponto de vista interno. Podia ser o de qualquer personagem ou qualquer coisa da história, mas só uma. A história que ia ler, informou Bertha, era uma variante da lenda do Barba-Azul, muito anterior à versão sentimental de Perrault. Nesta, a moça é salva pelo irmão, mas na versão anterior as coisas são bem diferentes.

Foi isto o que Bertha leu, pelo que se lembra Sally.

* * *

Era uma vez três moças irmãs. Um dia um mendigo, com um grande cesto às costas, bateu à porta e pediu pão. A irmã mais velha trouxe pão, mas assim que tocou no mendigo foi obrigada a pular para dentro do cesto, pois ele era de fato um bruxo disfarçado. ("E vamos esquecer a United Appeal", murmurou Sally. "Ela devia ter dito 'Já dei pão no escritório'.")

O bruxo carregou a moça para sua casa na floresta, que era grande e ricamente mobiliada.

– Aqui você será feliz comigo – disse ele –, terá tudo que desejar seu coração.

Isso durou alguns dias. Depois o bruxo entregou à moça um ovo e um molho de chaves.

– Eu vou viajar – avisou – e você vai tomar conta da casa. Cuide deste ovo para mim e o leve com você aonde for; se ele se perder, vai haver uma desgraça. Estas chaves abrem todos os quartos da casa. Você pode entrar em qualquer um e usar o que encontrar, mas não entre na água-furtada, sob pena de morte.

A moça prometeu obedecer e o bruxo desapareceu. A princípio ela contentou-se em explorar os quartos, que estavam recheados de tesouros. Mas a curiosidade a perseguia. Acabou procurando a menor chave e, com o coração aos pulos, abriu a portinha lá em cima. O interior era uma enorme bacia cheia de sangue, e dentro dela estava o corpo de muitas mulheres esquartejadas; no canto havia um cepo e um machado. Horrorizada, ela largou o ovo, que caiu na bacia de sangue. Em vão, ela tentou tirar a mancha: cada vez que lavava, a mancha reaparecia.

O bruxo voltou e, com voz severa, perguntou pelo ovo e pelas chaves. Ao ver o ovo, ele ficou sabendo imediatamente que ela havia desobedecido e entrado na água-furtada.

– Você entrou contra minha vontade – disse ele –, e agora vai entrar contra a sua.

Surdo aos apelos dela, ele a derrubou e a arrastou pelo cabelo para a água-furtada, esquartejou-a e jogou os pedaços do corpo na bacia, junto com os outros.

Então ele foi buscar a segunda irmã, que não teve melhor sorte que a primeira. Mas a terceira era sagaz e matreira. Assim que o bruxo se foi, ela guardou o ovo numa prateleira, em segurança, e foi abrir a água-furtada. Imagine-se a sua dor ao ver aos pedaços o corpo das irmãs! Mas ela juntou os pedaços, ligou todos e as duas se ergueram e caminharam, e acabaram sãs e salvas. Elas se abraçaram, e a terceira irmã escondeu as outras num armário.

Quando o bruxo voltou de viagem perguntou imediatamente pelo ovo, que desta vez estava imaculado.

– Você passou na prova – disse ele. – Vai ser a minha noiva. ("E o segundo prêmio", anunciou Sally para si mesma, "são *duas* semanas nas cataratas do Niágara.") Mas o bruxo tinha perdido todo o poder sobre ela, e teve que fazer tudo que ela pedia. A história ainda conta como o bruxo teve seu castigo, foi queimado na fogueira, mas Sally já sabia quais os elementos de destaque para ela.

* * *

A princípio Sally achou que o elemento mais importante da história era a água-furtada. O que ela poria ali em sua versão moderna e realista? Não seriam mulheres destroçadas a machado. Não é que isso fosse fantasioso demais, era doentio demais, além de óbvio. Queria algo mais sutil. Talvez fosse uma boa ideia fazer as irmãs curiosas abrirem a porta e não acharem nada, mas, depois de ruminar bastante, deixou a ideia de lado. Não podia ficar com uma água-furtada proibida onde não havia nada.

Era assim que ela pensava logo após receber a tarefa, há nada menos de duas semanas. Até agora, não escreveu uma linha. A grande tentação é entrar na pele da irmã sagaz, porém também isso é facilmente previsível. E Ed com certeza não é o bruxo, com ele a água-furtada abrigaria uma mata, umas plantas meio murchas e esquilos debilitados, além do próprio Ed cuidando deles; além do que, com Ed, a água-furtada não ficaria trancada, e não haveria história.

Agora, sentada à sua mesa, brincando com a caneta de feltro, ocorre a Sally que o aspecto intrigante da história, o ponto a que se deveria ater, é o ovo. Que fazia o ovo na história? E lhe vem uma lembrança de um curso noturno de Folclore Comparativo, quatro anos antes, o ovo como símbolo de fertilidade, ou um objeto necessário em feitiços africanos, ou algo que engendrava o mundo. Talvez, na história do Barba-Azul, o ovo seja o símbolo da virgindade, talvez seja por isso que o bruxo o exige sem mancha de sangue. As mulheres cujo ovo está conspurcado são assassinadas, as que têm o ovo imaculado se casam.

Mas isso tampouco ajuda. O conceito é tão ultrapassado! Sally não vê como transpor a história para a vida real sem ficar absurdo, a menos que ambiente a história, por exemplo, entre uma família de imigrantes portugueses – e o que sabe ela dessa gente?

Sally abre a gaveta da mesa de trabalho e a revira atrás da lixa de unha. Ao fazer isso, tem a brilhante ideia de escrever a história do ponto de vista do ovo. Os outros vão fazer escolhas diferentes: a moça astuta, o bruxo, ou as duas irmãs desastradas, que não tiveram a esperteza de mentir e se metem numa encrenca por causa da fina linha rubra que lhes corre pelo corpo todo a partir do ponto onde se articulavam suas partes.

Ninguém vai pensar no ponto de vista do ovo. Como ele vai sentir-se ao se ver como a passiva e inocente causa de tamanha desgraça?

(Ed não é o Barba-Azul; é o ovo. Ed Ovo, neutro, puro, adorável. Estúpido, também. Provavelmente cozido. Sally sorri afetuosamente.)

Mas como contar a história do ponto de vista do ovo, se o ovo é tão fechado e não sabe de nada? Sally rabisca o bloco de papel pautado e pondera essa questão. Depois recomeça a procurar a lixa. Mas já é hora de começar a preparar-se para receber os convidados. Pode enfiar o problema do ovo debaixo do travesseiro e acabar a tarefa amanhã, que é domingo. Seu prazo acaba na segunda-feira, mas sua mãe dizia que sua especialidade era fazer as coisas na última hora.

Depois de pintar as unhas com *Nuit Magique*, Sally toma um banho de banheira, comendo sua costumeira torrada. Começa a se vestir, sem pressa, tem tempo. Ouve Ed chegando do porão, depois no banheiro; ele entrou pela porta do hall. Sally entra pela outra porta, ainda de calcinha. Ed está diante da pia, sem camisa, fazendo a barba. No fim de semana ele adia a barba até que a ocasião exige, ou até Sally dizer que está arranhando.

Sally desliza a mão pela cintura dele, roçando-lhe as costas nuas. Para um homem, a pele dele é macia. Sally sorri para si mesma: não consegue parar de pensar nele como um ovo.

– Hum – faz Ed. Talvez um agradecimento, talvez a resposta a uma pergunta que nem Sally fez nem ele ouviu, ou apenas a constatação de que ela está ali.

– Você nunca imagina em que eu estou pensando? – Sally já perguntou isso mais de uma vez, na cama ou à mesa do jantar, depois da sobremesa. Ela fica atrás dele, observando as faixas que a gilete abre na espuma do creme de barbear, olhando para o próprio rosto no espelho, só se veem os olhos dela acima dos ombros nus de Ed. Coberto de espuma, ele é assírio, tem um jeito autoritário que não é comum; ou um explorador do Ártico coberto de neve; ou um ser meio homem, meio besta, um mutante da floresta de barba branca. Ele se raspa, destruindo metodicamente a ilusão.

– Eu já sei em que você pensa.
– Como? – Sally se espanta.
– Você está sempre me contando. – O tom de Ed poderia ser de resignação, ou tristeza; ou talvez isto seja uma simples constatação.

Sally está aliviada. Se é só isso que ele vai dizer, ela não corre perigo.

* * *

Marylynn chega uma hora adiantada no seu Porsche pérola, avançando pela entrada de carros à frente de dois homens num caminhão. Os homens colocam no lugar a escrivaninha, sob a supervisão de Marylynn: no recesso, ela fica exatamente como Marylynn tinha previsto, e Sally está encantada. Ela estreia a escrivaninha fazendo o cheque. Depois vai com Marylynn para a cozinha, onde Sally termina de fazer o molho e serve um kir para cada uma. Gosta de ter Marylynn aqui: evita a indecisão que sempre a acomete quando espera convidados. Embora só venham os cárdios, ela está um tanto nervosa. Ed tende a reparar mais nas coisas quando estão erradas do que quando estão perfeitas.

Marylynn senta-se à mesa da cozinha, o braço no encosto da cadeira, queixo apoiado na outra mão; está de cinza-claro, o que lhe faz o cabelo parecer prateado, e Sally sente mais uma vez como é banal um cabelo escuro comum como o seu, mesmo com um bom corte, mesmo brilhante. Marylynn nunca parece estar experimentando.

– Adivinhe o que Ed disse hoje.

Marylynn se inclina mais.

– Que foi? – O tom é de quem entra ansioso num jogo conhecido.

– Disse que "tem umas femininistas que vão longe demais". *Femininistas.* Não é lindo?

A pausa de Marylynn é longa demais, e um pensamento assustador cruza a cabeça de Sally: talvez Marylynn ache que ela está se exibindo com Ed. Marylynn sempre disse que ainda não está disposta a se casar de novo; mesmo assim, Sally devia ter cuidado, não lhe esfregar o casamento na cara. Marylynn, porém, ri complacente, e Sally, aliviada, ri também.

– Ed não existe – comenta Marylynn. – Você devia pregar as luvas dele na manga quando ele sai.

– Não devia deixar ele sair sozinho – reforça Sally.

– Você devia arranjar um cão-guia para ele – sugere Marylynn –, para enxotar as mulheres.

– Por quê? – Sally ainda ri, mas agora está alerta, o friozinho começa pela ponta dos dedos. Talvez Marylynn saiba de alguma coisa que ela ignora; talvez, afinal, a casa esteja começando a ruir.

– Porque ele não vê quando elas avançam – explica Marylynn. – É o que você me conta. – Marylynn toma um gole do kir; Sally mexe o molho. – Aposto que ele acha que eu sou femininista – diz Marylynn.

– Você? Nunca. – Sally tem vontade de acrescentar que Ed nunca deu nenhum indício de pensar coisa alguma sobre Marylynn, mas se cala. Não quer correr o risco de ferir os sentimentos dela.

* * *

As mulheres dos cárdios admiram o molho de Sally; os maridos falam de trabalho, todos exceto Walter Morly, que é bom de ponte de safena. Ele está ao lado de Marylynn e lhe dá atenção demais para Sally se sentir à vontade. A Sra. Morly está na outra ponta da mesa e não diz grande coisa sobre coisa alguma, o que Marylynn não parece notar. Ela continua a conversar com Walter sobre Santa Lúcia, onde os dois já estiveram.

E assim, após o jantar, depois de encaminhar todo o mundo para a sala de visita e oferecer cafezinho e licor, Sally pega Marylynn pelo cotovelo.

– Ed ainda não viu nossa escrivaninha. De perto, não. Vá com ele e lhe dê uma aula sobre mobília do século XIX. Mostre todos os escaninhos. Ele adora escaninhos. – Ed parece não entender. Marylynn, porém, sabe exatamente o que Sally pretende.

– Pode deixar. Eu não vou estuprar o Dr. Morly. Ele não sobreviveria a um choque desses. – Mas se deixa desviar do grupo com Ed.

Sally vai de convidado em convidado, sorridente, zelando para que tudo corra bem. Mesmo sem olhar de frente, ela está sempre sentindo a presença de Ed numa sala, em qualquer sala; ela o vê como uma sombra, uma forma captada vagamente no limite de seu campo visual, e reconhece o seu contorno. Gosta de saber onde ele está, só isso. Alguns convidados estão repetindo o cafezinho. Ela segue para o recesso: a essa altura eles devem ter acabado de falar da escrivaninha.

Não acabaram, ainda estão lá. Marylynn está inclinada para frente, uma mão no verniz. Ed está perto dela, perto demais, e, ao aproximar-se por trás deles, Sally vê o braço direito dele, bem perto do próprio corpo, mas agarrando Marylynn, sua anca vibrante, para ser exata, a bunda dela. Marylynn não se afasta.

É coisa de um segundo, e então Ed vê Sally e a mão se foi; agora ela está em cima da escrivaninha, pegando um cálice de licor.

– Marylynn quer outro Tia Maria – diz ele. – Acabo de dizer a ela que quem bebe um pouco vez por outra vive mais. – Sua voz não muda, o rosto está tão calmo como sempre, uma planície não sinalizada. Marylynn ri.

– Eu tive um dentista que, eu juro, abria buraquinhos nos meus dentes para depois obturar.

Sally vê a mão de Ed estendida para ela com um cálice vazio. Ela o recebe, com um sorriso, e se vira. Em sua cabeça cresce um rugido; nos limites da cena que vê, a escuridão avança, como numa tela de TV se apagando. Ela entra na cozinha, encosta a face na geladeira e a abraça até onde seu braço alcança. Assim fica, e a geladeira zumbe; um som reconfortante. Algum tempo se passa antes que ela recolha o abraço, toque no cabelo e volte com licor nos cálices.

Marylynn conversa com Walter Morly junto à porta-janela. Ed está sozinho em frente à lareira, com um braço na cornija; a mão esquerda, enfiada no bolso, não se vê. Sally vai até Marylynn e lhe entrega o cálice.

– Isso basta?

Marylynn não se altera.

– Obrigada, Sally. – E ela continua escutando Walter, que já disparou sua provocação costumeira: um dia, uma vez aperfeiçoados, diz ele, todos os corações serão de plástico, uma colossal melhoria em relação ao modelo atual. É uma forma tortuosa de paquera. Marylynn pisca para Sally, dando a entender que sabe que ele é chato. Sally demora um pouco, mas retribui a piscadela.

Sally olha para Ed, que olha para o espaço, como um robô estacionado e desligado. Já não tem certeza que viu o que pensou que viu. Mesmo que tenha visto, que significa? Talvez Ed só tenha, num momento de imprevisível embriaguez, posto a mão nas nádegas mais próximas, e Marylynn tenha se controlado para não gritar nem dar um repelão por simples cortesia, ou para não ofendê-lo. Esse tipo de coisa já aconteceu com Sally.

Ou talvez signifique algo mais inquietante: uma familiaridade entre os dois, um entendimento. Se for isto, Sally se enganou em relação a Ed durante anos, a vida toda. Sua versão de Ed corresponde não ao que ela percebeu, mas a algo cometido contra ela pelo próprio Ed, por suas próprias razões. Talvez Ed não seja estúpido, afinal. Talvez seja extremamente esperto. Ela pensa numa série de momentos em que a astúcia dele, essa esperteza, teria aparecido se existisse, e não apareceu. Ela o vigiava com tanta atenção! Lembra-se de jogar anos atrás pega-varetas com os garotos, os garotos de Ed: como todo o monte desmoronava se você mexia sem querer numa única vareta, por pouco que fosse.

Não vai dizer nada a ele. Não pode dizer nada, não pode correr o risco de errar, nem de acertar. Sally volta à cozinha e começa a limpar os pratos. Não costuma fazer isso – normalmente fica com os convidados até o fim –, e depois de algum tempo Ed dá com ela. Ele fica observando. Sally se concentra na limpeza: montão de *sauce suprême* escorregando para o saco plástico, retalhos de alface, torrões de arroz. O que restou de sua tarde.

– Que é que você está fazendo? – pergunta ele, afinal.

– Limpando os pratos. – Sally soa animada, neutra. – Achei melhor já começar a arrumação.

– Deixe isso. A moça pode fazer isso de manhã. – É assim que ele se refere à Sra. Rudge, embora ela esteja com eles há três anos: *a moça*. E antes dela a Mrs. Bird, como se as duas fossem intercambiáveis. Antes, isso nunca incomodara Sally.

– Vá para lá e divirta-se.

Sally larga a espátula, enxuga as mãos na toalha de mão, envolve Ed com os braços e o aperta mais do que devia. Ele dá uma palmadinha no ombro dela.

– Que foi que houve? Sally, Sally. – Se ela olhar para cima vai ver que ele balança um pouco a cabeça, como se não soubesse o que fazer por ela. Mas ela não olha.

* * *

Ed foi se deitar. Sally vagueia pela casa mexendo nos restos da reunião. Junta copos vazios, apanha amendoim no tapete. Acaba dando por si de joelhos, procurando debaixo de uma cadeira ela já não sabe o quê. Sobe, limpa a maquiagem, escova os dentes, tira a roupa e se enfia na cama ao lado de Ed, que ressona como que adormecido. *Como quê.*

Sally está deitada de olhos fechados. O que vê é o próprio coração, em preto e branco, com a imaterial palpitação de mariposa, um coração fantasmagórico, arrancado do seu peito para flutuar no espaço, um coração de namorada, animado mas incolor. Assim vai ficar eternamente; ela não tem controle sobre ele. E agora vê um ovo, que não é pequeno e frio e branco e inerte, porém maior do que um ovo de verdade e de um rosa-dourado, pousado em um ninho de roseira selvagem, bruxuleando como se dentro dele houvesse algo rubro e quente. Está quase pulsando; Sally tem medo. Quando olha, o ovo escurece: vermelho-rosado, vermelhão. Isso não acontece na história, pensa ela: o ovo está vivo, e um dia vai rachar. E que será que vai sair de dentro dele?

O CANTO PRIMAVERIL DAS RÃS

Mais uma vez os lábios das mulheres estão pálidos. De estação para estação, eles passam de crescente a minguante. Tamanha palidez não é vista há anos, uns quinze ou vinte ao menos. Will já não se lembra de quando foi que viu na boca das mulheres, pela última vez, esses tons amarelados de sorvete de laranja, de cetim rosa desmaiada. Foi algum tempo antes de ele realmente começar a perceber. Durante todo o último inverno, ao contrário, os lábios ganharam tons escuros: amora, vermelhão, e as bocas pareciam de boneca antiga, nitidamente destacadas do branco porcelana da pele. Agora a pele está mais para o creme, exceto a daquelas que ignoraram o decreto informal e começaram a bronzear-se.

Esta mulher, cujo nome é Robyn, tem uma boca da cor de unha com meia-lua. As unhas são pintadas para combinar com a boca: alguém resolveu que as bocas não devem mais dar a impressão de que levaram um banho de sangue. Robyn está com um vestido fresco, solto, algodão de um rosa tão claro que parece lavado, com botões na frente, os três de cima desabotoados. Pelas olhadelas que já deu pra baixo, ela parece desconfiar que talvez tenha exagerado.

Will sorri olhando para os olhos dela, que talvez sejam azuis; com essa luz, ele não sabe. Ela retribui o sorriso. Mas não vai conseguir fitá-lo muito tempo.

Depois de piscar e se mexer, ela terá três opções. O cardápio, em papel cinza, impresso em offset com letra cursiva, à francesa, e que ela já estudou; a vista lateral externa, rumo à porta, mas para isso ainda é cedo; e a parede atrás dele. Will sabe o que há ali: o cartaz emoldurado de uma exposição de arte surrealista de uns anos atrás, que tem um desenho, em rosa-carne com sombras de um cinza-rosado, que sugere uma parte do corpo, embora seja difícil dizer qual. Algo sobre fazer pelo crescer, sexualizar-se de forma desagradável. Ela vai reagir a isso, ou não vai ver. Mas o que olhou foi o próprio reflexo no vidro, conferindo-se como se ela própria fosse uma estranha que pensasse apanhar; um olhar intenso, breve mas franco.

A garçonete chega. É uma moça magra de cabelo ruivo à escovinha, com um brinco de pena púrpura numa orelha. Ela parece um corpo sem tendões, pendendo de uma cabeça presa num gancho. Veste uma calça que talvez seja de smoking. O restaurante fica numa zona de lojas de roupa usada, onde mulheres de aparência estrangeira, pernas atarracadas e coque no cabelo preto fuçam prateleiras, e também onde moças como ela compram suas roupas esquisitas. O cinto largo é de plástico vermelho, e tanto pode ter vinte e cinco anos como vinte e cinco dias; a camisa é uma camisa a rigor masculina, plissada, com as mangas arregaçadas até o cotovelo. Os braços, brancos e magricelos, saem de tufos de tecido como talos de peônia cultivada no escuro.

As coxas devem ser iguais. Will se lembra das coxas nas velhas revistas masculinas, que na escola passavam de mão em mão, fotos em preto e branco impressas em papel barato, sem retoque, mulheres gordotas em quartos de motel, ligas afundando na carne. Hoje em dia elas não têm carne e as coxas mirraram, são apenas músculo e osso. Até no encarte da *Playboy* são pura cartilagem. Mas dizem que ficam eróticas de legging.

Will pergunta se Robyn quer um aperitivo.

– Perrier com um toque especial – responde ela, olhando para cima e dando à garçonete o mesmo sorriso que acabou de dar a Will.

Will pede um Bloody Mary e fica sem saber se errou. Talvez a garçonete seja homem. Ele já esteve aqui várias vezes, e sempre teve a agradável sensação de entrar em terreno proibido. Em todo lugar que há toalha xadrez ele sente a mesma coisa, herança do tempo em que era estudante e achava que ia acabar sendo uma coisa diferente do que veio a ser. Naquele tempo ele desenhava ilustrações para o jornal do campus e projetava cenários. Por algum tempo seguiu desenhando, por hobby, pelo menos era assim que sua ex-mulher se referia a esse trabalho. Talvez retomasse o desenho mais tarde, quando tivesse tempo. Em certas ocasiões, ele ficava entrando ao acaso em galerias desta zona, para ver o que os jovens andavam buscando. Os donos o abordam com uma cínica deferência, como se a única coisa que tivesse para dar fosse dinheiro. Ele nunca compra nada.

A garçonete volta com as bebidas e Will, vendo um par de pequenas protuberâncias na caixa torácica dela, conclui, afinal, que ela é mesmo uma mulher.

– Por um minuto eu pensei que ela fosse homem – diz ele a Robyn.

– Mesmo? – Robyn relanceia os olhos pela garçonete, que agora está na mesa vizinha. – Não! – protesta, como se aquilo fosse um erro que ela jamais cometeria. – Não. É decididamente uma mulher.

– Pão? – Aqui o pão é colocado em minúsculas cestas suspensas acima das mesas por uma espécie de roldana. Para alcançar o pão, você tem que se levantar, ou então baixar a cestinha soltando a corda amarrada à parede; o que é meio complicado, mas Will gosta de fazer. Talvez a teoria seja que seu prato fica mais apetitoso se você participa do serviço – ou talvez as cestinhas sejam apenas um fracasso de seu criador. Aqui ele sempre come pão.

– O quê? – reage Robyn, como se nunca tivesse ouvido a palavra "pão". – Oh, não, obrigada. – O corpo dela se arrepia ligeiramente, como se aquilo fosse meio repulsivo. Will está contrariado, mas decidido a comer pão de qualquer modo. O pão é bom, denso, marrom e quente. Ele se volta para a parede, solta a corda, e a cesta desce guinchando.

– Lindo! – exclama Robyn. Então ele a surpreende olhando-se no vidro atrás dele. Agora, de algum modo, vão ter que atravessar o resto do almoço. Por que ele persiste, o que está buscando que é tão difícil de achar? Ela tem seios generosos, é o que o impele: a esperança na generosidade.

A garçonete volta e Robyn, franzindo os lábios de um tom pastel, pede uma salada de espinafre sem o molho. Will está começando a suar: sente-se claustrofóbico, está louco para ir embora. Tenta pensar em passar a mão na perna dela e em torno da coxa, que talvez fosse macia e cheia, mas não adianta. Ela não ia gostar.

* * *

Cynthia é branco no branco. O cabelo está quase louro, com alguma ajuda, suspeita Will: as sobrancelhas e pestanas são mais escuras. A pele é tão pálida que parece empoada. Não usa a bata do hospital, mas uma camisola franzida, infantil, vitoriana, que lembra gavetas rendadas e cartões-postais do século XIX de Kate Greenaway. Debaixo do tecido, pensa Will, ela deve ser translúcida; deve dar para ver as veias e intestinos, como num barrigudinho de aquário. Ela puxa o lençol para o peito, se afastando dele, contra a cabeceira da cama, posição que a ele faz lembrar uma Madonna de Rosetti mórbida, encolhida contra a parede enquanto o anjo da Anunciação a ameaça com a gravidez. Will sorri de um modo que espera seja afável.

– Como está você, Cynthia? – Na mesa de cabeceira há uma cesta com laranjas e uma maçã; e umas flores.

– Bem – ela sorri, um sorriso pálido que contradiz a resposta. Os olhos dela são ansiosos e argutos. Ela quer que ele acredite nela e vá embora.

– Seu pai e sua mãe me pediram para passar por aqui – diz Will. Cynthia é sua sobrinha.

– Imagino – diz ela. Talvez ela queira dizer que sem isso ele não viria, talvez que os pais o enviaram para não ter que ir. Seja como for, provavelmente ela tem razão. Na família, corre o mito de que Will é o tio predileto de Cynthia. Como em tantos mitos, houve neste um fundo de verdade, no tempo em que – logo após seu casamento naufragar – ele estava em busca de calor familiar, lia histórias para Cynthia e lhe fazia cócegas. Isto foi anos atrás. Mas na noite passada, por telefone, sua irmã usou este passado como argumento.

– Você é a única pessoa que consegue conversar com ela. De nós, ela se isolou. – Na voz da irmã não havia desespero, só raiva.

– Bem, não sei. – Will soa ambíguo. Ele não tem grande fé em seus próprios dotes de mediador, de confidente, sequer de ombro amigo. Costumava acolher Cynthia na fazenda quando seus próprios filhos eram mais jovens e ela estava com uns doze anos. Naquele tempo ela era bronzeada, uma menina que gostava de coisas de meninos; andar sozinha pela fazenda colhendo maçãs silvestres. À noite devorava o jantar que Will fazia para os quatro, cinco quando ele estava com uma mulher – massa com molho Alfredo, rosbife com *Yorkshire pudding*, frango frito, bife, às vezes um ganso que ele comprava do pessoal em frente.

Naquele tempo não havia nada errado com Cynthia; ela usava cabelo solto, tinha pele dourada e Will sentia em relação a ela um perturbador desejo, que decerto já não sente agora. Os meninos sentiam a mesma coisa e a provocavam, mas ela os enfrentava. Ela dizia ser capaz de fazer qualquer coisa que eles fizessem, e quase sempre era verdade. A certa altura eles entraram na fase da motocicleta e carro, e Cynthia mudou. De um dia para outro, ela já não queria sujar as mãos; começou a pintar as unhas. Hoje, Will vê isso como o começo do fim.

– É uma epidemia – diagnosticou sua irmã ao telefone. – Ou uma espécie de mania. Nem sei se você vai acreditar. Ela disse que tinha muitas colegas de escola fazendo isso. É competitiva como o diabo.

– Eu vou – resolveu Will. – Acha que eu devia levar alguma coisa? Queijo? – A irmã é casada com um homem que tem sobrancelhas ralas, invisíveis. Will, que não gosta dele, só pensa no cunhado como um albino.

– Que tal umas palmadas na bunda? Se bem que ela não tem.

A irmã começou a chorar, e Will lhe disse para não se preocupar, ter a certeza de que no fim tudo se ajeita.

No momento, Will não acredita. Ele passa os olhos pelo quarto, procurando uma cadeira. Há uma, mas o robe de Cynthia está atravessado nela. Tudo bem: se ele se sentar, vai demorar mais.

– Está bem? Só? – insiste ele.

– Engordei meio quilo. – A ideia dela é acalmá-lo. Mas ele vai ter de confirmar com o médico, pois a irmã quer um relatório completo, e Cynthia, diz a mãe, não informa direito quando se trata do seu peso.

– Maravilha – diz ele. Talvez seja verdade, já que ela está tão infeliz.

– Eu não como quase nada – diz ela, meio queixosa e meio orgulhosa.

– Mas está tentando – pondera Will –, o que é bom. – Já que está aqui, ele quer ser útil. – Talvez amanhã você coma um pouco mais.

– Mas se eu não comia quase nada e mesmo assim engordei meio quilo – argumenta ela –, que é que vai acontecer? Vou ficar gorda.

Will não sabe o que dizer. Argumentar, bem sabe, é inútil; isto já se tentou. Não adianta dizer a ela que está um espectro, que se não comer vai se consumir, que seu coração é um músculo como qualquer outro e vai se atrofiar se não for alimentado.

De súbito, Will tem fome. Sente a presença das laranjas e da maçã bem ao lado dele na mesa de cabeceira, redondas, coloridas, pejadas de suco doce. Quer pegar uma, mas isso não seria privá-la de alimento?

– Estão bonitas – diz ele.

Cynthia reage com desdém, como se aquilo fosse um artifício grosseiro para induzi-la a comer.

– Pode ficar com tudo. Contanto que eu não tenha de ver. Pode enfiar no bolso. – Ela fala das frutas como se fossem uma massa informe, um mingau frio.

– Tudo bem. Vou deixar pra você.

– Então leve as flores. – Também isso é uma manifestação de desprezo: ele tem necessidades, ela não; está acima dessas coisas. Os olhos de Will circulam em busca de alguma coisa: um gancho, um ponto de apoio.

– Você devia melhorar, para vir à fazenda. Você gosta de lá. – A seus próprios ouvidos aquilo soa como solidariedade falsa, adulação.

– Eu ia atrapalhar. – O olhar de Cynthia afasta-se dele, sai pela janela. Will também olha. Ele não vê nada, exceto as janelas de outro bloco do hospital. – Às vezes eu vejo os médicos operando – diz ela.

– Eu queria que você viesse. – Will não sabe se está mentindo ou não. – No fim de semana eu fico meio solitário. – Isto é verdade, mas assim que ele diz a frase lhe soa chorosa. Cynthia lhe concede um breve olhar.

– Você – ela fala como se esse privilégio fosse dela, quem é ele pra ficar dizendo coisas? – Seja como for, você só vai se quiser. Ninguém está obrigando.

Will se sente como um desempregado pedindo esmola na rua. Já viu homens assim e os evitou, pensando na vergonha que sentiria no lugar deles, arrastando os pés daquele jeito. Mas agora entende que para eles o que conta não é o constrangimento, é o dinheiro. Rejeitado seu convite, ele fica bobamente ao lado da cama de Cynthia. Ela é incapaz de concentrar a atenção por muito tempo. Agora olha para as próprias mãos, abertas sobre o lençol. As unhas, recém-pintadas, estão cor de pêssego.

– Eu era bonita, quando menor.

Will tem vontade de sacudi-la. Ela mal completou dezoito anos, não sabe coisa nenhuma sobre idade, sobre o tempo. Ele poderia dizer "Você continua bonita", ou "Você vai ficar bonita se engordar um pouco", mas seria fazer o jogo dela, então ele não diz uma coisa nem outra. Diz até outro dia, dá-lhe um beijinho no rosto e sai, sentindo-se derrotado, que é o que ela quer. Ele não fez a menor diferença.

* * *

Will entra com seu BMW prata na vaga, tira a chave da ignição e guarda no bolso com cuidado. Depois se lembra de que vai precisar dela para fechar o carro, depois de sair. É uma das vantagens do BMW: você nunca fica do lado de fora sem poder entrar. Ele já teve um Porsche, depois que o casamento acabou. O Porsche lhe dava a sensação de ser solteiro e estar disposto a tudo, mas agora já não se sente assim. Na mesma época se desfez do bigode e do carro.

A vaga fica para a esquerda da casa da fazenda, demarcada por dormentes e coberta com cascalho triturado branco. Já era assim quando Will comprou a fazenda, e, de qualquer forma, era provavelmente o que ele mesmo faria. Está sempre pensando em plantar umas flores atrás dos dormentes, talvez zínias, mas até agora não conseguiu.

Ele sai do carro e se encaminha para a caminhonete, vai fazer compras na mercearia. A meio caminho lembra que deixou o carro aberto e volta para trancar. O lugar já não é tão seguro como era. No ano anterior arrombaram a casa, uns garotos da cidade que andavam de farra num carro que pegaram para isso. Eles quebraram pratos e lambuzaram as paredes com manteiga de amendoim, beberam o que ele tinha, quebraram as garrafas e, pelo que Will pôde deduzir, treparam em todas as camas. Foram apanhados tentando vender um televisor que levaram. Tudo estava no seguro, mas Will se sentiu humilhado. Agora a casa tem trancas com ferrolho e barras nas janelas do porão, mas qualquer um pode arrombar se estiver mesmo disposto. Will está pensando em comprar um cachorro.

Por dentro a casa cheira a morte, como se a tivessem aquecido e depois resfriado e ela tivesse absorvido o cheiro de mobília, madeira antiga, tinta, pó. Há semanas ele não vinha aqui. Põe as sacolas na mesa da cozinha, abre umas janelas. Na sala de visita há um vaso com narcisos murchos, a água está estagnada e podre; mais tarde ele esvazia.

Will comprou esta fazenda após o fim do casamento, para ter uma rotina com os garotos. A ex-mulher também tinha deixado claro que desejava uns fins de semana de folga. A casa tinha sido reformada pelos antigos moradores; ainda bem, pois Will nunca acharia tempo para supervisionar tal obra, embora vivesse esboçando planos para a casa ideal. Nem tudo está como ele teria feito, mas gosta do exterior em pranchas com mata-juntas e da ampla cozinha aberta. Aqui, a despeito de certas inquietações, resquícios do rompimento, ele se sente bem, melhor que no apartamento da cidade.

Agora sua casa antiga é da ex-mulher, e ele não gosta de ir lá. Às vezes encontra outros homens, mais jovens, cujo sobrenome nunca é mencionado. Agora que os garotos estão mais crescidos, isto já não o incomoda tanto: tudo bem que ela se divirta, embora a rotatividade seja alta. Quando estavam casados, ela não parecia se divertir com nada, nem com ele, nem com o sexo. E ela nunca disse o que esperava dele, nem ele perguntou.

Will tira as compras de comida das sacolas e guarda. Gosta de fazer isso, arrumar os ovos no compartimento próprio da geladeira, o espinafre na gaveta de baixo, a manteiga onde está escrito MANTEIGA, o café em grão no vidro etiquetado com a palavra CAFÉ. Dá-lhe a sensação de que alguma coisa está no lugar. Deixa os bifes no balcão, abre o vinho, procura as velas. Encontra um par, uma delas roída de rato. Tem cocô espalhado na gaveta. Os ratos são um problema novo. Deve haver um buraco em algum lugar. Will está com a vela mastigada na mão, pensando no que fazer, quando ouve um carro lá fora.

Ele olha pela janela. Desde o roubo, sente-se menos disposto a abrir a porta antes de saber quem está batendo. Mas é Diane, num carro que para ele é novo, um Subaru creme. O carro dela está sempre limpo. Ela resolveu entrar de ré, por alguma razão, talvez para lembrar o tempo em que atolou na neve e ele disse que teria sido mais fácil sair se estivesse virada para baixo.

Ele deixa a vela no balcão e vai ao banheiro do térreo. Sorri e verifica se tem alguma coisa presa nos dentes. Não está com má aparência. Então sai para receber Diane. Percebe que até então estava em dúvida: Ela viria mesmo? Talvez ele não mereça.

Ela se esgueira para fora do carro, lhe dá um abraço e um beijinho no rosto. Usa uns óculos escuros grandões, com umas palmeiras idiotas acima das sobrancelhas. É o tipo de excentricidade que Will sempre apreciou nela. Ele retribui o abraço, mas ela não quer que o abraço se prolongue muito.

– Eu lhe trouxe uma coisa – diz, e vai procurar no carro.

Will a contempla curvada. Ela veste uma saia larga de algodão, bem repuxada na cintura; perdeu muito peso. Ele pensava nela como um mulherão carnudo e atlético, mas agora ela está quase esguia. Nos braços dele, ela se sentia frágil, pequenina.

Ela se endireita, se vira e joga para ele uma garrafa de vinho e pão grego fresco e macio. Will se tranquiliza. Passa o braço pela cintura dela e tenta abraçá-la de um modo cordial, para que ela não se sinta forçada.

– É bom ver você – diz ele.

Diane senta-se à mesa da cozinha, e juntos bebem vinho; Will mexe com os bifes, esfregando alho, pimenta e uma ou duas pitadas de mostarda seca. Ela o ajudava na cozinha, sabe onde está tudo. Mas esta noite ela se porta como uma convidada.

– Alguma piada nova? – pergunta ela. Isto já é uma piada, pois era Diane que contava piadas, não Will. Era com ela que ele estava quando seu casamento parou de ranger e gemer, e desmoronou de vez. Mas não foi por causa dela, como ele fez questão de deixar claro. Podia ter sido qualquer pessoa; ele não queria que ela se sentisse responsável. Ele não sabe bem o que aconteceu depois, por que eles pararam de se encontrar. Não foi problema de sexo: com ela, ele era um bom amante. Ele sabe que ela gostava dele e se dava bem com os garotos. Mas um dia ela disse: "Bem, acho que é isso", e Will não teve a presença de espírito de perguntar o que ela queria dizer.

– Piada é com você – responde Will.

– Era, só porque naquele tempo você estava triste. Eu tentava animar você. Você se arrastava como se tivesse deficiência da tireoide, uma coisa assim. – Ela brinca com os óculos escuros sobre a mesa. – Agora é sua vez.

– Você sabe que não sou bom nisso.

– A hora não é boa – diz ela com um sinal de assentimento. Levanta-se, estende a mão por cima do balcão e apanha a vela roída. – Que é isso? Caiu alguma coisa?

* * *

Comem na mesa redonda de carvalho que compraram juntos num leilão no campo; um fazendeiro local tinha fechado a porteira e vendia tudo. Diane achou os guardanapos de linho branco que dera a ele e acendeu as velas, a roída e a boa.

– Eu acredito em comemoração – disse ela.

Agora há silêncios que os dois tentam preencher. Diane anuncia que quer falar de dinheiro. Na sua vida, está na hora dela se interessar por dinheiro, e Will não é uma autoridade no assunto? Ela ganha muito bem, mas acha difícil poupar. Quer que Will lhe explique o mecanismo da inflação.

Will não quer falar de dinheiro, mas fala, para agradar a ela. É o que ele quer fazer, mas ela não parece muito satisfeita. O rosto dela está mais fino e enrugado, o que lhe dá uma aparência mais elegante e menos acessível. Fala menos. Ele lembra que ela falava mais alto, com mais veemência; ela o provocava, o reduzia ao silêncio. Ele achou aquilo engraçado, desviou o pensamento de si mesmo. Ele acha que de um modo geral as mulheres estão ficando mais caladas: combina com seus novos lábios pálidos. Estão voltando ao segredo, ao disfarce. É como se temessem alguma coisa, mas Will não tem ideia do que seja.

A metade do bife de Diane ficou no prato.

– Me fale do ouro – pede ela.

– Você está sem fome?

– Estava faminta, mas já estou farta. – O cabelo dela também mudou. Está mais comprido e tem mechas claras. No geral, ela está mais ardilosa.

– Eu gosto da sua companhia. Sempre gostei.

– Não gostava o bastante – ressalva Diane, e acrescenta, para amenizar: – Você devia anunciar no jornal, Will. Anúncios pessoais, revista *NOW*: "Homem bom, executivo, boa renda, livre, procura..."

– Eu não devo ser muito bom de relacionamento – diz Will. Mentalmente, ele tenta completar o anúncio. Procura o quê? Uma mulher que não fique se olhando no reflexo do vidro do cartaz, que goste do que ele cozinha.

— Bobagem. — Diane recua para sua velha beligerância. — Por que você acha que é pior para se relacionar do que outro qualquer?

Will olha para o pescoço dela, para o que está visível no decote em V da blusa. Não viu maleta de fim de semana, mas talvez esteja no carro. Ele tinha dito "sem condições".

— A lua está cheia — lembra ele. — Por que não vamos para o pátio?

— Ainda não. E aposto que lá fora está um gelo.

Will sobe em busca de uma manta xadrez no quarto dos garotos para agasalhá-la. Pensa em uns conhaques no pátio, depois veremos. Ao descer, ele a ouve no banheiro; parece que está vomitando. Ele serve os conhaques e os leva para fora. Fica tentando decidir se entra e bate à porta do banheiro. E se for intoxicação alimentar? Ele sabe que devia sentir pena dela; mas sente-se traído.

Ela parece em forma quando sai e vem para o seu lado, e Will resolve não perguntar o que houve. Ele a enrola na manta e fica com os braços lá, e Diane se encosta nele.

— Vamos sentar — diz ele; não sabe se ela quer ficar de pé.

— Ei! Você trouxe flores para mim! — Tinha visto os narcisos murchos. — Sempre tão atencioso! E devem estar cheirando.

— Eu queria que você escutasse as rãs. Estamos no fim da temporada. — As rãs vivem num tanque além da ladeira do gramado. Ou talvez sejam sapos, ele nunca tem certeza. Para Will, elas anunciam a primavera e a chegada do verão: possibilidades, coisas novas. Agora seu canto argentino enche o espaço em torno, como grilos, porém mais prolongado, mais suave.

— Que homem! — diz Diane. — Uns dizem que são rouxinóis; outros, que são rãs. Da próxima vez eu vou ganhar uma caixa de lesmas com cobertura de chocolate, não é?

Will tem vontade de beijá-la, mas não é hora. Ela treme um pouco de frio; apoiada no braço dele, parece angulosa, desajeitada, como se lhe negasse o corpo, até certo ponto. Lá ficam os dois olhando a lua, fria e oblíqua, e escutando o canto das rãs. Isso não tem sobre Will o efeito que ele esperava. O canto, que vem da escuridão, do pé da curva do morro, soa débil e doentio. E já não cantam tantas rãs como nos velhos tempos.

A ÍBIS ESCARLATE

Faz alguns anos, Christine foi com Don a Trinidad. Levaram Lilian, a caçula, que tinha quatro anos. Os outros, que já estavam na escola, ficaram com a avó.

Christine e Don estavam à beira da piscina do hotel no calor úmido, bebendo ponche de rum e comendo uns hambúrgueres com um gosto esquisito. Lilian não queria sair da piscina – estava aprendendo a nadar –, mas Christine achava que não era bom ficar ao sol o tempo todo. Ela passava protetor solar no próprio nariz, e também no de Lilian e no de Don. Sentia que suas pernas estavam brancas demais e que as pessoas olhavam para ela achando que era meio ridícula, por causa da pele branca avermelhada e do chapéu de abas largas. Provavelmente, os jovens garçons negros que traziam o ponche e os hambúrgueres, e andavam ao sol muito à vontade, sem lhe dar atenção, e riam entre si mas ficavam solenes quando entregavam copos e pratos, a tinham colocado numa categoria; a que incluía os gordos, embora ela não fosse exatamente gorda. Ela disse a Don que talvez ele estivesse exagerando na gorjeta. Don respondeu que estava cansado.

– Você estava cansado – ponderou Christine – e foi por isso que viemos, lembra-se? Pra você descansar.

De tarde Don fazia a sesta, esparramado de costas numa cama de solteiro – havia duas no quarto, e Lilian tinha uma de campanha –, com a boca meio aberta e a pele do rosto caída para as orelhas com o próprio peso, de modo que, dormindo, ele parecia mais retesado, magro e aquilino que acordado. Mais morto, pensou Christine olhando bem. Em geral, deitadas de costas no caixão, as pessoas – conforme sua limitada experiência – pareciam ter perdido peso. Ultimamente essa imagem, Don no caixão, vinha dançando no espírito dela com demasiada insistência para ela sentir-se à vontade.

Inútil esperar que Lilian também dormisse à tarde, portanto Christine a levava à piscina ou tentava aquietá-la brincando com ela de desenhar e colorir com Magic Markers. Nessa idade, Lilian só desenhava mulheres e meninas com vestidos elegantes, de saia longa e com muito enfeite. Elas estavam sempre sorrindo, tinham boca vermelha e recurvada e sobrancelhas anormalmente longas e grossas. Não pisavam em superfície alguma – Lilian ainda não desenhava chão; flutuavam nas páginas como se estivessem num lago, onde se estendiam, braços abertos, pés em lados opostos da saia, o complicado cabelo enfunado. Às vezes Lilian acrescentava uns pássaros ou o sol, o que dava às mulheres a aparência de colossais balões em pleno voo, como se o vento as houvesse apanhado por baixo da saia e as carregado, leves como plumas, para longe de tudo. Se lhe perguntassem, porém, Lilian diria que as mulheres estavam andando.

Depois de alguns dias assim ocupados, quando já deviam ter-se adaptado ao calor, Christine sentiu que era tempo de sair do hotel e fazer alguma coisa. Ela não queria ir sozinha às compras, como Don sugeriu; sentia que nada do que experimentava melhorava sua figura, ou melhor, que sua figura não tinha importância. Tentou pensar em outra distração, principalmente para Don. Don não estava muito mais repousado, embora já estivesse queimado – o que, em vez de lhe dar um ar saudável, lhe dava um aspecto raivoso – e tinha recomeçado a tamborilar na mesa. Explicou que estava com dificuldade para dormir: sonhos ruins, de que não conseguia se lembrar. Além disso, andava com o nariz obstruído por causa do ar-condicionado. Tinha sofrido muita pressão ultimamente, lembrou.

A Christine, não era preciso lembrar. A pressão que ele suportava ela sentia na base do próprio crânio, como uma massa esmagada de alguma coisa, tecido, sangue coagulado. Pensava em Don como um ser encapsulado numa espécie de carapaça metálica, como a do caranguejo, dentro da qual ele era esmagado lentamente, todas as partes do corpo ao mesmo tempo, de modo que alguma coisa não podia deixar de rebentar, como um polegar preso na porta de um carro. A pele de metal era todo o corpo dele, e Christine não sabia como destrancar esse corpo para ele sair. Era como se ele mal percebesse todos os cuidados dela – compressas frias para a dor de cabeça, idas à farmácia em busca deste ou daquele comprimido, horas andando na ponta dos pés, interceptando telefonemas, fazendo Lilian se calar, sobretudo o mero ato de presenciá-lo, tão exaustivo: mariposas batendo do lado de fora das janelas iluminadas atrás das quais uma pessoa importante pensava em algo de grande significação que nada tinha a ver com mariposas. Estas férias, por exemplo, eram ideia dela, mas ela só estava conseguindo que Don ficasse cada vez mais vermelho.

Infelizmente, não era Carnaval. Havia restaurantes, mas Lilian detestava ficar quieta em restaurantes, e se havia uma coisa que não convinha a Don era mais comida, e sobretudo mais bebida. Christine desejaria que Don praticasse um esporte mas, considerando o modo como ele agia, provavelmente ia passar da conta e quebrar alguma coisa.

– Um tio meu resolveu tecer tapetes – contou ela uma noite, após o jantar. – Quando se aposentou. Comprava kits. Dizia que era muito repousante. – A tia mulher daquele tio dizia: "Eu disse para o que der e vier, nunca disse para almoçar."

– Pelo amor de Deus, Christine – foi só o que Don respondeu. Ele nunca tinha dado grande coisa pelos parentes dela. A seus olhos, Christine ainda era muito primária para ser matéria-prima. Ela não almejava o tempo, dali a pelo menos vinte anos, em que ficaria em casa o dia todo, andando pra lá e pra cá, ou tamborilando no braço da cadeira, desejando alguma coisa que nunca identificaria nem daria.

De manhã, enquanto os outros começavam a tomar café, Christine foi corajosamente à recepção do hotel. Atrás do balcão estava uma moça morena esbelta, elegante, vestida de verde-limão, contas rastafári e maquilagem *Vogue*, enroscada no telefone. Acalorada e insegura, Christine perguntou se tinham material promocional sobre atividades. Olhando através de Christine, como se ela fosse um detalhe irrelevante da arquitetura, a moça apanhou e espalhou no balcão vários folhetos em leque e continuou a rir para o telefone.

Christine levou os folhetos para dar uma primeira olhada no banheiro. Praia não, resolveu, tem sol demais. Nem loja, nem clube noturno, nem o patrimônio histórico espanhol.

Examinou o rosto e passou mais batom nos lábios, que estavam ficando finos e tensos. Precisava se cuidar, decididamente, antes que fosse tarde. Voltou à mesa do café. Lilian dizia que as panquecas não eram como as de casa. Don dizia que ela teria de comer porque tinha pedido, e se ela tinha idade para pedir o que queria também tinha para saber que aquilo custava dinheiro e não podia ir para o lixo. Christine, calada, ficou pensando se seria bom obrigar uma criança a raspar o prato, gostasse ou não da comida: Lilian era capaz de acabar ficando gorda.

Don comia presunto com ovos. Christine tinha lhe pedido que pedisse iogurte e frutas para ela, e não viu nada.

– Eles não têm – explicou Don.

– Você pediu outra coisa? – Agora ela estava com fome.

– Como é que eu ia saber o que você queria?

– Nós vamos ver a íbis escarlate – anunciou Christine animada para Lilian. Ia pedir o cardápio de novo para escolher.

– O quê? – Don perguntou. Christine lhe entregou o folheto, fotos de pássaros vermelhos com um longo bico recurvo pousados numa árvore; havia também um close de perfil, um olho ensandecido, arregalado como um alvo no meio das penas rubras.

– São muito raros – Christine explicou, procurando com os olhos um garçom. – É uma área reservada.

– Você quer dizer uma reserva – corrigiu Don, consultando o folheto. – Num charco? Provavelmente infestado de mosquito.

– Eu não quero ir – protestou Lilian, empurrando pedacinhos de panqueca numa poça de Maple. A segunda reclamação era que o Maple era ruim.

– Sabor artificial de bordo – leu Don no pacotinho.

– Você nem sabe o que é – protestou Christine. – A gente leva um repelente. Seja como for, nem deixariam os turistas entrarem lá se houvesse tanto mosquito. É um charco de manguezal; não é como os nossos.

– Eu vou comprar um jornal – anunciou Don. Ele se levantou e se afastou. Suas pernas saíam ainda brancas das bermudas, exceto por uma tintura rosada atrás. O corpo, um dia musculoso, estava perdendo tônus e escorregava para a cintura e as nádegas. Estava começando a adernar. Visto de trás, tinha a aparência desmoralizada do egresso de alguma instituição, embora de frente ainda fosse razoavelmente enérgico.

Olhando o marido se afastar, Christine sentiu o mal-estar no estômago que ultimamente estava se tornando familiar. Talvez viesse dela a pressão que ele sentia. Talvez ela fosse um peso. Talvez ele quisesse que ela decolasse, sumisse, como uma pipa, filas de crianças penduradas atrás dela. Já não sabia quando notara esta sensação pela primeira vez; provavelmente algum tempo depois de ela chegar, como uma batida na porta quando a pessoa dorme. As forças se deslocaram sem ser vistas nem ouvidas, subterraneamente, pedras colossais escorregando contra um e outro; tremendas perdas tinham ocorrido entre eles, mas quem saberia quando?

– Coma sua panqueca – disse ela a Lilian –, ou seu pai vai se aborrecer. – De qualquer forma ele ia se aborrecer: ela, Christine, o aborrecia. Até quando faziam amor, o que já não era frequente, ele era desatento, como se escutasse outra coisa, um telefonema, o som de passos. Ele era um homem se coçando. Ela era a mão dele.

Christine tinha um roteiro que amiúde percorria, como o roteiro da corte no tempo do colégio: paquera, abordagem, feliz aquiescência. Mas agora o roteiro era adulto. Uma noite ela diria a Don, quando ele estivesse levantando da mesa depois do jantar: "Fique aí." Ele ficaria tão surpreso com o tom dela que ficaria onde estava.

– Só quero que você fique aí e olhe para mim – diria ela. E ele não diria "Pelo amor de Deus, Christine". Saberia que isto era sério.

– Não estou pedindo muito – mentiria ela.

– Que foi que houve?

A íbis escarlate

– Eu quero que você veja como eu realmente sou. Cansei de ser invisível. – Talvez ele visse, talvez não. Talvez dissesse que estava começando a sentir dor de cabeça. Talvez ela desse por si caminhando em cima do nada, porque talvez ali não existisse nada. Mas por ora, ela estava longe de começar, de dar a ordem inicial: "Fique aí", como se ele fosse amestrado. Mas era isso que ela queria que ele fizesse, não era? "Volte" era mais provável. Nem sempre ele estivera sob pressão.

Quando Lilian crescesse, pensava Christine, poderia voltar a trabalhar em tempo integral. Podia recordar sua datilografia e estenografia, e conseguir alguma coisa. Seria bom; não ficaria tão concentrada em Don, teria um estímulo para melhorar a aparência, encontraria um roteiro novo ou representaria o que a preocupasse. Talvez estivesse fantasiando coisas em relação a Don. Talvez isto fosse uma forma de preguiça.

* * *

Foram cuidadosos os preparativos de Christine para a tarde. Ela comprou repelente numa drogaria, além de uma barra de chocolate. Pegou duas echarpes, uma para si e outra para Lilian, para o caso de sol forte. O chapelão ia voar, pensou, pois iam de barco. Após breve conversa com um dos garçons – ele explicou que ela só podia comprar bebida em copo –, ela conseguiu três latas de Pepsi sem gelo. Tudo isso acomodou na sua bolsa; na verdade, a bolsa de Lilian, listada de laranja, amarelo e azul, e com a figura de Mickey Mouse estampada. No voo de vinda, tinha servido para trazer os brinquedos de Lilian.

Depois do almoço eles partiram de táxi, primeiro pelas ruas quentes da cidade – as calçadas eram estreitas, quando havia, e as pessoas se aglomeravam no leito da rua e eram empurradas a buzinaço para a cana, para os campos, e o motorista acelerava à medida que a estrada ia ficando mais esburacada. Ele dirigia com o rádio ligado, a janela esquerda aberta e o cotovelo pra fora, um boné de jóquei jogado na cabeça para trás. Christine lhe mostrara o folheto e perguntara se ele sabia onde era o charco; ele abriu um sorriso e respondeu que todo mundo sabia. Disse que podia levá-los, mas era longe demais para ir e voltar: ficaria esperando por eles. Christine entendeu que ele ia cobrar mais pelo tempo de espera, mas não discutiu.

Passaram por um homem montado num burro e por duas vacas que andavam a esmo à beira da estrada, arrastando pedras com uma corda atada no pescoço. Christine mostrou as vacas a Lilian. Em meio à cana que crescia alta havia casinhas pintadas de verde-claro, rosa ou azul-claro; erguidas sobre fundações aparentes, pareciam se equilibrar sobre pernas de pau. Sentadas nos degraus, mulheres viravam a cabeça, sem sorrir, para olhar o táxi a caminho.

Lilian perguntou à mãe se tinha chiclete. Christine não tinha. Lilian começou a roer as unhas, o que começara a acontecer quando Don ficou sob pressão. Christine mandou que ela parasse. Lilian disse que queria nadar. Don olhou pela janela do táxi.

– Quanto tempo você disse que levava? – Era uma censura, não uma pergunta.

Christine não tinha dito quanto tempo levava porque não sabia; não sabia porque tinha se esquecido de perguntar. Afinal, deixaram a estrada principal para tomar uma secundária, mais enlameada, e estacionaram ao lado de outros carros numa vaga marcada pelo sulco de pneus e que antes era terreno de um campo de cultivo.

– Eu espero vocês aqui – disse o motorista. Ele saiu do carro, espreguiçou-se, tornou a ligar o rádio. Havia outros motoristas por ali, alguns dentro do carro, outros sentados no chão, bebendo de uma garrafa que passava de mão em mão, um outro adormecido.

Christine pegou a mão de Lilian. Ela não queria parecer estúpida, perguntando aonde é que deviam ir agora. Não via nada que lembrasse uma bilheteria.

— Deve ser aquela cabana — disse Don, e eles se encaminharam para lá, um longo abrigo com teto de zinco; do lado oposto havia um banco de areia íngreme que dava na água. Uma escadinha com degraus de madeira descia até o cais, que tinha a mesma cor turva da água. Havia vários barcos atracados, todos com o mesmo desenho: compridos e estreitos, quase como barcaças, com bancos enfileirados. Cada barco tinha um motorzinho de popa. Os nomes pintados nos barcos pareciam nomes da Índia Oriental.

Christine tirou as echarpes da bolsa, amarrou uma na cabeça e outra na cabeça de Lilian. O céu começava a nublar, mas o sol ainda brilhava e ela estava a par dos raios que caem dos céus encobertos, sobretudo nos trópicos. Passou protetor solar no nariz dos três e pensou que a barra de chocolate havia sido uma ideia tola. Daqui a pouco estaria reduzida a uma poça marrom no fundo da bolsa, que felizmente era impermeável. Christine ajoelhou-se, Don ficou andando para lá e para cá atrás delas.

Da água vinha um cheiro estranho, um cheiro de pântano misturado com algum outro. Christine pensou em esgotos. Ainda bem que tinha feito Lilian ir ao banheiro antes de sair.

Aparentemente não havia ninguém de serviço, alguém de quem comprar bilhetes, embora houvesse gente ao lado do abrigo, provavelmente à espera: dois homens gorduchos de meia-idade em camiseta e boné de beisebol virado para trás, um casal atlético de short com bolsos externos, carregados de câmeras e binóculos, uma mulher arrumada de cabelo grisalho, num conjunto rosa de verão mas que provavelmente esquentava demais. Afastada para um lado estava também outra mulher, um tanto mais volumosa, num vestido de estampa floral. Estendera um xale que parecia mexicano na grama misturada de mato perto da cabana e estava sentada em cima, tomando, de canudinho, suco de laranja numa embalagem de papelão. Os outros pareciam abatidos e desanimados, mas esta mulher não. Para ela, a espera parecia uma atividade, não uma contingência: olhava em torno, para o banco de areia, a água turva, além da linha de árvores do manguezal, como se desfrutasse cada coisa. Parecia a mais acessível, e Christine foi falar com ela.

– Nós estamos no lugar certo? Para ver os pássaros?

A mulher sorriu para Christine e respondeu que sim. Tinha rosto largo, com maçãs salientes, quase eslavas, e bochechas redondas e vermelhas de boneca antiga de madeira, só que não eram pintadas. O cabelo cor de puxa-puxa era ondulado e encaracolado, e a Christine fazia lembrar a foto do estojo de permanente de décadas atrás.

– Vamos sair daqui a pouco – disse a mulher. – Você já viu esses pássaros? Eles só voltam ao pôr do sol. Durante o dia ficam longe, pescando. – Ela sorriu de novo e Christine pensou consigo mesma que era uma pena não lhe terem colocado elástico a tempo para alinhar os dentes.

Era a segunda vez que a mulher ia à íbis escarlate. Ela contou que a primeira fora há três anos, quando fez uma parada aqui a caminho da América do Sul com o marido e os filhos. Desta vez eles tinham ficado no hotel: fazia muito tempo que não viam uma piscina! Ela e o marido eram missionários menonitas, explicou. Não parecia constrangida com isso, mas Christine corou um pouquinho. Christine fora educada como anglicana, mas o único vestígio dessa crença eram os cartões de Natal que preferia: reproduções de velhos mestres medievais ou renascentistas. As pessoas que levavam a religião a sério, fosse de que tipo fosse, a deixavam nervosa: eram homens de capa, e podiam ser exibicionistas ou não. Você podia aceitá-los normalmente até perceber um movimento rápido, olhar e ver a capa escancarada sem nada por baixo exceto pernas de calça presas com elástico. Isso tinha lhe acontecido uma vez, numa estação de trem.

– Quantos filhos você tem? – perguntou, para mudar de assunto. Ser menonita explicaria as ancas largas: eles gostam de mulheres parideiras. O sorriso de dentes tortos da mulher não vacilou.

– Quatro. Um morreu.

– Oh – fez Christine. Não estava claro se o número quatro incluía o morto ou não. Ela não ia dizer "Que pena". Isto só serviria para provocar um comentário sobre a vontade de Deus, e ela não queria esse papo. Olhou pra ver se Lilian ainda estava lá, perto de Don. Em geral podia contar com Lilian, mas às vezes, sem perceber, Christine era ameaçada por desaparecimentos súbitos. – Aquela ali é minha filha. – E imediatamente percebeu que tinha sido indelicada; mas a mulher continuou sorrindo, de um modo que agora Christine achava assustador.

Um homenzinho moreno de camisa havaiana saiu de trás da cabana e desceu rapidamente os degraus para o cais. Subiu num barco e baixou o motor de popa.

– Quem sabe agora vai acontecer alguma coisa – disse Don. Ele tinha avançado por trás dela, mas falava mais para si mesmo. Às vezes Christine ficava imaginando se ele falava do mesmo jeito quando ela estava ausente.

Um segundo homem, caribenho como o primeiro e vestido com uma camisa de dançarino de hula, apareceu no alto dos degraus, e eles entenderam que era hora de partir. Ele recebeu o dinheiro e deu a cada passageiro um cartão com uma íbis colorida de um lado e do outro um nome e um número de telefone. Desceram os degraus em fila indiana, e o primeiro homem os ajudou a entrar no barco. Depois que todos se sentaram – Don, Christine, Lilian e a mulher de rosa acotovelados numa mesma fila, os dois homens de boné de beisebol em frente a eles, a mulher menonita e o casal com as câmeras bem na frente –, o segundo homem soltou as amarras e pulou para a proa. Após algumas tentativas, o primeiro conseguiu dar partida, e lentamente, ao som do tuc-tuc-tuc do motor de popa, eles partiram, deixando uma voluta de fumaça para trás, rumo a um ponto onde as árvores se abriam.

Agora estava mais nublado e menos quente. Christine conversava com a mulher de rosa, cujo cabelo louro estava elegantemente arranjado num coque francês. Contou que era de Viena; o marido estava ali a trabalho. Era a primeira vez que via este lado do Atlântico. As praias eram lindas, muito melhores que as do Mediterrâneo. Christine elogiou o inglês dela, e a mulher sorriu e lhe disse como era linda a menina dela, e Christine disse que Lilian ia ficar convencida. Lilian estava calada; tinha percebido o bracelete da mulher, que era de prata e ricamente gravado. A mulher o mostrou. Christine começou a gostar do passeio, apesar dos dois homens à sua frente, que falavam alto demais. Bebiam cerveja em lata, que tinham trazido num saco de papel. Ela abriu a Pepsi e dividiu com Lilian. Don não quis.

Agora estavam num canal; Christine olhou as árvores de ambos os lados, as mesmas, de folhas escuras, que saíam da água, massas de raízes finas. Já não sabia há quanto tempo navegavam.

Começou a chover, não era um temporal mas chovia pesado, grandes gotas d'água fria. A mulher vienense disse:

— Está chovendo — falou com os olhos abertos num simulacro de surpresa, estendendo a mão e olhando para o céu, como uma personagem de livro infantil ilustrado. Era para divertir Lilian. — A gente vai se molhar. — Tirou da bolsa um lenço branco bordado à mão e cobriu a cabeça. Lilian ficou encantada com o lenço e disse à mãe que também queria um. Don disse que eles deviam saber, aqui sempre chovia à tarde.

Os homens de boné de beisebol encolheram os ombros, e um deles disse ao caribenho da proa:

— Ei, estamos levando chuva!

A expressão do caribenho, tímida porém fechada, não mudou; mas, embora aparentemente relutante, ele puxou um rolo de plástico de algum lugar embaixo do assento da frente e o entregou aos homens. Levaram algum tempo até desenrolar e esticar, e depois todo o mundo ajudou a segurar o plástico acima da cabeça à guisa de teto, enquanto o barco deslizava em sua invariável cadência, atravessando o manguezal e o vapor ou nevoeiro que agora subia em torno.

— Não é uma aventura? — disse Christine, visando Lilian. Lilian roía as unhas. A chuva tamborilava monotonamente no barco. Don estava arrependido de não ter trazido o jornal. Os homens de boné de beisebol começaram a cantar, pareciam meninos que foram pra cama num acampamento de verão e acordaram trinta anos depois sem perceber as sinistras mudanças sofridas, o recuo do cabelo e o crescimento da gordura, a troca da voz um dia clara pela voz roufenha que agora desafinava sem ritmo:

"É o que dizem na tropa,
    as mulheres são assim,
Lhe prometem Betty Grable,
    e entregam Frankenstein..."

Ainda tinham cerveja. Um deles acabou uma lata e a jogou pela amurada, e ela saltitou um momento ao lado do barco antes de ficar pra trás, um ponto vermelho na infinita extensão do cinza e do verde igualmente baço. Christine sentia-se correta: tinha reposto cuidadosamente a lata de Pepsi na bolsa pra jogar fora depois.

Então a chuva parou, e após discutir algum tempo se ia ou não recomeçar, os dois homens de boné de beisebol começaram a enrolar o plástico. Estavam fazendo isso quando uma pancada sacudiu o barco. O barco oscilou violentamente, e o único homem que estava em pé quase foi lançado amurada afora, e se sentou com um safanão.

– Que diabo é isso?

O caribenho que estava na popa reverteu o motor.

– Batemos em alguma coisa – disse a vienense. Ela entrelaçou as mãos, outro gesto clássico.

– Isto é óbvio – disse Don num tom abafado. Christine sorriu para Lilian, que parecia apreensiva. O barco tornou a avançar.

– Provavelmente uma raiz – opinou o homem das câmeras, virando-se parcialmente. – Há raízes aquáticas. – Era o tipo sabe-tudo.

– Ou um crocodilo – sugeriu um dos homens de boné de beisebol. O outro riu.

– Ele está brincando, amor – disse Christine para Lilian.

– Mas nós estamos afundando. – A vienense apontava com uma mão estendida, um dedo dramático.

E todos viram o que ainda não haviam percebido. O barco estava perfurado perto da proa, logo acima do estrado de pranchas soltas que fazia de assoalho. Era uma perfuração do tamanho de um punho. A madeira fora rompida como se fosse papelão pelo objeto com que tinham colidido, fosse o que fosse. E agora por ali jorrava água.

– Essa banheira deve estar podre – resmungou Don, agora para Christine. Este era o papel que ele dava a ela quando estavam no meio de gente que ele não conhecia: ouvinte. – Nos trópicos, ficam assim.

– Ei! – gritou um dos homens de boné de beisebol. – Você aí! Tem um buraco na merda do barco!

O caribenho olhou de lado para a perfuração. Ele deu de ombros, olhou para outro lado e começou a apalpar o bolso de cima da camisa em busca de um cigarro.

– Ei! Dê a volta nessa coisa! – gritou o homem das câmeras.

– Será que não dá pra consertar e prosseguir? – sugeriu Christine tentando acalmar os ânimos. Ela olhou para a menonita na esperança de ganhar apoio, mas a mulher estava dando para ela suas costas largas e floridas.

– Se a gente voltar – explicou o caribenho paciente; ele entendia inglês, afinal –, vocês não vão ver os pássaros. Vai ficar tarde.

– Tudo bem, mas seguindo em frente vamos afundar.

– Não vamos afundar – retrucou o caribenho. Tinha achado um cigarro, já meio consumido, e o acendia.

– Ele está acostumado – disse o de boné de beisebol maior. – Toda semana ele fura a merda do barco. Não se incomoda.

A água continuava a entrar no barco, sempre turva. E o barco seguia o seu curso.

– É isso – concluiu Don, agora para todo o mundo. – Ele acha que se não nos mostrar os pássaros vai ter que devolver o dinheiro. – Para Christine isso tinha sentido. Para os caribenhos, era muito dinheiro. Sem o dinheiro dos bilhetes, não podiam nem comprar gasolina.

– Se você voltar agora, pode ficar com o dinheiro dos bilhetes – prometeu ela. Normalmente, ela faria a sugestão a Don, mas agora estava ficando assustada.

O caribenho não ouviu, ou não acreditou, ou tinha seu próprio entendimento sobre o negócio bom para as duas partes. Não sorriu nem respondeu. Ficaram todos ali, sentados, à espera de uma solução. As árvores passavam. Afinal, Don falou:

– É melhor ir tirando água do barco. Do jeito que a coisa vai, eu não dou meia hora para a situação ficar preta.

– Eu não devia ter vindo – falou a vienense, já em tom de desespero trágico.

– Com quê? – perguntou o homem das câmeras. Os de boné de beisebol tinham se virado e olhavam para Don; agora ele merecia atenção.

– Mamãe, nós vamos afundar? – quis saber Lilian.

– Claro que não, amor. Papai não vai deixar.

– Com qualquer coisa que sirva – respondeu só então o de boné de beisebol maior, e jogou o resto da cerveja pela amurada. – Você tem um canivete?

Don não tinha, mas o homem das câmeras puxou um do bolso. Os outros ficaram vendo-o cortar a tampa da lata, ajoelhar-se, afastar uma prancha para alcançar a água, encher a lata e jogar pela amurada a água turva. Os outros também começaram a arrancar a tampa de suas latas, inclusive as cheias, depois de esvaziar. Christine tirou sua Pepsi da bolsa. A menonita tinha a caixa de papelão do suco.

– E pelo menos nada de mosquito – comentou Don quase contente.

Tinham perdido muito tempo, e a água já havia atingido quase o estrado. Christine tinha a impressão de que o barco já estava mais pesado e vencia a água com mais lentidão, e que a própria água estava mais densa. Com as latinhas à disposição, não conseguiam tirar muita água, mas, quem sabe, acabariam conseguindo, com todo o mundo ajudando.

– É mesmo uma aventura – disse Christine para Lilian, que a essa altura estava pálida e desamparada. – Não é divertido?

A vienense não tirava água; não tinha com quê. Fazia visíveis esforços para se acalmar. Havia apanhado uma tangerina, que agora descascava no colo, sobre o lenço bordado. Tinha na mão um lindo canivete com cabo de madrepérola.

– Você está com fome? – perguntou ela a Lilian. – Olhe, vou cortar os pedaços, um para você, outro para mim, *ja*? – O canivete era desnecessário, claro; falava só para distrair Lilian, e Christine se sentiu agradecida.

Do barco subia um ruído ritmado e bem audível: arranha, bate, arranha, bate. A situação tinha curado a bebedeira dos homens de boné de beisebol, até então turbulentos. Don, pela primeira vez desde que embarcara, parecia divertir-se.

Apesar de todos os esforços, porém, a água seguia subindo.

– Isso é absurdo – disse Christine a Don. Ela parou de tirar água com sua lata de Pepsi. Estava desalentada e amedrontada. Para si mesma, disse que os caribenhos não iriam em frente se houvesse mesmo risco, mas não se convenceu. Talvez para eles desse na mesma se todo o mundo se afogasse; talvez achassem que era carma. Pela perfuração, a água turva seguia jorrando como de uma veia aberta. Já havia atingido o nível das pranchas soltas do piso.

Foi então que a menonita levantou-se. Equilibrando-se, ela tirou os sapatos e os colocou cuidadosamente, lado a lado, debaixo do assento. Uma vez Christine tinha visto um homem fazer isso mesmo numa estação de metrô: guardar os sapatos debaixo do banco onde estava sentado e, minutos depois, jogar-se diante do trem que chegava. Os sapatos haviam ficado no piso ladrilhado de amarelo, ossos num prato ao fim da refeição. Cruzou a cabeça de Christine o temor de que a mulher estivesse perturbada a ponto de se jogar do barco; era plausível, ela perdera um filho. Portanto, o constante sorriso dessa mulher seria uma fraude, como seria o de Christine em seu lugar.

Mas a mulher não pulou. Inclinou-se e afastou as pranchas do estrado. Depois virou-se e baixou suas floridas ancas para o buraco do barco. Agora tinha o rosto virado para Christine; continuou a sorrir, a olhar para fora do barco, para o manguezal, para a monotonia das raízes e das folhas, como se fossem o cenário mais atraente que via havia longo tempo. A água ia acima de seus tornozelos, a saia estava molhada. Ela se sentiria orgulhosa, esperta, conscientemente heroica? Talvez, pensou Christine, embora fosse difícil dizer pela expressão de seu rosto redondo.

– Ei – disse um dos homens de boné de beisebol –, assim sim, você resolve o problema.

O caribenho à proa olhou para a mulher, e por um momento se entreviram os dentes dele. Os outros continuaram a tirar água do barco, e daí a pouco Christine também, com sua lata de Pepsi. Malgrado seu, estava impressionada com a menonita. Provavelmente a água não estava muito fria, mas com certeza era imunda, e quem sabe o que haveria embaixo do buraco? Será que estavam bastante ao sul para dar com piranhas? E no entanto lá estava ela, tapando o buraco com a bunda, calma como uma galinha chocando, e sem perceber que estava bem ridícula. Christine podia imaginar os comentários que iam fazer os homens de boné de beisebol: "Salvos por uma bundona." "Eu nunca soube que também servia para isso." "Dedo no dique não estava com nada." Isso é o que teria impedido Christine de fazer tal coisa, mesmo que a ideia lhe ocorresse.

Alcançaram a longa aleia do manguezal e saíram. Estavam num espaço central aberto, como um lago, cercados pelo escuro manguezal. O espaço era atravessado por uma rede de arame para impedir que os barcos se aproximassem demais do ponto de concentração das íbis escarlates: era o que dizia uma placa pregada num poste que saía em diagonal da água. Um caribenho desligou o motor e o barco derivou para a rede; o outro a segurou e o barco parou, balançando. A não ser pelas ondas provocadas pelo barco, a água estava estagnada; as árvores nela refletidas pareciam negras, e o sol, logo acima da orla ocidental das árvores de verdade, era um disco rubro no céu cinza e nevoento. Sua luz vermelho-alaranjada tingia a água. Durante alguns minutos, nada aconteceu. O homem das câmeras olhava para o relógio. Lilian, inquieta, remexia-se no assento. Queria desenhar; queria ir para a piscina. Se Christine soubesse que a coisa toda ia demorar tanto, não a teria trazido.

– Estão chegando – anunciou o caribenho na proa.

– Os pássaros. Ô-ô! – Era um dos homens de boné de beisebol. Ele apontou, e era mesmo, lá vinham os pássaros, voando bem na hora na luz avermelhada, primeiro isolados, depois em revoadas de quatro ou cinco, brilhantes, fosforescentes, uma pintura de chamas voadoras. Pousavam grasnando nas árvores. Só os grasnados mostravam que eram pássaros reais. Os outros passageiros tinham erguido os binóculos. Até a vienense, com um par de binóculos de ópera.

– Olhe para isso – disse um homem. – Eu devia ter trazido minha filmadora.

Don e Christine estavam desprovidos de tecnologia. Assim como a menonita.

– É pra se ficar olhando o resto da vida – disse ela; não se dirigia a ninguém em especial. Christine, temendo que a outra dissesse algo de constrangedor, fingiu não ouvir. *O resto da vida* era um pouco demais.

Ela segurou a mão de Lilian.

– Está vendo aqueles pássaros vermelhos? Capaz de você nunca mais ver um igual. – Mas sabia que para Lilian aquilo não era nada de especial. Era pequena demais para isso. Só disse "Ah!", a mesma coisa que diria se fossem pterodáctilos ou anjos de asas vermelho-sangue. Os mágicos, Chistine sabia disso pela última festa de aniversário de Lilian, eram um fracasso com crianças pequenas. Para elas não havia nada de extraordinário num coelho saindo de uma cartola.

Don segurou a mão de Christine, coisa que não fazia há bom tempo; mas ela estava fascinada com os pássaros e demorou a perceber. Tinha a sensação de estar contemplando um quadro, flores exóticas, ou frutas vermelhas em árvores, dispostas a intervalos regulares, como nos jardins de pinturas medievais, sólidas, nítidas, em cores primárias. Do outro lado da rede existia outro mundo, imaginário e contudo mais real que o mundo do lado de cá, homens e mulheres em suas roupas tênues e corpos a envelhecer num barco decrépito. Seu próprio corpo parecia débil e vazio, como vidro soprado.

A menonita erguera o rosto para o sol poente, o corpo seccionado no pescoço pela sombra, de modo que a cabeça parecia flutuar. Pela primeira vez, ela parecia triste; mas percebeu que Christine a observava e voltou a sorrir, como que para tranquilizá-la, o rosto brilhante, rosado e redondo como uma ameixa. Agora Christine sentia as duas mãos que a firmavam, a ancoravam, uma em cada lado.

Seu corpo recuperou o peso. A luz morria, o ar esfriava. Logo teriam de voltar, em meio à crescente escuridão, num barco tão carcomido que um pé pisando de mau jeito o atravessaria. A água estaria negra, não mais turva; e cheia de raízes.

– Não devíamos voltar? – perguntou a Don.

E Lilian disse:

– Mamãe, estou com fome – e Christine se lembrou da barra de chocolate e remexeu a bolsa. Estava lá no fundo, mole como uma tira de toucinho, mas não tinha se desmanchado. Ela sacou a barra da bolsa, tirou o papel prateado e deu um pedaço a Lilian, outro a Don e ficou com um para si. A luz estava ainda rosa, porém já escura, e era difícil ver o que ela fazia.

* * *

Mais tarde, quando contou essa história, já em casa, em segurança, Christine falou do pântano e do horrível barco, e dos homens cantando e do cheiro suspeito da água. Falou da irritação de Don, só nos dias em que estava particularmente irritadiço. (A essa altura a pressão tinha aliviado, essas coisas têm fases, concluiu Christine. Ainda bem que ela não tinha dito nada, nem forçado uma discussão sobre questão alguma.) Contou como Lilian tinha se comportado bem, embora indo contra a vontade. Falou do rombo no barco, de seu próprio medo, de que riu, e do ridículo esforço para tirar água do barco com latinhas, e do caribenho indiferente a seu destino. Não esqueceu a menonita sentada no buraco como um galináceo grande e gordo, que apresentou como uma cena engraçada mas também com admiração, pois aquela solução era tão simples e evidente que ninguém mais tinha pensado nela. Mas não mencionou o filho morto.

Contou a hilariante viagem de volta até o cais, com o caribenho de pé na proa, a lanterna virada para o imenso, monótono manguezal, e os dois homens de boné de beisebol meio bêbados, cantando umas músicas sacanas.

E concluiu com os pássaros, que valiam a pena todo o esforço para chegar lá, foi o que disse. Na sua narrativa, eles eram um tipo de espetáculo, como o Grand Canyon: algo que é preciso ver, se você gosta de pássaros e anda por aquelas bandas.

O JARDIM DE SAL

Alma levanta a chama, mexe a água clara na panela vermelha esmaltada, põe mais sal, mexe, põe mais sal. Está preparando uma solução supersaturada. Outra vez. Já fizera isso na hora do almoço, com Carol, mas não lembrou que tinha de ferver, usou água quente da torneira. Não aconteceu nada, embora Alma tivesse dito que se formaria uma árvore de sal na linha mergulhada na água, pendurada de uma colher apoiada na borda de um copo.

– Isso leva tempo – explicou Alma. – Vai aparecer antes de você chegar em casa. – E Carol, confiante, voltou à escola, enquanto Alma tentava descobrir onde é que errara.

Essa coisa de fazer experiência é novidade. Alma não sabe onde Carol foi buscar. Na escola, com certeza, não: ela ainda está na segunda série. Se bem que as crianças estão fazendo coisas cada vez mais cedo. Alma não gosta de ver as meninas experimentando seus saltos altos e passando batom na boquinha, embora saiba que é de brincadeira. Até requebram, imitando alguém que viram na TV. Talvez a moda da experiência também venha da TV.

Como sempre faz quando Carol se interessa por alguma coisa, Alma já deu tratos à bola, em busca de informações que devia ter, mas em geral não tem. Hoje em dia ela estimula qualquer coisa que atraia as duas para uma atividade capaz de relegar ao esquecimento perguntas sobre a forma como estão vivendo; sobre o paradeiro de Mort, por exemplo. Já tentou passeios ao zoo, costura de roupa de boneca, cinema no sábado. Tudo funciona, nada dura.

Quando as experiências começaram, ela teve a ideia de pôr vinagre em bicarbonato de sódio para ficar efervescente; foi um sucesso. Depois, começou a recordar outras coisas. Agora se lembra de ter ganhado em criança, lá pelos seus dez anos, um estojinho de químico do pai, que defendia teorias avançadas para o seu tempo. Ele achava que as meninas deviam ser criadas mais como meninos, talvez por não ter filhos: Alma é filha única. Além disso, o pai queria que ela se desse melhor na vida do que ele. Ele tinha um emprego aquém de sua capacidade, no correio, e se sentia frustrado. Não queria que Alma se sentisse frustrada: assim, tentou dissuadir a filha de se casar precocemente e de abandonar a universidade para ajudar Mort a fazer a escola de Arquitetura, trabalhando como secretária de uma empresa de embalagem de alimentos. "Um dia você vai cair em si e se sentir frustrada", profetizou o pai. Às vezes Alma reflete se a palavra frustração define aquilo que sente, mas em geral conclui que não.

Muito antes dessa época, ele já tentara despertar o interesse dela pelo xadrez, pela matemática e pela filatelia, entre outras coisas. Mas Alma não absorveu grande coisa, pelo menos que ela soubesse, e, na idade previsível, ficou lamentavelmente obcecada por maquilagem e roupas, e suas notas em álgebra despencaram. Mas ela guarda uma vívida imagem do estojinho de químico, com as miniprovetas e sua pinça de arame, a vela para aquecê-las e os fascinantes vidrinhos arrolhados – pareciam peças de vidro de casa de boneca, contendo substâncias misteriosas: cristais, pós, soluções, poções. Algumas delas com certeza venenosas; hoje em dia provavelmente já não se vendem estojos como aquele. Para Alma, porém, foi bom ter tido o seu, pois, afinal, se tratava de alquimia, era o que afirmava o manual: magia. *Deixe pasmos seus amigos. Transforme água em leite. Transforme água em sangue.* Ela também se lembra da terminologia, embora os significados tenham ficado imprecisos. *Precipitação. Sublimação.*

Havia um capítulo sobre truques com objetos caseiros, por exemplo, como fazer um ovo cozido entrar numa garrafinha de leite – ainda havia garrafinha de leite. (Alma recorda e vê a nata boiando, sente o gosto das tampinhas de papelão que ela implorava que a deixassem lamber, sente o cheiro da bosta de cavalo na carroça; está ficando velha.) Como fazer o leite azedar num instante. Como fazer tinta invisível com suco de limão. Como evitar que a maçã cortada escureça. É neste capítulo do manual (o melhor, pois quem resistiria à ideia dos misteriosos poderes ocultos em objetos corriqueiros?) que ela foi buscar a solução supersaturada e a linha: *Como fazer um mágico jardim de sal.* Era um de seus truques favoritos.

A mãe de Alma tinha se queixado de que ela estava acabando com o sal da casa, mas o pai achava que isso era uma ninharia comparado ao desenvolvimento da curiosidade científica da filha. Para ele, ela estava começando a entender o espaço intermolecular, mas a realidade era outra, o que Alma e sua mãe sabiam, embora não dissessem nada. A mãe, irlandesa, fazia um sombrio contraste com o caráter inglês definido e animadamente amargo do pai; a mãe lia folhas de chá para as vizinhas, que só elas viam como uma diversão inocente. Talvez Alma tenha herdado dela seus dias ruins, suas crises de fatalismo. A mãe não concordava com as teorias do pai sobre a educação das meninas, e sempre que podia desmontava as experiências de Alma.

Para a mãe, ficar brincando na cozinha era um pretexto para Alma não estudar, mas Alma nem pensava nisso. Ela simplesmente gostava da neve em miniatura caindo, do mundo fechado, protegido numa proveta, dos cristais se formando na agulha, como nas gravuras do palácio da Rainha da Neve no livro de Hans Christian Andersen da escola. Não se lembra de ter deixado um amigo pasmo com um truque do manual. Ela é que ficava pasma, e isso lhe bastava.

* * *

A água está fervendo outra vez na panela; continua clara. Alma põe mais sal, mexe para misturar, põe mais. Quando o sal se acumula no fundo da panela, se espiralando em vez de sumir, ela apaga o fogo. Antes de despejar a água quente, põe outra colher dentro do copo, pois de outra forma ele pode se quebrar. Aprendeu isso depois de quebrar assim vários copos da mãe.

Alma apanha a colher com a linha amarrada e começa a baixar a linha dentro do copo. Está fazendo isso quando, súbito e branco, um clarão borra a cozinha. Sua mão some, depois reaparece à sua frente, negra, como a imagem que persiste na retina. O contorno da janela permanece, emoldurando sua mão que continua acima do copo. Então a própria janela se amarrota para dentro em fragmentos, como o vidro de um para-brisa de segurança. Depois é a vez da parede, enfunando-se para ela como uma bola de encher. Mais um instante e Alma vai compreender que o trovejar veio e se foi, mas a explosão a deixou surda, e depois ela vai ser levada pelo vento.

Alma fecha os olhos. Pode se deixar levar ou tentar se deter, ficar de pé, recuperar sua cozinha. Não é uma experiência nova. Vem ocorrendo em média uma vez por semana há três meses, ou mais; embora saiba a frequência, porém, nunca sabe quando vai acontecer. Pode irromper a qualquer hora, quando acabou de encher a banheira e está para entrar, ao enfiar o braço na manga do casaco, quando está fazendo amor com Mort ou Theo, qualquer dos dois, já aconteceu. E sempre ocorre quando está pensando em outra coisa.

Não se trata de especulação – é antes uma alucinação. Alma nunca tivera alucinações, exceto muito tempo atrás, quando era estudante e tomou ácido, algumas vezes. Todo o mundo fazia a mesma coisa, e ela não tomou muito. Surgiram luzes e formas geométricas bailando, que ela olhou alheada. Depois ficou pensando o que seria todo aquele papo sobre profundidade cósmica, embora ela própria não quisesse dizer nada. Naquela época as pessoas competiam muito pelo significado das viagens.

Mas nenhuma experiência anterior se compara com esta. Ocorreu-lhe que talvez essas coisas fossem lampejos de ácido. Mas por que ela as veria agora, quinze anos depois, sem que nada ocorresse entre os dois momentos? A princípio ficou tão assustada que pensou em consultar alguém: um médico, um psiquiatra. Talvez estivesse à beira da epilepsia. Talvez aquilo fosse um surto de esquizofrenia, de algum tipo de loucura. Cotudo, não há outros sintomas perceptíveis: só os clarões, o barulho, ela carregada pelo ar até a colisão e a queda no escuro.

Da primeira vez, acabou deitada no chão. Alma tinha estado com Mort, jantaram num restaurante durante uma de suas intermináveis conversas sobre a forma de organizar melhor as coisas. Mort adora a palavra organizar, pela qual ela não tem predileção. Alma é romântica: Se você ama alguém, pra que organizar? E se não ama, pra que se dar ao trabalho de organizar? Por seu lado, Mort vem lendo livros sobre o Japão; e acha que deviam redigir um contrato nupcial. Nessa ocasião, Alma lembrou que eles já estavam casados. E ela não sabia onde o Japão entrava na história: se Mort queria que ela massageasse as costas dele, tudo bem, mas não queria ser a Primeira Esposa se o título presumia a existência de outros números, quer sucessivos quer simultâneos.

Mort tem uma namorada – pelo menos é assim que Alma se refere a ela. Hoje em dia a terminologia está se complicando: *amante* não é mais termo adequado, já que evoca *négligés* cor de pêssego com barra de pele e sandálias de salto alto, que ninguém mais usa; quer dizer, ninguém como a namorada de Mort, uma mulher sólida e larga, de cabelo pajem reto e sardas. E *amada* não parece combinar com as emoções de Mort em relação a essa mulher, cujo nome é Fran. Fran não é nome de amante, nem de amada; fica melhor numa esposa, mas a esposa é Alma. Talvez seja o nome que deixa Mort confuso. Talvez seja por isso que ele sente por essa mulher não paixão, ou ternura, ou devoção, mas uma mistura de ansiedade, culpa e ressentimento, pelo menos é isso que ele diz a Alma. Ele escapa de Fran para ver Alma e liga para Alma de cabines telefônicas às escondidas de Fran, invertendo a forma como as coisas ocorriam antes. Alma tem pena de Fran, o que provavelmente é uma defesa.

Não é a Fran, como tal, que Alma tem objeções. É à racionalização de Fran. É o fato de Mort proclamar que existe uma razão justificável, até moral, para fazer o que faz, que aquilo se enquadra em subcategorias, que os homens são polígamos por natureza e por aí vai. É isso que Alma não aguenta. Ela faz o que faz porque é o que faz, e não faz disso uma bandeira.

O jantar foi mais difícil para Alma do que ela previra, e por isso ela tomou um drinque a mais. Levantou-se para ir ao banheiro, e então aconteceu. Ela voltou a si toda molhada de vinho e coberta por parte da toalha da mesa. Mort lhe explicou

que ela havia desmaiado. Ele não disse isso, mas para ela estava claro que ele atribuía tudo à histeria, precipitada pelos problemas com ele, que até então nenhum dos dois havia definido com precisão, mas que, para ele, eram problemas dela, não dele. Estava claro também que, para ele, ela fazia aquilo de propósito, para chamar a atenção, atrair solidariedade e interesse, para fazer com que ele a escutasse. Ele estava irritado:
— Se você estava tonta, devia ter ido lá fora.

* * *

Já Theo ficava lisonjeado quando ela desmaiava nos seus braços. Ele atribuía o desmaio a uma desmedida paixão erótica que brotava pela técnica dele, embora ele tampouco dissesse isso. Ficava contente com ela, esfregava suas mãos e lhe trazia um copo d'água.

Theo é o amado de Alma: em relação a ele, não há dúvida quanto à terminologia. Ela o conheceu numa festa. Ele se apresentou perguntando se ela queria outro drinque. (Já Mort apresentou-se perguntando se ela sabia que se você cortasse as suíças de um gato ele não conseguia mais andar em cima de uma cerca, o que para Alma devia ter servido de aviso; mas não serviu.) Ela estava enredada com Mort, e Theo igualmente enredado com a mulher dele, de modo que aos olhos de cada um o outro parecia relativamente simples. Isso foi antes de os dois começarem a acumular uma história, e antes de Theo sair de casa. Nessa época os dois viviam se agarrando, especializaram-se em corredores e vestíbulos, em beijar entre casacos pendurados e prateleiras de galochas.

Theo é dentista, mas não é o dentista de Alma. Se fosse, Alma duvida que tivesse acabado tendo com ele aquilo em que ainda pensa como um caso. Sente que a parte interna de sua boca e sobretudo o lado interno dos dentes têm um caráter assexuadamente íntimo; aqueles indícios de imperfeição física, de decomposição, decerto afastariam os homens. (Alma tem bons dentes; mesmo assim, bastava uma olhada com aquele espelhinho, bastava a terminologia, *orifício*, *cárie*, *mandíbula*, *molar*...)

Para Theo, a odontologia não chega a ser uma vocação. Ele não atendera ao apelo dos dentes; contou a ela que escolheu a odontologia porque não lhe ocorreu outro caminho; tinha boa coordenação motora fina e aquilo, na melhor das hipóteses, era um meio de vida.

– Você podia ter sido gigolô – disse Alma um dia. – As gorjetas são melhores. – Theo, cujo senso de humor não chega a ser desbragado e que exige roupa de baixo imaculada, esteve a ponto de ficar chocado, para alegria de Alma. Ela gosta de fazer com que ele se sinta mais erótico do que é, o que o torna mais erótico do que é. Ela é condescendente com ele.

Portanto, quando se viu deitada no tapete de Theo, com Theo inclinado sobre ela, gratificado, solícito e perguntando "Desculpe, eu fui bruto?", ela não fez nada para corrigir essa impressão.

– Foi uma explosão nuclear – respondeu ela, e ele achou que ela estava fazendo uma analogia. Theo e Mort têm algo em comum: os dois se apontaram a si mesmos como a causa dos leves sintomas que ela apresenta. Ou são eles, ou a química do corpo feminino: mais uma razão para não se permitir que as mulheres pilotem aviões, impressão que uma vez Alma flagrou Theo manifestando.

* * *

O teor das alucinações de Alma não a surpreende. Ela suspeita que outras pessoas passem por experiências semelhantes ou idênticas, da mesma forma que, durante a Idade Média, muita gente (por exemplo) via a Virgem Maria ou testemunhava milagres: sangramentos estancados ao toque de um osso, imagens falantes, estátuas que sangravam. Hoje em dia, há centenas de pessoas jurando que entraram em naves espaciais e conversaram com extraterrestres. Esse tipo de delírio chega em ondas, pensa Alma, são epidêmicos. Seus espetáculos de luz, suas ausências, decerto são tão comuns como o sarampo, só que as pessoas negam. Com toda a probabilidade, estão fazendo o que ela devia fazer, partir para o médico e arranjar uma receita de Valium ou algum outro comprimido que sossegue o cérebro. Não querem que os outros pensem que são desequilibradas, porque, embora a maioria reconheça que é razoável ela temer o que teme, existe um consenso sobre até que ponto. Não é normal sentir medo além de certo ponto.

Mort, por exemplo, acha que todo o mundo devia assinar manifestos e engrossar passeatas. Ele assina e leva para Alma assinar também, quando lhe faz uma visita legítima. Se ela assinasse durante uma escapada, Fran iria saber, e juntaria as pontas, coisa que a essa altura nem Alma quer. Ela está gostando mais de Mort agora que o vê menos. Fran que lave a roupa dele, para variar. Mas às passeatas ele vai com Fran, pois são eventos sociais. É por isso que a própria Alma não vai: não quer criar uma situação canhestra para Fran, que sem isso já está suscetível em relação a ela. A certas reuniões, como as de pais e mestres, Mort é autorizado a comparecer com Alma, a outras não. Mort fica envergonhado com essas restrições, mesmo porque uma das razões que confessou para deixar Alma foi que se sentia manietado.

Alma concorda ostensivamente com Mort quanto às passeatas e aos manifestos. É razoável supor que, se o mundo inteiro assinasse os manifestos e entrasse nas passeatas, a catástrofe não ocorreria. É hora de se erguer, de ser levado em conta, barrar o caminho do Sistema, como faz Mort com doações a grupos pacifistas e cartas aos políticos, que lhe rendem informações sobre a destinação dos impostos arrecadados e cartas padronizadas e impecavelmente datilografadas. Alma sabe que a atitude de Mort tem sentido, pelo menos tanto quanto qualquer outra; mas ela nunca foi realmente sensata. Era esta uma das principais queixas de seu pai. Ela jamais conseguia esmagar com as duas mãos os pássaros feridos ao chocar-se com a vidraça das janelas, como ele ensinara, a fim de provocar o colapso dos pulmõezinhos. Ela insistia em aninhá-los em caixas forradas de algodão e alimentá-los a conta-gotas, assim causando – segundo o pai – uma morte pior, lenta e dolorosa. Assim é que ele mesmo acabava provocando o colapso dos pulmõezinhos e a consequente morte dos pássaros, que Alma se recusava a presenciar e se limitava a chorar.

Não foi sensato casar com Mort. Não foi sensato envolver-se com Theo, e a roupa de Alma não é e nunca foi sensata, sobretudo os sapatos. Ela sabe que, se um dia houver um incêndio, sua casa vai ficar reduzida a cinzas antes que ela resolva o que fazer, embora tenha tudo à disposição (extintores, o número do telefone dos bombeiros, pano molhado para cobrir o nariz). Assim, diante do vivo otimismo de Mort, Alma encolhe mentalmente os ombros. Ela se esforça para acreditar, mas é uma infiel, coisa de que não se orgulha. A triste verdade é que provavelmente há no mundo mais gente como a própria Alma do que como Mort. Seja como for, há muito dinheiro investido naquelas bombas. Mas ela não interfere na atividade dele, nem diz nada negativo. Os manifestos são uma distração tão construtiva como qualquer outra, e as passeatas o mantêm ativo e satisfeito. Ele é um homem vigoroso e corado, com uma tendência a engordar e que precisa queimar energia para evitar o risco de crise cardíaca; ao menos é o que diz o médico. E tudo ajuda a passar o tempo.

Theo, por seu lado, enfrenta essa questão cruzando os braços. Leva a vida como se a questão não existisse, revelando um talento para a indiferença que Alma admira. Ele simplesmente toca a vida, restaurando dente após dente como se todos os minúsculos ajustes que faz na boca das pessoas ainda fossem fazer diferença daí a dez anos, ou cinco, ou mesmo dois. Talvez, pensa Alma em seus momentos de maior cinismo, possam usar as fichas dentárias para fins de identificação ao classificar os corpos, se houver corpos para classificar; se a classificação ainda for prioritária, coisa de que ela duvida muito. Alma já tentou conversar sobre isso uma ou duas vezes, mas Theo respondeu que não vê utilidade no pensamento negativo. É uma coisa que vai ou não vai acontecer, e, se não acontecer, o maior problema vai ser a economia. Theo faz investimentos. Theo planeja a aposentadoria. Theo tem perda de visão periférica, Alma não. Ela não tem fé na capacidade das pessoas para sair desse buraco, nem tem onde enfiar a cabeça. A coisa está ali, no canto de qualquer sala em que ela esteja, como um estranho cujo rosto você sabe que veria claramente se virasse a cabeça. Alma não quer virar a cabeça. Não quer olhar. Cuida da vida, a maior parte do tempo; exceto durante esses pequenos lapsos.

Às vezes ela lembra a si mesma que esta não é a primeira vez que as pessoas acham que estão à beira do fim do mundo. Já aconteceu, por exemplo, durante a Peste Negra, e Alma recorda como um dos principais temas no segundo ano da faculdade. O mundo não acabou, claro, mas a crença de que ia acabar causou consequências parecidas.

Houve pessoas que assumiram a culpa e saíram por aí flagelando a si mesmas, ou se flagelando umas às outras, ou a quem passasse disponível. Ou rezavam muito, o que na época era mais fácil porque você tinha uma ideia da entidade a quem se dirigir. Alma acha que esta reação mental já não é confiável, porque são grandes as chances de o botão ser apertado por um maníaco religioso americano com vontade de posar de Deus e dar uma mãozinha às Revelações, alguém realmente imbuído da fé de que depois ele e mais um punhado de eleitos vão subir à vida eterna enquanto o resto mergulha na eterna danação. Mort acha pouco provável que os russos cometam um erro semelhante, pois eles descartaram a vida eterna e têm que levar a sério a terrena. Ele diz que os russos jogam xadrez melhor, o que não é grande consolo para Alma. O pai dela não conseguiu grande coisa quando tentou lhe ensinar xadrez, pois Alma tendia a atribuir às peças uma personalidade própria e a chorar quando o adversário matava sua rainha.

Ou você podia se murar, jogar os cadáveres lá fora, circular carregando laranjas com cravos espetados. Cavar abrigos. Distribuir manuais de instruções.

Ou roubar as casas abandonadas, arrancar os colares dos corpos.

Ou fazer o que Mort estava fazendo. Ou o que fazia Theo. Ou Alma.

Alma se vê como quem não faz nada. Ela se deita à noite, se levanta de manhã, cuida de Carol, as duas comem, conversam, às vezes riem, ela vê Mort, vê Theo, procura um emprego melhor, embora a busca não convença a ela mesma. Pensa em voltar à faculdade e se formar: Mort prometeu pagar, ele deve isto a ela, nisso os dois estão de acordo, se bem que na hora H ela não tem certeza de que é isto que quer. Tem emoções: ama pessoas, sente raiva, conhece a alegria e a depressão. Mas, por algum motivo, já não é capaz de tratar as emoções com a antiga solenidade. Nunca sua vida parecera singrar com tão pequeno esforço, como se estivesse liberada de toda a responsabilidade. Ela flutua. Na TV passa um anúncio, ela acha que de leite, mostra um homem em cima de uma prancha de surfe na crista de uma vaga, ela se move e no entanto está suspensa, como se o tempo não existisse. É assim que Alma se sente: desligada do tempo. O tempo pressupõe futuro. Às vezes ela experimenta esse estado de apatia, outras vezes empolgação. É capaz de fazer o que quiser. Mas que é que ela quer?

Ela se lembra de algo que também faziam durante a Peste Negra: eram condescendentes consigo mesmos. Devoravam as reservas de inverno, roubavam comida e se fartavam, dançavam na rua, copulavam indiscriminadamente. É para isso que ela avança na crista de sua vaga?

* * *

Alma atravessa a colher na beira do copo. Agora a água está esfriando e o sal deixando a solução. Forma na superfície pequenas ilhas transparentes que engrossam à medida que os cristais se acumulam, depois se partem e derivam como neve pela água. Ela vê uma tênue efervescência de sal a se juntar na linha. Ajoelha-se para olhar com os olhos à altura do copo, apoia queixo e mãos na mesa, vigia. A magia perdura. Quando Carol chegar da escola vai achar no copo um inverno inteiro. A linha estará como uma árvore depois da tempestade de chuva e neve. Mal pode acreditar como isso é lindo.

Daí a um tempo ela se levanta e passeia pela casa, cruzando a sala de visita esbranquiçada, que Mort considera japonesa, conforme a tradição de que o que tem menos vale mais, porém que a ela sempre lembrou um desenho para colorir com menos da metade preenchida, e passando pela parede do fundo em madeira nua até a escada, cujo corrimão Mort retirou. Tirou também muitas paredes e ignorou muitas portas; talvez tenha sido isso que não deu certo no casamento. A casa ficava em Cabbagetown, era uma das maiores. Mort, especializado em reformas, projetou esta, e gosta de trazer gente para mostrá-la. Mesmo assim, ele a vê como um folheto publicitário. Alma, que está ficando cansada de ir à porta no seu segundo robe, com o cabelo enrolado numa toalha, e dar com quatro homens de terno atrás de Mort, está pensando em trocar a fechadura. Mas isto seria muito drástico. Mort ainda pensa naquela casa como se fosse sua, e pensa em Alma como parte da casa. Seja como for, com a queda no setor da construção que está em marcha e considerando quem paga as contas, ela devia achar melhor dar-lhe uma mão; coisa que Mort já esteve a ponto de dizer.

Ela chega ao banheiro branco sobre branco, abre as torneiras, enche a banheira e tinge a água de azul com uma tampa de um gel de banho alemão, entra, suspira. Alma tem amigos que passam horas a fio boiando em tanques de isolamento em total escuridão e afirmam que, além de relaxar, esse tratamento os coloca em contato com a zona mais profunda do seu ser. Alma decidiu abrir-se a esta experiência. Não obstante, é na banheira que ela se sente mais segura (ali nunca desmaiou) e ao mesmo tempo mais vulnerável (e se desmaiar na banheira? Capaz de se afogar).

Quando Mort ainda vivia com ela e Carol era menor, Alma se trancava no banheiro, já que tinha uma tranca na porta, e fazia o que chamava "ficar comigo mesma", o que vinha a ser devanear. Depois ela manteve este hábito.

Houve um período – parece que foi há muito tempo, mas de fato aconteceu há poucos meses – em que Alma se permitia vez por outra uma fantasia relativamente agradável. Ela morava com Carol numa fazenda na península de Bruce. De fato estivera lá uma vez, de férias, com Mort, antes de Carol nascer, quando ainda parecia que o casamento ia dar certo. Foram de carro até o Parque Nacional de Bruce e seguiram para a ilha Manitoulin, no lago Huron. Foi então que ela notou as fazendas, como eram mirradas, marginais, e quantas pedras tinham sido arrancadas dos campos e reunidas em pilhas ou fileiras. Foi uma dessas fazendas que ela reservou para sua fantasia, pressupondo que ninguém mais ia querer.

Ela e Carol ouviram a notícia do iminente ataque no rádio, enquanto lavavam a louça na cozinha da fazenda, após o almoço. (Uma notícia improvável, como agora ela percebe: não haveria tempo para chegar a um programa de rádio.) Felizmente elas plantavam suas próprias verduras e legumes, e tinham bastante. A princípio Alma não dizia exatamente quais eram. Mas tinha incluído o aipo, o que só podia ser um erro; agora ela sabe que é impossível plantar aipo num solo como aquele.

As fantasias de Alma têm luxo de detalhes. Primeiro ela desenha o esboço, depois volta ao começo e põe efes e erres. Para esta, ela precisava das sementes adequadas e do conselho do homem do armazém. "Aipo?" (Era um lojista paternal de cidade pequena, que usava suspensórios e tinha uma rodela de suor debaixo de cada braço da camisa branca.) Mesmo assim, sua cordialidade era suspeita. Provavelmente ele a desprezava. Provavelmente contava histórias sobre ela na roda de cerveja, uma mulher sozinha com uma criança morando naquela fazenda. Os camaradas iam passar na rua transversal em seus carrões de segunda mão para espiar a casa. Ela pensaria duas vezes antes de sair de short e se inclinar para arrancar mato. Se fosse estuprada todo o mundo saberia quem era o culpado, mas ninguém diria nada. Não seria este homem, mas depois de umas cervejas ele diria: ela que se cuide. Este é um aspecto da vida rural em que Alma deve pensar seriamente antes de aderir.

– Aipo? – reagiu ele. – Aqui? A senhora deve estar brincando.

Assim, Alma eliminou de seus planos o aipo, que de qualquer forma não ia vingar. Mas restavam a beterraba, cenoura e batata, que se podia armazenar. Escavariam na encosta uma espécie de porão grande para armazenar raízes; o porão tinha acesso por uma porta que enviesava e onde, do lado de fora, por algum motivo, havia quilos de sujeira grudada. E era muito mais que um depósito de raízes: tinha vários compartimentos, por exemplo, e lâmpadas elétricas (de onde viria a eletricidade? Eram detalhes como este que, uma vez examinados com atenção, acabavam ajudando a dissolver a fantasia, embora Alma resolvesse o problema da eletricidade com um pequeno gerador acionado por água drenada do lago).

Em todo caso, elas não entraram em pânico ao ouvir a notícia no rádio. Não correram, saíram andando com dignidade para o depósito de raízes, entraram e fecharam a porta. Não esqueceram o rádio, que era um transístor, embora, claro, não adiantasse depois do primeiro impacto, já que todas as estações, presumivelmente, virariam pó. Nas prateleiras simetricamente embutidas numa parede, havia filas e filas de água engarrafada. E lá ficaram elas, comendo cenoura, e jogando baralho, e lendo livros divertidos, até que passou o perigo e elas saíram para um mundo onde o pior já tinha acontecido e, portanto, não havia mais razão para ter medo.

Esta fantasia já não funciona. Para começar, ela não podia se manter por muito tempo com os detalhes concretos que

Alma entende necessários antes que as questões práticas comecem a insinuar-se (ventilação?). Ademais, Alma só tinha uma vaga ideia do tempo que teriam de ficar trancadas antes que o perigo passasse. E depois, havia o problema dos refugiados, saqueadores errantes, que de algum modo ficariam sabendo das batatas e cenouras e viriam com (pistolas? porretes?). Já que só estavam lá ela e Carol, eles não teriam grande necessidade de armas. Alma começou a se armar com um rifle, depois com rifles, para repelir os atacantes, mas estava sempre inferiorizada em número de combatentes e em armamento.

A grande falha, porém, era que, mesmo quando as coisas funcionavam e eram possíveis a fuga e a sobrevivência, Alma constatava que não podia simplesmente retirar-se, deixando para trás outras pessoas. Ela queria incluir Mort, muito embora ele tivesse se portado mal e os dois já não estivessem realmente juntos, e se ela permitisse a vinda dele não poderia deixar Theo de lado. Mas Theo, claro, não poderia vir sem a mulher e os filhos, e além do mais havia Fran, a namorada de Mort, que não seria justo excluir.

Esse arranjo funcionou por algum tempo, sem as brigas que Alma esperaria. A perspectiva da morte iminente inspira sensatez, e por algum tempo Alma se deleitou com a gratidão que sua generosidade despertava. Travava diálogos íntimos com as duas outras mulheres sobre seus respectivos homens e constatava coisas que até então ignorava; as três estavam prestes a tornar-se amigas de verdade. À noite se sentavam à mesa da cozinha, que tinha aparecido no depósito de raízes, descascando cenoura juntas num clima de companheirismo e recordando o tempo em que todas viviam na cidade e só se conheciam por intermédio dos homens. Mort e Theo ficavam na outra ponta, tomando com água mineral o uísque que traziam. E as crianças se entendiam surpreendentemente bem.

Mas o depósito de raízes era de fato bem pequeno, e não havia modo de ampliá-lo sem abrir a porta. Depois, era preciso resolver quem ia dormir com quem e a que horas. Num espaço tão exíguo, a intimidade era praticamente impossível, além do que havia três mulheres e só dois homens. Para Alma, tudo isso era parecido demais com a vida real, sem os endereços separados para amenizar a situação.

Depois que a esposa e a namorada começaram a insistir para que se incluíssem os seus pais, tias e tios (por que Alma teria excluído os seus?), a fantasia ficou superlotada e, daí a pouco, inabitável. Alma era incapaz de escolher, sua dificuldade era esta. Era a dificuldade que tivera a vida inteira. Ela é incapaz de impor limites. Quem é ela para decidir, julgar pessoas desse jeito, dizer quem vai morrer e quem vai ter a chance de seguir vivendo?

O morro do depósito de raízes, minado por uma rede de túneis, ruiu. Morreram todos.

* * *

Alma acaba de se enxugar e de passar loção no corpo quando o telefone toca.

– Oi, que é que você está fazendo?

– Quem é? – interpela Alma, e só então percebe que é Mort. Fica envergonhada porque não reconheceu logo a voz dele. – Ah, é você. Oi. Você está numa cabine telefônica?

– Pensei em dar um pulo aí. – Mort fala num tom sigiloso. – Quer dizer, se você não for sair.

– Sozinho, ou em comitê?

– Sozinho. – O significado da resposta dele é claro. – Achei que podíamos tomar umas decisões. – Ele tenta adotar um tom de gentil persuasão, mas soa insistente. Alma não diz que ele não precisa da ajuda dela para tomar decisões, já que ele parece decidir rapidamente sozinho.

– Que decisões? – pergunta ela cautelosa. – Achei que a gente já estava em moratória em matéria de decisões. Foi esta sua última decisão.

– Eu sinto falta de você. – Mort deixa as palavras a pairar, e sua voz oscila para um tom menor, destinado a sugerir nostalgia. Alma prefere esconder o jogo.

– Eu também sinto falta de você. Mas prometi a Carol comprar pra ela um conjunto rosa de ginástica hoje de tarde. Que tal à noite?

– À noite não dá – responde Mort.

– Quer dizer que não deixam você sair para jogar?

– Não seja ferina – reclama Mort um tanto contraído.

– Desculpe. – Alma está descontraída. – Carol quer que você venha domingo ver *Fraggle Rock* com ela.

– Eu quero ver você a sós. – Mas promete vir no domingo, diz que vai ver a agenda para confirmar e depois liga pra ela. Alma se despede e desliga, com uma sensação de alívio muito diversa do que sentia ao se despedir de Mort por telefone no passado; que era, pela ordem, amor e desejo, o intercâmbio de assuntos rotineiros, frustração de não dizer as coisas a serem ditas, desespero e dor, raiva e a sensação de ser injustiçada e humilhada. Ela continua a passar loção no corpo, dando atenção especial aos joelhos e cotovelos. É lá que se vê primeiro quando você começa a parecer uma galinha quadrúpede. Mesmo quando se aproxima o fim do mundo, Alma gosta de manter-se em forma.

* * *

Resolve ir de bonde. Ela tem carro e dirige muito bem, mas ultimamente vem dirigindo cada vez menos. No momento, prefere meios de transporte que não requeiram decisões conscientes de sua parte. Prefere ser levada, se possível pelos trilhos, deixar alguém manobrar.

A parada do bonde fica diante de uma loja de alimentos naturais, cuja vitrine está cheia com amostras de damasco seco e passas cobertas com alfarroba, alimentos mágicos para salvar você da morte. Alma também teve sua fase macrobiótica: conhece os elementos de esperança supersticiosa que influem no consumo dessas panaceias. Faria o mesmo efeito passar uma linha pelas passas e pendurar no pescoço para enxotar vampiro. Na parede de tijolos da loja, entre a janela e a porta, alguém escreveu a spray: JESUS ODEIA VOCÊ.

O bonde chega, Alma sobe. Segue para a estação de metrô, onde ela vai descer e comprar rapidinho para Carol um conjunto rosa de ginástica e dois pares de meias de verão, depois descer a escada e tomar o metrô na direção norte com o bilhete de integração que acabou de enfiar na bolsa. Só é permitido usar bilhete de integração para reembarque imediato, mas Alma se sente temerária.

O bonde está lotado. Ela viaja em pé, perto da porta traseira, olhando por uma janela, sem pensar em nada de especial. Faz um dia ensolarado, um dos primeiros, e quentinho; as coisas estão gloriosas.

Subitamente, alguns passageiros perto da porta de trás começam a gritar: *Pare! Pare!* A princípio Alma não ouve, ou ouve no nível do alheamento: sabe que há um barulho, mas acha que são uns adolescentes vadiando, falando alto, do jeito deles. O motorneiro deve achar a mesma coisa, pois segue em frente, depressa, rodando nos trilhos, enquanto cada vez mais gente grita e berra: *Pare! Pare! Pare!* Então Alma também se põe a gritar, pois vê o que está acontecendo: há uma garota com o braço preso na porta de trás, ela está do lado de fora, está sendo arrastada; Alma não a vê, mas sabe que está lá.

Alma dá por si aos pulos, como uma criança frustrada, berrando "Pare! Pare!" como todo o mundo, mas o homem, distraído, ainda segue em frente. Ela quer que alguém jogue alguma coisa nele, por que ninguém se mexe? Estão amontoados, e quem está na frente não sabe, não vê. A situação prolonga-se durante horas, de fato minutos, antes que ele reduza a marcha e pare. Então sai e vai para a traseira do bonde.

Por sorte, vem uma ambulância bem ao lado, e a garota é levada para lá. Alma não lhe vê o rosto nem sabe até que ponto ela se machucou, embora estique a cabeça, mas ouve os ruídos que faz: não está chorando nem soluçando, é um som mais animal e mais desamparado, um som de pavor. O mais terrificante deve ter sido não a dor, mas a sensação de que ninguém a via nem ouvia.

Agora que o bonde parou e a crise passou, as pessoas em torno de Alma começam a resmungar. O motorneiro devia ser afastado. Devia perder a habilitação, ou seja lá o que tenham os motorneiros. Devia ser preso. Mas ele volta, empurra alguma coisa na frente e as portas se abrem. Todos têm que descer, diz ele. Parece contrariado, como se a garota presa na porta e a gritaria dos passageiros fossem culpa de outra pessoa.

Não estão longe da parada de bonde da estação do metrô e da loja onde Alma pretende fazer suas modestas compras; dá para ir a pé. No primeiro sinal, olha para trás. O motorneiro está ao lado do bonde, mãos no bolso, falando com um policial. A ambulância desapareceu. Alma percebe que o coração bate com força. É isso que acontece nas rebeliões, pensa ela, e nos incêndios: alguém começa a gritar e lá fica você no meio, sem saber o que está se passando. A coisa acontece depressa demais, e você abafa os gritos de socorro. Se os passageiros tivessem gritado "Socorro!" em vez de "Pare!" o motorneiro teria ouvido mais cedo? Mas todo o mundo gritou, e ele acabou parando.

Alma não acha a roupa rosa de ginástica no tamanho de Carol e compra uma lilás, o que vai ter consequências. De lá, ela segue para o metrô, entra com seu bilhete vencido e começa o breve trajeto, varando a escuridão que vê pela janela e olhando o próprio rosto a pairar no espelho que o isola do trem. Sentada, agarrando com as mãos o pacote no colo, ela olha as mãos dos passageiros diante dela. Ultimamente ela tem dado por si fazendo isso: observando mãos, como são quase luminosas, até as mãos dos velhos, calosas, com veias azuis, manchadas. Estes sintomas da velhice já não a assustam como um aviso de seu próprio futuro, como outrora acontecia; já não a enojam. Masculinas ou femininas, pouco importa: as mãos que vê pertencem todas a uma mulher comum de meia-idade, são todas calosas e rombudas, têm nas unhas um esmalte laranja descascado e agarram uma bolsa de couro marrom.

Às vezes ela tem de controlar o impulso de se levantar, cruzar o corredor, sentar-se e pegar aquelas mãos estranhas. Ninguém entenderia. Ela se lembra de sentir-se assim, faz muito tempo, num avião, ia ao encontro de Mort numa conferência em Montreal. Tinham planejado umas miniférias juntos após o encerramento. Estava excitada com a perspectiva do quarto de hotel, do cheiro de luxo e sexo proibido em que iam mergulhar. Estava ansiosa pelo momento de se enxugar e atirar a toalha no chão sem ter que sequer pensar em quem ia lavar. Mas o avião começou a jogar, e Alma se assustou. Quando o aparelho mergulhou como um elevador descendo, ela agarrou a mão do passageiro ao lado dela; não que fizesse diferença a mão de quem ela segurava se realmente o avião caísse. Mas assim ela se sentia mais segura. Então, claro, ele tentou uma cantada. E acabou sendo bem legal; contou que era corretor de imóveis.

Por vezes Alma estuda as mãos de Theo, dedo por dedo, unha por unha. Ela as esfrega no próprio corpo, põe na boca os dedos dele e os enrosca com a língua. Ele acha que é só um jogo erótico. Acha que é a única pessoa do mundo em cujas mãos ela pensa dessa forma.

* * *

Theo mora num apartamento de dois quartos num prédio alto, não longe do escritório. Pelo menos é o que Alma pensa. É verdade que o lugar lhe dá um certo gosto de prostituição, pois ela vai lá pra se encontrar com ele, porque ele não gosta de ir à casa dela. Ainda considera aquela casa território de Mort. Ele não pensa em Alma como território de Mort, só na casa, da mesma forma que sua própria casa, onde vive sua mulher com os três filhos, é território seu. É assim que Theo diz: "Minha casa." Ele vai lá no fim de semana, da mesma forma que Mort vai à casa de Alma. Alma desconfia que ele e sua mulher se esgueiram para a cama como estudantes num dormitório da década de 1950, trocando juras de segredo. Para si mesmos, dizem que não ia dar certo se Fran descobrisse. Alma não falou explicitamente a Theo sobre Mort, mas deu a entender que havia alguém, o que o animou.

— Acho que não tenho o direito de reclamar.

— Também acho — respondeu Alma. É absurdo o modo como os cinco vão vivendo, mas para Alma seria igualmente absurdo não ir pra cama com Mort. Afinal, ele é marido dela. Sempre foi assim. Além disso, este arranjo fez maravilhas com a vida sexual deles. E ela gosta do papel de fruto proibido. Nunca fora fruto proibido até então.

Mas se Theo ainda dorme com a mulher é coisa que Alma não quer saber. De certa forma, ele tem todo o direito, mas ela teria ciúme. Curiosamente, ela já não se importa muito com o que acontece entre Mort e Fran. Mort já é totalmente seu; ela conhece cada pelo de seu corpo, cada ruga, cada ritmo. Com ele, ela pode relaxar sem que lhe passe pela cabeça praticamente nada, e não precisa de muito esforço consciente para agradá-lo. O território inexplorado é Theo, é com Theo que ela tem de pôr-se em guarda, ter cuidado, não se deixar levar por uma enganadora sensação de segurança – Theo, que à primeira vista parece tão mais brando, mais atencioso, mais provisório. Para Alma, ele é o pântano, como Mort é a floresta: com Theo, ela pisa com cuidado, pronta para recuar. E no entanto é em relação ao corpo dele – mais baixo, mais leve e resistente que o de Mort – que ela é possessiva. Não quer que outra mulher o toque, sobretudo uma mulher que já teve mais tempo para conhecê-lo do que ela. A última vez que viu Theo (aqui, no edifício dele, em cujo saguão branco, impessoal, ela está entrando agora), ele disse que queria lhe mostrar os últimos instantâneos de sua família. Alma deu uma desculpa e foi para o banheiro. Não tinha vontade de ver uma foto da mulher de Theo, e também sentia que o mero olhar seria uma violação das duas; de parte de Theo, seria usar duas mulheres para que se neutralizassem. Ocorreu-lhe que ela era para a mulher de Theo como a namorada de Mort para ela; de certa forma a usurpadora, mas também aquela que merece dó por causa do que não está sendo confessado.

O jardim de sal

Ela sabe que a atual correlação de forças não vai durar indefinidamente. Mais cedo ou mais tarde, haverá tentativas de coação. Não mais se permitirá que os homens fiquem à deriva entre suas mulheres e entre suas casas. Serão erguidas barreiras e pregadas placas: PROIBIDO ULTRAPASSAR ESTE PONTO, ou RETIRE-SE. Com todo o direito; mas nenhuma dessas pressões partiria de Alma. Ela gosta das coisas do jeito que estão. Concluiu que prefere dois homens a um só: a dualidade equilibra as coisas. Gosta dos dois, quer os dois; o que, em certos dias, faz com que não ame nem queira nenhum deles. O atual arranjo a torna menos ansiosa e vulnerável, e sugere múltiplos futuros. Theo pode voltar para a mulher, ou ter vontade de vir morar com Alma. (Não faz muito, ele fez a ela uma pergunta de mau agouro – "Que é que você deseja?" – de que Alma se esquivou.) Talvez Mort queira voltar, talvez decida recomeçar com Fran, da estaca zero. Talvez Alma ainda perca os dois, seja abandonada e fique sozinha com Carol. Essa perspectiva, que no passado teria levado ao pânico e à depressão conectados a questões financeiras, não a preocupa muito no momento. Agora ela quer seguir assim eternamente.

    Alma entra no elevador e é carregada para cima. A ausência de gravidade a envolve. É um luxo; toda a sua vida é um luxo. Theo, que abre a porta para ela, é um luxo, principalmente a pele, que é macia e rica, e mais escura que a dela, o que deve ao fato de ser meio grego, uma ou duas gerações, e cheira a produtos químicos vivamente adocicados. Theo é um permanente espanto, ela o ama tanto que mal consegue vê-lo. O amor a consome; consome as feições de Theo, de modo que na meia-luz do apartamento ela só enxerga um brilhante contorno. Ela não está na onda, mergulha nela, quente e fluida. É isto que ela quer. Eles não chegam ao quarto, desabam no tapete da sala, onde

Theo faz amor com ela como quem corre atrás de um trem que nunca vai pegar.

O tempo passa e os detalhes de Theo reaparecem, um sinal aqui, uma sarda ali. Alma acaricia-lhe a nuca, levantando a mão para olhar furtivamente o relógio: tem que voltar a tempo de cuidar de Carol. Não pode esquecer a roupa de ginástica, que atirou para um lado na sacola plástica mal cruzou a porta do apartamento, juntamente com a bolsa e os sapatos.

– Foi esplêndido – diz Alma. É verdade.

Theo sorri, beija-lhe o pulso e o mantém na mão, sentindo as pulsações, depois apanha a anágua no chão e a entrega a ela terno e reverente, como quem dá flores; como se ela fosse a dama da caixa de chocolate; como se ela estivesse morrendo e só ele soubesse e quisesse evitar que ela soubesse.

– Espero – diz ele amável – que, quando isso acabar, não haja inimizade.

Alma fica gelada; nem acabou de vestir a anágua. É penetrada pelo ar, um arquejar silencioso, um grito engatilhado, pois ela percebeu de imediato: não foi "se" que ele disse, foi "quando". Ele tem um cronograma na cabeça. Ao longo de todo esse tempo em que ela negou o tempo, ele esteve a ticar os dias, fazer a contagem regressiva. Ele acredita em predestinação. Acredita na sorte. Ela devia saber: uma pessoa tão organizada não suportaria desgoverno eterno. Portanto, tem que sair da água, pisar em terra firme. Ela vai precisar de mais roupa, porque lá vai estar mais frio.

– Não diga bobagem – protesta Alma puxando a seda artificial até a cintura como se fosse um lençol. – Por que nós haveríamos de...?

– Acontece.

– Eu já fiz alguma coisa pra você achar que vai acontecer com a gente? – irrompe Alma. Talvez ele vá voltar para a mulher. Ou talvez não, talvez tenha apenas concluído que ela, Alma, não vai funcionar, não assim no dia a dia, não para o resto da vida. Ele ainda acredita que vai existir vida. E ela também, não fosse assim por que estaria tão contrariada?

– Não – responde Theo coçando a perna –, mas é o tipo de coisa que acontece. – Ele para de se coçar, olha pra ela, é aquele olhar que ela achava sincero. – Só quero que você saiba que gosto de você demais para isso.

Gosto. É ou não é a pá de cal? Como tantas vezes acontece quando é Theo que fala, ela não sabe muito bem o que foi dito. Ele está exprimindo devoção, ou já rompeu sem ela perceber? Ela está acostumada a pensar que, numa relação como a deles, tudo se dá mas não se exige nada, mas talvez a coisa funcione ao contrário. Nada se dá. Nada se dá por visto, sequer. De repente Alma se sente visível demais, ostensiva. Talvez seja melhor voltar para Mort e para a invisibilidade.

– Eu também gosto de você. – Ela acaba de se vestir, enquanto ele continua no chão, olhando afetuosamente para ela, como quem acena para o navio que deixa o cais e, no entanto, anseia pelo momento de ir pra casa jantar. A ele não importa o que ela vai fazer agora.

– Depois de amanhã? – pergunta ele, e Alma, que deseja ter errado, sorri.

– Você vai ter que implorar.

– Não tenho jeito pra isso. Você sabe como eu me sinto.

Nos bons tempos, Alma não hesitaria; teria certeza de que ele sentia por ela a mesma coisa que ela por ele. Agora, resolve que é uma questão de cortesia fingir que o entende. Ou, pensando bem, talvez seja uma desculpa, para que ele nunca tenha que se expor fazendo uma declaração ou se explicando.

– À mesma hora? – pergunta ela.

O último botão está abotoado. Os sapatos, ela apanha na porta. Ajoelha-se, inclina-se para lhe dar um beijo de despedida. É então que um devastador clarão irrompe, e Alma escorrega para o chão.

Desperta deitada na cama de Theo. Ele já se vestiu (para o caso de ter que chamar uma ambulância, imagina ela) e está sentado a seu lado, segurando-lhe a mão. Desta vez ele não gostou.

– Acho que você tem pressão baixa – diz ele, já que não pode atribuir a crise à excitação sexual. – Devia tirar isso a limpo.

– Pensei que desta vez fosse pra valer – sussurra Alma. Ela está aliviada; tão aliviada que a cama parece não ter peso, é como se ela boiasse na água. Mas Theo não entende.

– Você quer dizer que já passou? – Ela não sabe se ele está resignado ou impaciente.

– Não – explica Alma. Ela fecha os olhos; daqui a pouco vai sentir-se menos tonta, vai se levantar, falar, andar. Por ora, o sal ainda lhe paira atrás dos olhos, caindo como neve, atravessando o mar, para além do coral morto, amontoando-se nos galhos da árvore de sal que se ergue das brancas dunas cristalinas. Esparsos na areia submarina jazem os ossos dos peixinhos. Tão lindo! Isto nada pode matar. Depois que tudo acabar, o sal há de permanecer.

EM BUSCA DA ORQUÍDEA

❦

Partimos da praia, atravessando o trecho povoado de bétulas. A mata é aberta, o chão coberto com um tapete de folhas, por cima secas, por baixo comprimidas numa base úmida, trançado com (agora eu sei mesmo sem olhar, já tinha olhado antes, sempre gostei de olhar) cipó, lianas, raízes e cordões de folhas em decomposição estendidos como estopins, ramificados como as artérias azul-aquarela que se espalham em certos queijos.

Contra as pardacentas folhas mortas, que recuam diante de nós, as bétulas se erguem, ou jazem. As bétulas têm prazo de vida limitado e morrem de pé. Depois o topo apodrece e desaba, quando não fica preso, pendente – mata-maridos, é como os lenhadores o chamavam –, mas fica de pé o tronco decepado, de onde brotam cogumelos duros que por baixo são como veludo umedecido. Esse trecho de mata, com suas vistas longínquas e colunas silenciosas, sempre me dá a mesma sensação. Aqui a luz se difunde como pela janela no alto de uma cripta.

– Eu devia ter trazido minha bolsa – diz minha mãe, que vem atrás de mim. Seguimos em fila indiana, meu pai à frente, claro, embora não leve o machado, Joanne depois, para que ele possa lhe explicar as coisas. Em seguida venho eu, e por último a minha mãe. Aqui você tem que ficar perto da pessoa para ouvir o que ela diz. As árvores, ou as folhas, o que é mais provável, absorvem o som.

– Podemos voltar – digo eu. Nós duas estamos pensando na casca das bétulas, retorcidas no chão à nossa volta. Há que apanhá-las e usá-las para fazer fogo no fogão de lenha. Mortas as bétulas, a casca sobrevive ao cerne, o que é o contrário do que acontece a nós. Na verdade, não existe para coisa alguma o momento da morte: existe um vagaroso desmanchar-se, como o de uma vela ou um pingente de gelo. E em todas as coisas, as partes mais secas são as últimas a se desmanchar.

– Você devia ter usado a cabeça – diz meu pai, que de algum modo a ouviu. Embora tenham passado dos setenta anos, os dois têm a capacidade de se ouvir mesmo de longe, mesmo através de barreiras. Meu pai levanta a cabeça sem mudar a direção da voz, e continua marchando em frente, sobre as folhas pardacentas e os cacos de templo grego que juncam o chão. Eu fico olhando os pés dele, e os de Joanne logo à minha frente. De fato, olho o chão: procuro bufas-de-lobo. Eu também não trouxe bolsa, mas posso tirar minha segunda camisa e fazer uma trouxa, se achar alguma.

– Eu nunca tive cabeça – diz mamãe alegremente. – Só uma bola felpuda. E um botãozinho no topo da espinha, pra segurar a cabeça. – Ela avança com energia atrás de mim. – Aonde é que ele está indo?

Estamos procurando um brejo. Joanne, que escreve sobre natureza, trabalha num artigo sobre brejos, e meu pai sabe onde existe um. Um brejo de chaleira: sem entrada nem saída para a água. Joanne traz uma câmera no pescoço, pendurada de uma daquelas correias bordadas como suspensórios de cantor tirolês, e um par de binóculos, além da jaqueta impermeável dobrada para dentro do próprio bolso e amarrada na cintura. Ela sempre está bem equipada.

Também trouxe para esta excursão o seu caiaque portátil, o montou e dentro dele navega energicamente, parece um inseto-jesus – chamavam assim a esse besouro-d'água, que se abriga em locais protegidos, atrás de troncos e em reentrâncias, nos dias tempestuosos, negros e brilhantes como os olhos curiosos de Joanne.

Ontem Joanne pisou de mau jeito no caiaque e caiu rodopiando, com binóculo e tudo. Felizmente, sem a câmera. Nós a enxugamos o melhor que foi possível; os binóculos não se estragaram muito. Foi quando eu entendi por que não estou bem equipada como Joanne: tenho medo de perder coisas. Não se deve ter caiaque, binóculo nem nada a menos que se esteja disposto a ver alguma coisa afundar. Joanne, que é inteligente, mora sozinha e se vira pra ganhar a vida, está disposta a qualquer coisa, aconteça o que acontecer ao equipamento.

– É só um binóculo. – E ela ri ao chapinhar para a praia. Ela sabia aonde levá-lo para uma secagem profissional, se nada mais resolvesse. E tinha botas extras para caminhar no mato. É o tipo de mulher capaz de entabular impunemente uma conversa com estranhos no trem. Eles nunca se revelam malucos como os que eu escolho, e se fossem ela os descartaria sem demora. "Melhore o desempenho, ou vá à luta" é uma frase que aprendi com Joanne.

Lá na frente o meu pai faz uma pausa, olha para o chão, baixa a cabeça e cutuca alguma coisa. Joanne também cutuca, mas não destampa a lente da câmera. Meu pai vasculha impaciente as folhas mortas.

– Que é que ele achou? – pergunta minha mãe, que me alcançou.

– Nada. – Meu pai a ouviu. – Não consigo. Não sei onde se meteram.

Meu pai tem de cabeça uma lista de coisas que estão desaparecendo: a rã-leopardo, certas espécies de orquídea selvagem, talvez certos mergulhões. Isso por aqui. Para o resto do mundo, a lista é mais comprida, e não para de crescer. Os tigres, por exemplo, e o grou-americano. Baleias. Certas sequoias. Certas variedades de milho silvestre. Uma espécie de planta por dia. Vivi toda a minha vida com essa lista, que me deixa insegura em relação à solidez do mundo. Apego-me às coisas para retê-las, mantê-las aqui. Se aquele binóculo fosse meu, eu teria feito um escândalo.

Agora, porém, neste momento, eu não lembro qual é a coisa que deve estar sumindo, nem por que a estamos procurando.

* * *

Nós a estamos procurando porque tem mais coisa nessa história. A razão por que eu não consigo me lembrar não é senilidade a insinuar-se. Na época eu era capaz de me lembrar com toda a clareza. Mas isso era *na época*, e isto foi um ano após. Nesse meio-tempo, no inverno, que é sempre o meio-tempo, o tempo em que acontecem coisas de que você tem de tomar conhecimento embora preferisse ignorar, meu pai teve um derrame.

Meu pai estava dirigindo, rumo norte. O derrame aconteceu quando ele deixava uma estrada secundária para entrar na autoestrada. Paralisou o seu lado esquerdo, a mão esquerda repuxou o volante e o carro atravessou as quatro pistas sentido oeste e foi chocar-se contra a mureta. Minha mãe estava no carro.

– No banco do morto – lembrou ela. – Só por milagre não fomos esmagados.

– Foi isso mesmo – respondo. Minha mãe não dirige. – Que foi que você fez?

Tudo isso era passado adiante por telefone internacional, através do Atlântico, no dia seguinte. Estou numa cabine telefônica numa cidadezinha inglesa, e chuvisca. Na cabine há também um saco de batata, que não me pertence. Alguém deve estar armazenando batata ali.

A voz de minha mãe some gradualmente e gradualmente volta, é provável que também a minha, aos ouvidos dela. Eu já disse: "Por que você não me telefonou assim que aconteceu?", e ela já disse: "Não adiantava perturbar você." Ainda sou a criança de quem se devem esconder problemas graves, de gente grande.

– Eu não queria sair do carro. Não queria deixar seu pai sozinho. Ele não entendia o que havia acontecido. Felizmente parou um homem, um homem jovem e bom, veio ver a situação, pegou o carro e foi chamar uma ambulância.

Ela estava abalada; qualquer um estaria. Mas não queria que eu voltasse ao Canadá. Estava tudo sob controle, e minha volta seria um indício de que nem tudo estava sob controle. Meu pai estava no hospital, também sob controle. O derrame era do tipo a que chamavam transitório.

– Ele pode voltar a falar – explicou minha mãe. – Dizem que tem uma boa chance de recuperar a maior parte.

– A maior parte de quê?

– Do que perdeu.

Algum tempo depois recebi uma carta de papai. Ele tinha escrito no hospital, onde fazia exames. Durante uma tomografia do cérebro, tinha ouvido um médico dizer a outro: "Bem, aí não tem nada." Meu pai relatou isso deleitado. Ele adora quando as pessoas dizem coisas que não pretendiam dizer.

* * *

Passamos pelas bétulas agonizantes e nos internamos na mata, onde a vegetação rasteira é mais densa. O brejo está lá, em algum lugar, diz meu pai.

– Ele esqueceu – me diz a minha mãe, baixinho. – Está perdido.

– Eu nunca me perco – retruca meu pai, que agora avança por entre árvores mais novas. Não estamos numa trilha, e a mata vai se fechando e as árvores começando a ficar cada vez mais parecidas entre si, conforme seu costume uma vez privadas da sinalização humana. Mas quem se perde fica andando em círculos, e nós seguimos em linha reta. Agora eu me lembro do que está sumindo, aquilo que devemos procurar. É a *rattlesnake plantain*, uma trepadeira pequena com folhas na base e nós no caule. Parece que é uma variedade de orquídea. Antes havia muita por aqui, conta meu pai. Por que estaria sumindo? Ele não quer para ter; se encontrar, só vai olhar. Mas seria uma tranquilidade, alguma coisa que permanece conosco. Portanto, eu não tiro os olhos do chão.

Achamos o brejo, mais ou menos onde meu pai dizia que devia estar. Mas está diferente; espalhou-se. Só dá pra ver que é um brejo pela água que goteja no solo pelo musgo esfagno. Um brejo deve ter bordas de musgo e carriço que tremem quando você pisa, e no meio uma grande poça escura, água parda de turfa. Deve lembrar um laguinho na montanha. Este brejo aqui absorveu e cobriu a própria água, fez crescer árvores, bálsamos que já têm dois metros de altura. Em vão buscamos plantas insetívoras com folhas em ânfora.

Este brejo não emite luz. Está maduro. Joanne tira algumas fotos com sua moderníssima câmera e seu infalível zoom. Seu foco está no chão, no musgo; mira uma pegada se enchendo d'água. Enquanto ela trabalha, nós ficamos em volta, enxotando mosquito com a mão. Sabemos que não são estas as fotos que ela vai acabar usando. Mas ela é uma boa companhia.

Aqui não há *rattlesnake plantains*. Elas não crescem nos brejos.

* * *

O verão voltou, e eu voltei para casa. Atrás de mim fica o Atlântico, como uma chapa de zinco, uma distorção temporal. Como sempre acontece nesta casa, eu fico mais cansada do que devia; ou melhor, sonolenta. Releio histórias de detetive e vou pra cama cedo, sem nunca saber em que ano vou acordar. Vinte anos atrás, ou daqui a vinte anos? Antes do meu casamento? Será que minha filha – que tem dez anos e está na casa de uma amiga – já cresceu e saiu de casa? No reboco do quarto onde eu durmo há um pedaço meio solto, que tem a forma de uma cabeça de porco de perfil. Sempre esteve ali, e a cada vez que volto eu o procuro para me firmar na corrente do tempo que passa por mim e por cima de mim, cada vez mais depressa. Essas minhas visitas vão se borrando e se fundindo.

Esta, porém, é diferente. Alguma coisa mudou, algo parou. Meu pai, que se recuperou quase totalmente do derrame e toma cinco pílulas distintas para evitar outro, que aperta uma bola de lã na mão esquerda e, no entanto, já não presta a mesma atenção a seu jardim, meu pai está doente. Já estou aqui há quatro dias, e ele segue doente. Fica deitado no sofá da sala de visita, de robe, sem comer nem sequer beber. Toma uns goles d'água, nada mais.

Já houve consultas com minha mãe, sussurradas na cozinha. Serão as pílulas, será algum vírus? Será que ele teve outro derrame, um ínfimo derrame, quando ninguém estava olhando?

Ele já não fala muito. E há algo errado com sua voz, é preciso escutar com muita atenção, ou você não pega o que ele diz.

Minha mãe, que sempre cuidou de tudo, parece não saber o que fazer. Digo a ela que estou com medo que ele se desidrate. Desço ao porão, onde fica a extensão do telefone, e ligo para o consultório do médico, que é difícil encontrar. Não quero que meu pai me ouça: ele vai ficar contrariado, vai dizer que não tem nada, vai se rebelar.

Torno a subir e tiro a temperatura dele com o termômetro que eu usava para verificar minha fertilidade quando estava tentando engravidar. Ele abre a boca passivamente; parece desinteressado. Seu rosto, um pouco distorcido pelo derrame, parece ter encolhido e se recolhido em si mesmo. Abaixo das sobrancelhas brancas, seus olhos são quase invisíveis. A temperatura está alta.

– Você está com febre – digo. Ele não parece surpreso. Trago uma tigela com pedras de gelo, porque ele me diz que não consegue engolir. As pedras de gelo são uma lembrança de minhas aulas do pré-natal – ou seria da operação de úlcera de meu marido? Todas as crises são iguais, crise é improviso. Você se vira com o que está à mão.

– Ele chupou o gelo? – pergunta minha mãe na cozinha. Ele já não a ouve como ouvia antes. Não diz que não.

Mais tarde, após o jantar, quando estou relendo um Agatha Christie ruim, do tempo da guerra, minha mãe entra no meu quarto.

– Ele está dizendo que vai de carro para o norte – conta ela. – Diz que tem que acabar de cortar umas árvores.

– É a febre – respondo. – Isso é alucinação.

– Tomara que seja. Ele não tem condições de dirigir até lá.

– Talvez minha mãe tema que não seja da febre, que seja algo permanente.

Eu vou com ela até o quarto deles, onde meu pai está fazendo a mala. Ele já se vestiu, short e uma camisa branca de manga curta, sapato e meia. Não entendo como vestiu e calçou tudo isso, ele mal consegue ficar de pé. Está no meio do quarto, segurando um pijama dobrado como se não soubesse bem o que fazer com ele. Sobre a cadeira há uma mochila aberta, e ao lado dela um pacote de pilhas de lanterna.

– Você não pode dirigir à noite – digo. – Lá fora está escuro.

Ele vira a cabeça de um lado para outro, como uma tartaruga, como se tentasse ouvir melhor. Parece perplexo.

– Que é que você está esperando? – É com minha mãe que ele fala. – Temos que ir. – Agora, com febre, sua voz está mais forte. Eu sei o que está acontecendo: ele não gosta do lugar onde se acha, quer estar em outra parte. Quer sair, pegar o carro, se afastar de toda essa doença.

– Você devia esperar até amanhã – digo.

Ele deixa o pijama de lado e começa a tatear os bolsos.

– A chave do carro. – Ele olha para minha mãe.

– Você deu uma aspirina a ele? – pergunto.

– Ele não consegue engolir. – O rosto dela está pálido; de repente, ela parece velha também.

Meu pai achou alguma coisa no bolso. É um pedaço de papel dobrado. Laboriosamente, ele o desdobra e espia. Parece uma antiga lista de compras.

– A *rattlesnake plantain* reapareceu. – Agora ele fala comigo. Percebo que, de algum ponto, detrás de sua febre, ele tenta me enviar uma boa-nova. Sabe que houve um problema, porém o problema é parte do ciclo. Este verão foi ruim para o rato-do-campo-de-rabo-curto, isso ele já tinha me explicado. Não queria dizer que apareceram muitos, e sim que quase não apareceram. Falava do ponto de vista do rato.

– Não se preocupe – eu disse a minha mãe. – Ele não vai.

Se tudo o mais falhar, penso eu, posso atravessar meu carro na saída de carros. Penso em mim, com seis anos, depois de extrair as amígdalas. Ouvi soldados marchando. Meu pai está com medo.

– Eu ajudo você a tirar o sapato – diz minha mãe. Meu pai se senta na beira da cama, como que cansado, como que derrotado. Minha mãe se ajoelha. Sem uma palavra, ele estende o pé.

* * *

Estamos voltando. Em algum ponto da mata, pisando pesadamente, meu pai e minha mãe passam pela vegetação rasteira, por jovens bálsamos, aveleiras, bordos; mas Joanne e eu (por quê? como nos separamos deles?) seguimos pela praia, partindo do princípio de que numa ilha você mais cedo ou mais tarde chega ao ponto de partida se seguir sempre ao longo da praia. Seja como for, isto é um atalho, pelo menos foi o que cada uma disse à outra.

Agora aparece um banco íngreme e uma enseada rasa onde se juntou muita madeira trazida pelas ondas – velhas toras, grossas de mal caber num abraço, extremidades nitidamente serradas. São do tempo em que isto se fazia no inverno, chegava-se às ilhas pelos lagos congelados para abater as árvores, que eram arrastadas para o gelo por parelhas de cavalos, e na primavera levadas à vara, boiando, para a calha e a serraria, onde as encurralavam com uma cerca flutuante feita com outras toras acorrentadas. Nesta enseada as toras foram um dia fugitivas. Agora jazem como baleias ao sol, espreguiçando-se no calor da água rasa, besouros-d'água abrigados atrás delas enquanto elas voltam gradualmente à terra. Em cima delas crescem musgos e dróseras, que erguem suas redondas folhas como pequenas luas esverdeadas, com o pegajoso pelo a projetar-se em raios de luz.

Ao lado dessas toras encharcadas onde despontam brotos, Joanne e eu caminhamos, segurando os ramos ao longo da praia para nos equilibrar. Agora o abate das árvores se faz de outro modo; usam serras de corrente e levam as toras de caminhão por estradas de cascalho abertas a buldôzer em uma semana. Mas não tocam na faixa da praia, deixam algo para os olhos; aqui, porém, a floresta é cada vez mais uma cortina, pano de fundo atrás do qual reina o vazio, ou os destroços. A paisagem está ficando oca. Desse tipo de extração, as ilhas escapam melhor.

Joanne pisa na próxima tora, cor de chocolate e esbranquiçada de líquen. A tora rola em câmera lenta e lança Joanne à água. Lá se vai o segundo par de botas, e a calça mergulha até o joelho – a câmera não, felizmente.

– Não se pode confiar em ninguém – conclui Joanne rindo. Ela faz a vau o resto do caminho, até onde a praia desce e ela pode chapinhar para terra seca. Eu escolho outra tora, atravesso sem acidente e sigo adiante. Apesar do nosso atalho, meus pais chegam primeiro.

* * *

De manhã, a ambulância vem buscar meu pai. Ele está novamente lúcido – o termo é este e me faz pensar em *luzente*: de dentro dele a luz se volta a projetar, ele já não está opaco. Em sua voz áspera, indistinta, ele chega a brincar com a turma da ambulância, gente jovem e tranquilizadora, enquanto o afivelam.

– Para o caso de eu ficar violento? – pergunta ele.

A ambulância não é sinal de agravamento. O médico mandou levá-lo para a Emergência porque não há outros leitos vagos. É verão, estão chegando as vítimas dos acidentes rodoviários e, coisa inacreditável, o hospital está com uma enfermaria fechada por causa das férias. Mas seja qual for o problema que ele tenha ou deixe de ter, ao menos vão lhe dar na veia alguma coisa para compensar os fluidos perdidos.

– Ele está ficando seco como uma passa – diz minha mãe. Ela tem uma lista de tudo que ele deixou de comer e beber nos cinco últimos dias.

Levo minha mãe ao hospital no meu carro, e chegamos a tempo de ver entrar a ambulância com meu pai. Eles o descarregam, ainda na maca, e somem com ele pela porta de vaivém, para um espaço de onde estamos excluídas.

Minha mãe e eu nos sentamos nas cadeiras de couro sintético, à espera de que alguém nos diga o que deve acontecer depois. Não há nada para ler, exceto velhos exemplares de *Scottish Life*. Olho uma foto de tingimento de lã. Entra um policial, fala com um enfermeiro, sai de novo.

Minha mãe não lê *Scottish Life*. Fica sentada, ereta, alerta, a cabeça a girar como um periscópio.

– Parece que não está entrando gente reduzida a bagaço – diz ela daí a pouco.

– Ainda é dia. Acho que essa gente chega mais à noite.

Não sei se esta ausência a decepciona ou reconforta. Ela vigia a porta de vaivém como se meu pai fosse passar por ela a qualquer momento com seu passo pesado, curado e vestido, fazendo tinir as chaves do carro na mão, pronto para ir embora.

– Que é que você acha que ele está aprontando lá dentro? – pergunta ela.

Em busca da orquídea   243

NASCE O SOL

✿

Yvonne segue homens. Discretamente, a princípio a distância; em geral ela os descobre no metrô, onde tem tempo para se instalar no assento e passar os olhos ao redor, mas às vezes cruza com um na rua, dá meia-volta e vai atrás, apressando um pouco o passo para não se distanciar. Há ocasiões em que ela toma o metrô ou vai andar a pé só para isso, porém o mais comum é dar com eles por acaso. Mas quando acontece, ela deixa de lado tudo de que está tratando e faz um desvio. Assim já faltou a compromissos, o que a incomoda, pois, via de regra, é pontual.

No metrô, Yvonne toma cuidado para não encarar as pessoas: não quer assustar ninguém. Quando o homem desembarca, ela vai atrás e se encaminha à saída, andando vários metros atrás dele. A partir daí, ela o segue até em casa para ver onde ele mora e fica à espreita outro dia qualquer, depois de chegar a uma conclusão sobre ele, ou então o aborda na rua. Duas ou três vezes o homem percebeu que estava sendo seguido. Um deles se pôs a correr. Outro se virou para enfrentá-la, encostado à vitrine de uma drogaria, como que acuado. Outro ainda se meteu numa multidão onde ela o perdeu de vista. Estes, acha ela, são os que têm a consciência pesada.

Quando chega a hora, Yvonne aperta o passo, emparelha com o homem e lhe toca o braço. Ela sempre diz a mesma coisa:

— Com licença. Você vai achar isso estranho, mas eu queria desenhar você. Por favor, não vá pensar que é uma proposta sexual.

Segue-se uma pausa durante a qual eles perguntam "O quê?" e Yvonne explica. Não vou cobrar nada, ela diz, nem impor condição alguma. Só quer desenhá-los. Eles não têm que tirar a roupa, se não quiserem; ela só quer ver cabeça e ombros. É mesmo uma artista profissional. Não é louca.

Depois que eles escutam seu apelo inicial, e a maioria escuta, fica difícil dizer não. Mas que é que ela quer, afinal? Só um pouco do seu tempo, para que ela tenha acesso a algo que só eles têm pra dar. Foram selecionados como modelos únicos, ficaram sabendo que não são intercambiáveis. Ninguém conhece tão bem quanto Yvonne o poder de sedução dessas palavras. A maioria diz que sim.

Yvonne não se interessa por homens bonitos para o gosto comum: não desenha para anúncio de creme dental. Além disso, os homens de dentes cosméticos e feições regulares, que lembrem, ainda que de longe, deuses gregos, têm consciência da superfície que exibem e de seus efeitos. Apresentam-se como se o próprio rosto fosse uma foto, acabada, retocada, insensível. O que Yvonne quer é o que está por trás do rosto e olha para fora através dele, seja lá o que for. Ela escolhe homens que deem a impressão de que lhe aconteceram coisas, coisas de que não gostaram muito, homens marcados pelas forças que agiram sobre eles, que tenham sido um tanto escavacados, levado chuva, se desgastado, como conchas na praia. Um queixo ligeiramente curto, um nariz grande ou comprido demais, olhos de tamanhos diferentes, assimétricos e em contrapeso, são estes os traços que a atraem. É improvável que um homem desse tipo esteja sujeito a uma vaidade comum. Ele sabe que depende de outra coisa para exercer um impacto; mas o simples fato de ser desenhado o remete a seu precário corpo, a sua carne imperfeita. Enquanto ela desenha, eles a observam, perplexos, desconfiados, e, no entanto, ao mesmo tempo vulneráveis e curiosamente confiantes. Algo de sua pessoa está nas mãos dela.

Uma vez que o homem está em seu ateliê, Yvonne o trata com muita delicadeza, muito tato. Pensando nele, ela comprou uma cadeira de braços de segunda mão com um escabelo combinando: sólida, acolhedora, de veludo bordô, não é bem o gosto dela. Yvonne lhe dá uma xícara de café ou chá para deixá-lo à vontade e diz o quanto é grata pelo que ele está fazendo. A gratidão é real: ela está prestes a lhe comer a alma, não toda, claro, mas nem um pedacinho é coisa de somenos. Às vezes ela toca uma fita, algo clássico e que não seja muito barulhento.

Quando acha que o homem já está bastante à vontade, ela lhe pede para tirar a camisa. Acha muito expressiva a clavícula, ou antes o oco no vértice do V na base do pescoço; o osso da sorte, que indica o felizardo ao ser quebrado. Nesse ponto, a pulsação indica algo diverso da pulsação do pulso ou da têmpora. É o local onde entra a flecha nos filmes históricos ambientados na Idade Média.

Depois de arrumar o material e começar o desenho, Yvonne trabalha depressa: a bem do homem, ela evita remanchar. Passou por isso no tempo de estudante, quando os alunos posavam uns para os outros, e sabe como é penoso ficar quieto enquanto olham pra você. O ruído do lápis no papel eriça os pelos, como se fosse uma mão que lhe passassem ao longo do corpo a um centímetro da superfície. Não admira que às vezes o homem ligue esta sensação – que pode ser erótica – a Yvonne e a convide pra sair; quer vê-la de novo ou até dormir com ela.

Nesse ponto Yvonne fica exigente. Pergunta se o homem é casado e, quando é, se é feliz. Não tem a menor vontade de se envolver com um homem infeliz no casamento; não quer respirar as más emanações alheias. E se ele é feliz com a mulher, por que quer dormir com ela? Quando não é casado, ela suspeita que não é à toa. Yvonne recusa a maioria dos convites, amavelmente e sem deixar de sorrir. Descarta protestos de amor, paixão e amizade imorredoura, louvores à sua beleza e ao seu talento, apelos à sua bondade, suas queixas e seus rompantes; já conhece tudo isso. Com Yvonne, só funciona a razão mais simples. Nunca aceitou praticamente nada além de "Porque eu quero".

O ateliê fica no centro da cidade, perto do lago, zona de fábricas e armazéns do século XIX, algumas ainda funcionando como nos velhos tempos, outras ocupadas por gente como Yvonne. Nessas ruas há bêbados, desempregados, gente que mora em caixas de papelão; o que não a incomoda, pois raramente ela vai lá à noite. Muitas vezes, a caminho do ateliê, de manhã, passa por um homem parecido com Beethoven. Tem a mesma testa abaulada, protuberante, uma expressão raivosa e sombria. O cabelo é comprido, grisalho e emaranhado, e ele veste um conjunto de jeans esfarrapado e tênis amarrados com cordão, até no inverno, e carrega um embrulho de plástico que, acredita Yvonne, deve conter todas as suas posses. Ele fala sozinho e nunca olha pra ela. Yvonne gostaria muito de fazer o seu desenho, mas ele é maluco demais. Ela tem um senso de autodefesa desenvolvido, e deve ser por isso que nunca se meteu numa encrenca séria com nenhum dos homens que abordou. Este homem a alarma – não que ela o considere perigoso; é que se parece um pouco demais com aquilo que ela poderia vir a ser.

* * *

Ninguém sabe quantos anos tem Yvonne. Ela aparenta trinta e se veste como se tivesse vinte, exceto quando parece uma mulher de quarenta vestida como se tivesse completado cinquenta. Sua idade depende da luz, e o que veste depende da forma como está se sentindo, que depende da idade que ela aparenta aquele dia, que depende da luz. Uma interação delicada. O cabelo cor de bronze é cortado curto atrás e cai enviesado na testa, como o de Peter Pan. Às vezes ela se veste com calças de couro negro e pilota uma pequenina moto; outras vezes usa um chapéu com um veuzinho, faz uma mosca na bochecha com lápis de sobrancelha e enrosca no pescoço uma raposa prateada de segunda mão que tem três rabos.

Às vezes ela explica sua idade dizendo que se lembra do tempo em que as ligas integravam o guarda-roupa da mulher. Você usava quando era jovem, antes de ser forçada a usar cinta e ficar emborrachada, como as mães. Yvonne lembra-se do nascimento da meia-calça e da morte das meias com costura, eventos mitológicos para as jovens.

Yvonne tem ainda outra forma, menos frequente, para definir a própria idade. Uma vez, quando ainda era jovem, mas já adulta, a polícia fechou uma exposição sua, sob acusação de obscenidade. Foi uma dos primeiros artistas plásticos de Toronto a quem isto aconteceu. Antes disso nenhuma galeria ousava mostrar os seus trabalhos, mas pouco depois, quando entraram em moda as correntes, sangue e partes do corpo em bandejas de supermercado, sua exposição teria sido considerada inofensiva. Na época, Yvonne só fez pregar pênis em corpos de homem mais ou menos no lugar real e, para completar, eretos. "Não sei qual é o problema", ela é capaz de dizer, ainda ingênua. "Eu só fiz pintar uma ereção. Não é isso que todo homem quer? A polícia ficou com ciúme, foi isso." E ela acrescenta que não entende por que, se o pênis é uma coisa boa, seria um insulto chamar alguém de cérebro de pênis. Mas só fala assim com gente que conhece muito bem, ou que acabou de conhecer. O que é chocante em Yvonne, quando ela quer ser chocante, é o contraste entre certos elementos de seu vocabulário e o restante, que, como seus modos, é discreto, até furtivo.

Por algum tempo ela se tornou uma espécie de celebridade, mas só porque era muito inexperiente, não sabia das coisas. As pessoas faziam dela uma causa, chegavam a levantar dinheiro para ela, o que para eles era bom mas, agora ela percebe, interferia na reputação dela como artista séria. Fica chato ser apontada como "a dama do pênis". Mas havia uma vantagem: as pessoas compravam seus quadros, embora não a preços recorde, sobretudo depois que o realismo mágico voltou à cena. A essa altura Yvonne tinha dinheiro para poupar: ela conhece histórias demais sobre vidas de artistas para gastar tudo e ficar sem nada quando a maré mudar e chegarem as vacas magras, embora às vezes tema acabar como aquelas velhas que escondem um milhão de dólares debaixo do colchão e são encontradas mortas em cima de uma pilha de latas vazias de ração de gato. Há anos que não faz uma exposição, chama a isto "se esconder". A verdade é que não tem produzido grande coisa além dos desenhos de homens. Já tem bom número, mas não sabe bem o que fazer com eles. Seja o que for que ela está procurando, ainda não achou.

À época dos seus revolucionários pênis, Yvonne estava mais interessada em corpos do que hoje. Seu herói era Renoir, e ela ainda o admira como colorista, mas agora acha vazios e inexpressivos seus grandes nus pachorrentos. Ultimamente, está obcecada por Holbein. Tem no banheiro uma reprodução de seu retrato de Georg Gisze, e fica a contemplá-lo da banheira. Georg olha para ela vestido num casaco de pele preto e uma maravilhosa camisa rosa de seda, com cada veia das mãos, cada unha de cada dedo retratada à perfeição, um toque de escuridão nos olhos, um brilho úmido no lábio, e em torno dele símbolos de sua vida espiritual. Na escrivaninha há um vaso, símbolo do vazio e da futilidade da existência mortal, e dentro dele um cravo que representa o Espírito Santo, ou talvez o noivado. Antes, Yvonne desprezava esse tipo de coisa, que equiparava à escola de arranjos florais Alecrim para Lembrar: tudo tinha que ter um significado. Quando pintava pênis, o importante era que ninguém nunca ia confundi-los com um símbolo fálico, nem com um símbolo de coisa nenhuma. Mas agora ela pensa que seria tão prático se ainda houvesse uma simbologia como esta, que todo o mundo conhecesse e entendesse. Gostaria de poder pôr cravos entre os dedos dos homens que desenha, mas agora é tarde. O impressionismo certamente foi um erro, com sua carne que era apenas carne, ainda que bela, suas flores que eram apenas flores. (Mas que quer ela dizer com "apenas"? Será que para uma flor não basta ser ela mesma? Se Yvonne soubesse a resposta...)

* * *

Yvonne gosta de trabalhar com a manhã avançada, quando é melhor a luz no ateliê. Depois, às vezes, ela almoça com seus conhecidos. Combina o almoço numa cabine telefônica. Não tem telefone; quando tinha, sentia que estava sempre à sua mercê, estivesse ou não tocando; principalmente quando não estava.

Ela se concede esses almoços como se fossem comprimidos, espaçadamente, quando acha que precisa. As pessoas que moram sós, acredita ela, viram bicho do mato quando ficam muito tempo sem contato humano. Yvonne teve de aprender a cuidar de si; nem sempre soube. Ela é como uma planta – não uma planta doente, todo o mundo comenta que ela está sempre saudável –, mas uma planta rara, que só floresce e vive em certas condições. Transplantada. Yvonne gostaria de redigir instruções para si mesma e encarregar alguém de executá-las, mas, apesar de várias tentativas, a ideia não se revelou viável.

Yvonne prefere pequenos restaurantes com toalha de mesa; a toalha é algo a que se ater. Ela se senta diante de quem estiver com ela aquele dia, os grandes olhos verdes espiando detrás do cabelo que está sempre a cair na testa, o queixo enviesado de modo que o lado esquerdo da cabeça avance. Está convencida de que ouve melhor com o ouvido esquerdo do que com o direito, certeza que nada tem a ver com surdez.

Os amigos de Yvonne gostam de almoçar com ela, embora provavelmente não gostassem tanto se os almoços fossem mais frequentes. Eles ficariam sem ter o que dizer. De certo modo, ela é uma boa ouvinte: está sempre tão interessada em tudo! (E não engana ninguém: de certo modo *está* interessada em tudo.) Gosta de saber o que as pessoas estão fazendo. Mas ninguém consegue saber o que ela está fazendo, pois dá uma impressão de tamanha serenidade, de equilíbrio tão perfeito, que eles ficam tranquilos em relação a ela. Esteja ela fazendo o que estiver, é claro que é o que deve ser. Quando eles perguntam, ela tem sobre si mesma um repertório de historietas divertidas, mas não muito informativas. Quando esgota o repertório, ela conta piadas. Toma nota dos desfechos para não esquecer.

Também come fora só, mas isso não é frequente. Quando acontece, é geralmente num sushi bar, onde pode ficar de costas para o resto da sala e observar as mãos do cozinheiro que acariciam e batem com perícia o seu prato. Come quase sentindo na boca os dedos dele.

* * *

Yvonne mora no último andar de uma grande casa, num bairro antigo que se tornou elegante. Ela tem duas peças grandes, um banheiro, uma pequena cozinha oculta por uma porta-veneziana dobrável que mantém fechada a maior parte do tempo, e lá fora um deque com plantas em barris serrados ao meio. Nesses barris anteriormente cresciam roseiras que não eram dela. Este era antes o nível do sótão, e Yvonne tinha que atravessar o resto da casa para chegar lá, mas no pé de sua escada havia uma porta, que ela podia trancar quando queria.

Os donos da casa são um casal jovem, Al e Judy. Ambos trabalham para o Departamento de Planejamento da prefeitura e transbordam de conversa e de projetos. Pretendem ampliar sua residência para o andar de Yvonne quando acabarem de pagar a hipoteca; vai ser o estúdio de Al. Por ora, estão encantados com Yvonne como inquilina. Esses arranjos são precários, sujeitos a incompatibilidades e outras formas de fracasso, é fácil destruí-los com aparelhos estéreos ou lama no tapete. Mas Yvonne é uma joia, diz Judy: nunca ouvem um pio no andar dela. Chega a ser silenciosa demais para Al, que preferiria ouvir passos quando alguém subisse atrás dele. Ele se refere a Yvonne como "a sombra", mas só depois de um dia de trabalho estressante e de dois drinques.

Mas as vantagens superam de longe as desvantagens. Al e Judy têm um filho de um ano, chamado Kimberly, que fica numa creche de manhã e de tarde no escritório de Judy. Quando os pais querem sair de noite e Yvonne está em casa, eles não hesitam em deixar Kimberly com ela. Mas não pedem a Yvonne para pôr Kimberly pra dormir. E nunca disseram que ela é como se fosse da família; não cometem este erro. Às vezes Yvonne desce e fica na cozinha quando Judy está dando de comer a Kimberly, e Judy acredita perceber no olhar dela uma expressão apaixonada.

À noite, já na cama, ou de manhã, enquanto se vestem, Al e Judy às vezes falam sobre Yvonne. Cada um tem sua versão, baseada no fato de que ela nunca recebe homens, aliás nem mulheres. Judy acha que ela não tem vida sexual: renunciou, provavelmente, por uma razão trágica. Al pensa que ela vive a sua vida sexual fora de casa, mas tem, sim. Uma mulher com a cara de Yvonne – ele não especifica como é – tem de chegar lá, de algum modo. Judy diz que ele é um velho sacana e o cutuca na barriga.

– Quem sabe o que espreita no coração dos homens? – filosofa Al. – Yvonne sabe.

* * *

Quanto a Yvonne, a situação, por enquanto, lhe convém. Acha reconfortante ouvir os sons da vida familiar no andar de baixo, sobretudo à noite, e quando ela viaja Judy rega suas plantas. Yvonne não tem muitas plantas. De fato não há nada que ela tenha muito, na opinião de Judy: uma prancheta de arquiteto, um tapete, umas almofadas e uma mesa baixa, algumas reproduções emolduradas e, no quarto, dois futons, um em cima do outro. A princípio, Judy especulava que o segundo devia ser para quando viesse um homem dormir, mas ninguém aparece. O andar de Yvonne está sempre arrumado, mas, aos olhos de Judy, é precário. Portátil demais, é a sensação que ela tem; como se a qualquer momento se pudesse dobrar tudo, transportar e desdobrar praticamente em qualquer outro lugar. Judy diz a Al que não se espantaria se uma manhã descobrisse que Yvonne tinha simplesmente sumido. Al lhe diz para não ser boba: Yvonne é responsável, nunca iria embora sem aviso. Judy explica que está relatando uma sensação, não o que objetivamente pensa que vai ocorrer. Al sempre toma tudo ao pé da letra.

 Al e Judy têm dois gatos, e Yvonne desperta muita curiosidade nos dois. Eles sobem ao deque dela e miam para que Yvonne abra a porta-janela e os deixe entrar. Quando ela deixa sua porta entreaberta, eles disparam escada acima. Yvonne não tem nada contra eles, exceto quando pulam na sua cabeça quando está descansando. Às vezes ela apanha um deles e o segura de modo que as patas fiquem em ambos os lados do pescoço dela e ela sinta o coração do gato batendo. Mas os gatos acham incômoda esta posição.

* * *

Vez por outra Yvonne some durante dias, até uma semana de enfiada. Al e Judy não se preocupam, porque ela avisa quando vai voltar e sempre volta na data marcada. Não conta nunca aonde vai, mas deixa com eles um envelope fechado, que, segundo ela, contém instruções sobre a forma de contatá-la numa emergência. Judy prende cuidadosamente o envelope atrás do telefone de parede da cozinha; ignora que dentro não tem nada.

 Al e Judy incorporaram os sumiços de Yvonne à novela que arquitetaram em torno dela. Na versão de Al, Yvonne vai ao encontro de um amante cuja identidade é sigilosa, porque ele é casado, ou por motivos de Estado, ou pelas duas razões. Al imagina que esse amante seja muito mais rico do que ele, e tenha mais prestígio. Para Judy, Yvonne vai ver o filho ou filhos que, Judy está convencida, Yvonne tem. O pai é um brutamontes e mais resoluto que Yvonne, a qual, qualquer um pode ver, é o tipo de mulher que não suportaria violência física nem uma longa batalha judicial. Para Judy, esta é a única justificativa para Yvonne abandonar os filhos. Yvonne não tem autorização para ver as crianças com frequência. Judy a imagina vendo os filhos em restaurantes, em parques, as restrições, a angústia da separação. Ela põe a colher de purê de maçã na boca de Kimberly (rosada e úmida, parece uma ostra) e se desmancha em lágrimas.

– Não seja boba – diz Al. – Ela só está dando umas voltinhas. Vai fazer muito bem a ela. – Al acha que Yvonne anda pálida.

– Você acha que para uma mulher sexo é a solução pra tudo, não é? – Judy enxuga os olhos com a manga do suéter.

Al lhe dá uma palmadinha.

– Não é a única, mas é melhor que um tapinha de brincadeira.

Às vezes *é* um tapinha de brincadeira, pensa Judy, que anda muito cansada e sente que estão exigindo muito dela. Mas ela sorri para Al com afeto e gratidão. Sabe que tem sorte. É Yvonne o padrão por quem mede sua sorte.

Assim a existência de Yvonne e seu comportamento ligeiramente estranho levam à comunicação conjugal e daí à concórdia. Na superfície, Yvonne, se soubesse, reagiria com satisfação e algum desdém; no fundo, não daria um caracol por semelhante comunicação.

* * *

Depois que tudo já correu com calma por um certo tempo, sem incidentes penosos, depois que a maré baixou anormalmente e que Yvonne perambulou pelas ruas, a procurar curiosa, mas sem grande interesse, luminárias, garrafas incrustadas de cristal e vestidos de dama de honra nupcial, sapatos encharcados e castiçais antigos suspensos por ninfas aladas e o peixe agonizante que foi largado pelas águas deslizantes, tudo rebrilhante e exposto com todo detalhe, depois que ela entrou no Donut Centre e sentou-se ao balcão e viu as rosquinhas pelo vidro abaixo de seus cotovelos, seus tentáculos encolhidos, respirando levemente, cada grão de açúcar perceptível, ela sabe que, no alto da colina, nos grandes pátios do subúrbio, as cobras e toupeiras estão saindo da toca e a terra treme imperceptivelmente debaixo dos pés dos velhos de cardigã e boné de *tweed* que ciscam seus jardins. Ela se levanta e sai, sem se apressar mais do que de hábito nem esquecer de deixar a gorjeta. Tem consideração pelas garçonetes, porque nunca mais quer ser garçonete.

Dirige-se para casa, tentando não se apressar. Atrás dela, visível por cima de seu ombro caso virasse a cabeça, e aproximando-se com uma velocidade horrenda mas silenciosa, avança uma altaneira parede de água negra. Ela captura a luz do sol, há chispas de movimento, de vida capturada e condensada perto da crista translúcida.

Yvonne sobe a escada do apartamento quase correndo, os dois gatos pulando nos seus calcanhares, e cai na cama exatamente quando o negrume irrompe sobre sua cabeça, com uma força que lhe arranca o travesseiro das mãos e a ofusca e derrota. A confusão varre tudo por sobre ela e em torno dela e, no entanto, abaixo do terror da superfície, ela não está tão amedrontada. Já passou por isso, tem certa confiança na água, sabe que basta encolher os joelhos para o peito e fechar tudo, ouvidos, olhos, boca, mãos. Basta aguentar firme. Haverá quem a aconselhe a se deixar levar, seguir o fluxo, mas ela já tentou isso. Colidir com outros objetos que avançam boiando não é bom pra ela. Os gatos lhe saltam na cabeça, caminham em cima dela, ronronam em seu ouvido; ela os ouve a distância, como uma música de flauta na colina junto à praia.

Não ocorre a Yvonne razão alguma para esses episódios. Não há nada que os precipite, não há alerta precoce. São apenas algo que lhe acontece, como um espirro. Ela pensa neles como um fenômeno químico.

* * *

Hoje Yvonne está almoçando com um homem cuja clavícula ela admira, ou admirava, quando a clavícula estava à sua disposição. Não está mais, pois Yvonne já não dorme com esse homem. Ela parou porque a situação estava impossível. Para Yvonne, as situações não tardam a ficar impossíveis.

É um homem por quem Yvonne já esteve apaixonada. Há vários homens assim em sua vida; ela faz uma distinção entre eles e os homens que desenha. Jamais desenha um homem quando está apaixonada por ele; acha que é porque lhe falta o necessário distanciamento. Ela os vê não como forma, ou linha, ou cor, ou sequer expressão, mas como uma concentração de luz. (Esta é a versão dela quando está apaixonada; quando não está, lembra-se deles como borrões esgarçados, como algo que você derramou numa toalha de mesa e está tentando lavar. Esporadicamente, ela cometeu o erro de tentar explicar tudo isso aos interessados.) Ela não ignora o que é o vício, já passou longe de muitas viagens químicas pelo corpo, e conhece os seus perigos. Pelo que lhe toca, o amor é apenas outra forma de viagem.

Ela não tem muita paciência para esse tipo de coisa, portanto não duram muito seus casos com tais homens. Ela não os começa com ilusão de permanência, ou sequer de arranjos domésticos temporários; já vão longe os dias em que era capaz de acreditar que bastava deitar na cama com um homem e puxar as cobertas por cima da cabeça dos dois para ficar em segurança.

Contudo, em muitos casos ela gosta desses homens e acha que lhes deve alguma coisa, e assim continua a se encontrar com eles depois que o caso acaba, o que é fácil, porque as separações nunca são ríspidas, ou não são mais. A vida é curta.

Yvonne se senta de frente para o homem, numa mesa de um pequeno restaurante, segurando a toalha com uma das mãos, debaixo da mesa para que ele não veja. Ela o escuta com seu interesse habitual, cabeça enviesada. Sente uma falta intensa dele; ou melhor, sente falta das sensações que ele era capaz de despertar-lhe. A luz já o deixou, agora ela o vê claramente. Ela acha esta sua objetividade, essa clareza, deprimente a ponto de ser quase insuportável, não que haja no homem algo de medonho ou repulsivo, mas porque ele voltou ao plano comum, o plano das coisas que ela pode ver, em toda a sua extraordinária e complexa particularidade, mas não pode tocar.

Ele está terminando o que estava dizendo, que tinha a ver com política. É hora de Yvonne lhe contar uma piada.

– Por que pentelho é crespo?

– Por quê? – Como sempre, ele tenta disfarçar o choque que sempre sente quando ela usa termos como *pentelho*. Para Yvonne, os homens simpáticos são mais difíceis do que os antipáticos. Quando um homem é bastante antipático, ela gosta quando ele vai embora.

– Porque se fosse liso entrava no olho – explica ela, agarrando a toalha da mesa. Ele não ri, sorri para ela com certa tristeza.

– Não sei como você consegue. Nada incomoda você, nunca.

Yvonne faz uma pausa. Talvez ele se refira ao fato de que, quando os dois se afastaram, ela não disparou telefonemas frenéticos, não quebrou pratos, não acusou, não chorou. No passado, ela experimentara tudo isso, e acabou achando tudo inadequado. Mas talvez ele quisesse exatamente isso, como prova de alguma coisa, talvez amor; talvez esteja decepcionado porque ela não lhe deu a grande cena.

– Há coisas que me incomodam, sim – responde ela.

– Você tem tanta energia – continua ele, como se não a ouvisse. – De onde você tira? Qual é o seu segredo?

Yvonne olha para seu prato, com a meia maçã, salada de agrião, nozes e casca de pão. Tocar na mão dele, que está ali bem à vista na toalha, apenas a uns quinze centímetros do copo de vinho dela, seria arriscar-se novamente, e ela já está correndo risco. Tempo houve em que se deleitava no risco; mas tempo houve em que fazia tudo em demasia. Ela ergue os olhos para ele e sorri.

– Meu segredo é levantar-me todo dia para ver o sol nascer – explica. O segredo é dela, e não é o único; este é só o que está exposto hoje. Ela observa o homem para ver se ele engoliu a sua explicação, e percebe que sim. Para ele, isso é o que basta em matéria de individualidade, é como ele acredita que ela realmente é. Ele já se convenceu de que ela está bem, que não vai haver encrenca, e é isso que ele queria saber. Pede outra xícara de café e a conta. Yvonne divide a conta com ele.

Os dois saem para o ar de março, um ano mais quentinho do que de hábito, fato que os dois comentam. Yvonne evita apertar a mão dele. Ocorre-lhe que ele é o último homem que ela jamais terá energia para amar. Dá tanto trabalho! Ele acena um adeus para ela, entra num bonde e é levado, rumo a uma série de sinais de trânsito distantes, ao longo de trilhos que convergem à medida que se afastam.

* * *

Perto da parada do bonde há uma pequena floricultura onde se pode comprar uma única flor, quando é isso que se quer. É isso que Yvonne sempre quer. Hoje há tulipas, pela primeira vez este ano, e Yvonne escolhe uma vermelha, com o interior do cálice num laranja-acrílico. Vai levar a tulipa para o quarto e colocá-la ao sol num vaso branco alto e esguio, e beber seu sangue até que morra.

Yvonne leva a tulipa na mão, embrulhada num cone de papel que segura com força à sua frente, como se estivesse pingando. Passando pelas vitrines, que olha com a costumeira avidez, a costumeira sensação de que hoje talvez descubra lá dentro algo que realmente valha a pena ver, ela se sente como se o seu pé pisasse não em cimento, mas no gelo. A lâmina do patim flutua, ela sabe, em uma fina camada de água que o patim derrete sob pressão e se congela atrás dele. É esta a liberdade do tempo presente, essa lâmina que desliza.

* * *

Yvonne está desenhando outro homem. Via de regra, ela só desenha homens que se enquadram bem na regra: vestem-se de modo mais ou menos convencional, têm emprego reconhecido e respeitável perante a sociedade, como se sabe perguntando, e não têm mais nem menos de dez anos do que ela. Este, porém, é diferente.

Ela começou a segui-lo umas três quadras para lá da floricultura, trotando atrás dele – que tem pernas compridas – com sua tulipa apontando para frente como uma flâmula. Ele é jovem, talvez tenha vinte e três anos, e na rua tinha um portfólio de couro preto, que agora está encostado na parede junto à porta do apartamento dela. As calças dele também eram de couro preto, assim como o casaco, debaixo do qual vestia uma camisa rosa-vivo. A cabeça é raspada atrás e dos lados, deixando em cima um penacho tingido de um laranja-orangotango de pele artificial, e da orelha esquerda pendem dois brincos de ouro. O portfólio de couro mostra que ele é artista plástico, ou algum tipo de designer; ela desconfia que ele seja grafiteiro, do tipo que ronda as ruas na calada da noite e escreve coisas em muros de tijolo, coisas como *Granola Crocante Não Presta!* e *Salve Os Judeus Soviéticos! Grandes Prêmios!.* Se ele desenha alguma coisa, é com caneta de feltro florescente rosa e verde. Ela apostaria dez dólares que ele é incapaz de desenhar um dedo. Yvonne desenha dedos muito bem.

No passado, ela evitava qualquer um que lembrasse mais um artista, mas neste há alguma coisa, o mau humor, o estilo da belicosidade, o caráter agressivamente ultrapassado e a deliberada ausência de saúde broto-de-batata-no-porão. Quando o avistou, Yvonne sentiu um choque de reconhecimento, como se fosse isso que ela andasse procurando, embora ainda não saiba por quê. Ela se precipitou para ele diante de uma lanchonete e recitou sua fala. Esperava rejeição, talvez grosseria, mas cá está ele em seu ateliê, sem nada em cima exceto a camisa rosa, uma perna sem sangue jogada no braço da cadeira de veludo bordô. Na mão dele está a tulipa, que briga violentamente com a camisa, a cadeira e o cabelo dele, como tudo briga entre si. Ele é como um acidente na oficina de soldagem, uma motocicleta lançada toda inclinada contra a parede de cimento. O olhar que ele lança para ela é puro desafio, mas desafia o quê? Ela não sabe por que ele concordou em vir. Só disse "Tudo bem, por que não?" com um olhar que, na interpretação dela, queria dizer que ela absolutamente não o impressionava.

Yvonne desenha, o lápis se move leve sobre o corpo dele. Ela sabe que tem de ir depressa, ou ele vai ficar inquieto, escapar. Pode acrescentar a tulipa depois, quando pintá-lo. Resolveu pintá-lo; vai ser o seu primeiro quadro em anos. A tulipa vai virar uma papoula; é quase da mesma cor, ora.

Ela ainda está na clavícula, meio visível debaixo da camisa aberta, quando ele diz:

– Já basta. – Ele se levanta da cadeira, caminha para ela e se coloca por trás. Põe as mãos na cintura dela e a aperta com o corpo: nada de preliminares, até aí tudo bem para Yvonne, ela gosta quando essas coisas são expeditas, exceto que, com ele, não está à vontade. Nenhuma de suas técnicas de abrandamento – café, música, gratidão – funcionaram com este homem: ele continuou igualmente intratável. Ele está fora do seu alcance. Ela pensa no gato de Al e Judy, o preto, e naquela vez em que enroscou a pata na corda da veneziana. Ficou tão enfurecido que ela teve de jogar uma toalha em cima dele para o desvencilhar.

– Isso é *arte* – diz ele olhando por cima do ombro dela.

Yvonne toma isso como um elogio, até que ele diz:

– A arte não presta. – Ele carrega no som sibilante da última palavra.

Yvonne arqueja: há tanto ódio na voz dele! Talvez não aconteça nada se ela ficar quieta. Ele se afasta e vai até o canto perto da porta: quer mostrar o portfólio. Ele faz colagens. Os cenários são todos exteriores: mata, campina, rocha, praia. Por cima, ele colava mulheres meticulosamente recortadas de revistas, torsos, pernas abertas, membros sem mãos e pés, às vezes corpos sem cabeça, mulheres excessivamente pintadas com verniz de unha em vários tons de púrpura e vermelho, brilhantes e úmidos no papel.

E no entanto, como amante, ele é lento e pensativo, abstraído, quase sonambúlico, como se os movimentos que vai fazendo fossem apenas uma lembrança, como a do cão que sonha e geme. A violência está no papelão, é só arte, afinal. Talvez tudo seja apenas arte, pensa Yvonne, apanhando no chão a camisa azul-céu e a abotoando. Quantas vezes na vida ela ainda abotoaria esses mesmos botões?

Depois que ele se vai, ela tranca a porta e senta-se na cadeira de veludo vermelho. O perigo que ela corre vem dela mesma. Decide passar uma semana fora. Quando voltar, vai comprar uma tela do tamanho de uma porta e recomeçar. Se bem que, se a arte não presta e tudo é apenas arte, que é que ela tem feito da vida?

* * *

No armarinho dos remédios, Yvonne tem vários frascos de comprimidos que ela, com diferentes pretextos, arranjou com os médicos ao longo dos anos. Não precisava fazer isso, passar pelo complicado procedimento para arranjar receita, qualquer coisa que se queira se compra na rua, e Yvonne sabe quem vende; mas a receita de certa forma sanciona o seu ato. Até o pedaço de papel, com seus ilegíveis garranchos de textura árabe, lhe conferia segurança, como o efeito de um feitiço, se ela acreditasse em feitiço.

Houve um momento em que ela sabia exatamente quantos comprimidos tomar, de que tipo e exatamente a que intervalos para não vomitar nem desmaiar até completar a dosagem total. Sabia o que dizer preventivamente para afastar aqueles que de outra forma iriam procurá-la, aonde ir, quais portas trancar, onde e em que posição se deitar; até, o que não é menos importante, como se vestir. Ela queria que seu corpo tivesse boa aparência e não desse muito trabalho para os que acabariam tendo que lidar com ele. Os cadáveres vestidos perturbam muito menos que os despidos.

Ultimamente, porém, ela vem esquecendo grande parte desse conhecimento de iniciados. Devia jogar os comprimidos fora: tornaram-se obsoletos. Trocá-los por algo bem mais simples, mais direto, mais rápido, que não falhasse e, alguém lhe disse, menos doloroso. Uma banheira cheia d'água morna, sua própria banheira no banheiro que usa todo dia, e uma gilete comum, que se vende sem receita. Recomenda-se apagar as luzes para evitar o pânico: se você não vê o vermelho se alastrando, mal sabe que apareceu. Uma picada no pulso, como de um inseto. Ela se imagina com um robe de flanela estampado com florzinhas cor-de-rosa e botões até o pescoço. Isso ela ainda não comprou.

Yvonne tem uma gilete na caixa de pintura, talvez para cortar papel. De fato usa a gilete para cortar papel, e a substitui quando fica cega. Mas cobre um dos gumes com fita gomada, pois não quer cortar um dedo acidentalmente.

Raramente Yvonne pensa na gilete ou no que realmente faz em sua caixa de pintura. Não está obcecada com a morte, nem a sua nem a de ninguém. Não aprova o suicídio, que acha moralmente ofensivo. Ela atravessa a rua com cautela, tem cuidado com o que põe na boca e economiza.

Mas a gilete está lá o tempo todo, no fundo da caixa. Yvonne precisa que esteja lá. Mas o que significa? Que Yvonne pode controlar a sua morte; se não puder, que controle terá sobre sua vida?

Talvez a gilete seja apenas uma espécie de *memento mori*, afinal. Talvez apenas um flerte pictórico. Talvez apenas um símbolo obediente, como o cravo na escrivaninha de Holbein, o Moço. Ele não olha para o cravo, olha para fora do quadro, um olhar tão convicto, tão deliberado, tão meigo. Olha para Yvonne, ele vê no escuro.

* * *

Os dias estão ficando mais longos, e o despertador dispara cada vez mais cedo. No verão, ela dá para fazer sesta, a fim de compensar a perda de sono com o ritual do alvorecer. Há anos ela não perde o nascer do sol; depende dele. É quase como se acreditasse que o sol não nasceria se ela não estivesse lá.

 E, no entanto, sabe que sua dependência não está em algo que se possa agarrar, segurar com a mão, guardar, mas só em um acidente da linguagem, porque *nascer do sol* não devia ser uma expressão substantiva. O nascer do sol não é uma coisa, é apenas um efeito de luz causado pela posição relativa de dois corpos celestes. O sol não nasce, não sobe, é a Terra que gira. Nascer do sol é um engodo.

 Hoje o céu não está encoberto. Yvonne, de pé no deque, com o robe japonês demasiado fino, segura a grade a fim de não levantar os braços para o sol, que flutua acima do horizonte como um pequeno e cintilante dirigível branco, uma pipa enorme cuja linha ela quase tem na mão. Sua luz, fria e tênue, porém luz, a alcança. Yvonne a inspira.

ESCAVAÇÕES

Meus pais têm algo para me contar – algo estranho ao fluxo normal da conversa. Eu sei pela maneira como os dois se sentam na mesma poltrona, minha mãe no braço, e depois viram um pouco a cabeça para um lado, olhando para mim com seus olhos ultra-azuis.

À medida que eles foram envelhecendo, seus olhos foram ficando cada vez mais claros e brilhando mais e mais, como se o tempo estivesse a lhes drenar a cor, a fazer a experiência de clareá-los até alcançarem a transparência do riacho. Possivelmente isto é uma ilusão, causada pelos cabelos encanecidos. O fato é que os olhos deles estão redondos e brilhantes, como os olhos de conta de vidro dos bichos empalhados. Me ocorre – e, aliás, não é a primeira vez que isto acontece –, me ocorre que talvez, em vez de nascer como as outras pessoas, eu tenha sido chocada num ovo. A consternação com que meus pais às vezes me encaravam não era como a de outros pais. Era menos consternação do que perplexidade, o pasmo do casal de aves que dá com uma criança no ninho e não sabe o que fazer com ela.

Meu pai apanha uma pasta de couro preto na escrivaninha. Os dois têm um ar de excitação contida, lembram crianças esperando que um amigo grande abra um presente que elas embrulharam; e que é uma gozação.

– Nós compramos nossas urnas – diz meu pai.

– Vocês o quê? – Estou atônita. Não há nada errado com meus pais. Eles gozam de perfeita saúde. Eu é que estou resfriada.

– É melhor se preparar – explica minha mãe. – Olhamos uns terrenos no cemitério, mas são tão caros!

– E é espaço demais – acrescenta meu pai, que sempre teve muita consciência em relação àqueles usos da terra, a seu ver errados. Quando eu era menina, a conversa à mesa do jantar girava, não raro, em torno do número de semanas que levaria para um casal de drosófilas, a se reproduzir sem controle, cobrir a terra com uma camada de dez metros de altura. Não muitas, se bem me lembro. Meu pai tem uma atitude bem-parecida em relação aos cadáveres.

– E lhe dão um nicho – diz minha mãe.

– Está aqui – diz meu pai mostrando a pasta, como se fosse minha obrigação me lembrar disso tudo e tratar das coisas quando chegasse a hora. Fico estarrecida: Será que afinal eles estão me confiando uma responsabilidade?

– Queríamos que nossas cinzas fossem espalhadas – explica minha mãe. – Mas disseram que isso foi proibido.

– Isso é absurdo – interfiro. – Por que não se poderia espalhar as cinzas de quem quiser?

– O lobby das funerárias – explica meu pai, conhecido por seu ceticismo em relação às decisões governamentais. Minha mãe reconhece que as coisas poderiam ficar meio poeirentas se todo o mundo resolvesse deixar cinza para os outros espalharem por aí.

– Eu espalho pra vocês – declaro bravamente. – Não se preocupem.

Esta foi uma decisão temerária, que tomei no impulso do momento, como todas as minhas decisões temerárias. Mas pretendo levá-la a cabo. Mesmo que eu tenha de agir, coisa que evito enquanto posso. A pretexto de uma visita piedosa, vou roubar meus pais do nicho, deixando areia nas urnas se preciso, e levá-los furtivamente comigo. A coisa das cinzas não me incomoda; na verdade, eu aprovo. Muito melhor do que esperar, como os cristãos, que Deus os recomponha instantaneamente dos ossos para fora lá onde jazem vedados, de ruge no rosto, encerados e armados com arame, vasos sanguíneos cheios de formaldeído, dentro de criptas de cimento e bronze, expostos ao mofo e às bactérias anaeróbicas. Se Deus quiser reconstruir meus pais, as moléculas remanescentes vão servir para começar, como serviram antes. Não é questão de substância, que de qualquer forma completa um ciclo a cada sete anos, mas de forma.

Por um minuto ficamos sentados, refletindo sobre as implicações. Já deixamos bem pra trás os funerais e o luto, ou talvez os tenhamos ultrapassado. Estou pensando na perseguição, e em ser presa, e na forma como vou despistar as autoridades: já estou tramando um lance de ficção. Meu pai pensa no fertilizante da mesma forma que outras pessoas pensam na união com o Infinito. Minha mãe pensa no vento.

* * *

As fotos nunca fizeram justiça a minha mãe. É que as fotos congelam o tempo; para realmente refleti-la, teriam de mostrá-la como uma forma indistinta. Quando eu penso nela, sempre a vejo de esqui. Quando menina, a única ambição que se podia detectar nela era voar, e grande parte de sua vida subsequente foi gasta em tentativas de decolagem. Figuram entre as histórias de sua juventude números em cima de árvores e telhados de celeiros, corridas de skate e, quando mais velha, escaladas janela afora para saídas de incêndio proibidas, praticados mais pelo gosto da altura e da aventura do que pelo objetivo final, um encontro fora de hora com algum rapaz que ela havia deixado de quatro, talvez literalmente. Pois minha mãe, a despeito de seu caráter assustadoramente atlético e de sua falta de interesse por saias de babados, era muito requisitada. Talvez os homens a vissem como um desafio: seria uma façanha conseguir que ela se aquietasse o tempo suficiente para lhes dar nem que fosse uma atenção efêmera.

Meu pai a viu pela primeira vez escorregando num corrimão de escada – imagino que ela fizesse isso de banda, afinal era na década de 1920 – e ali mesmo decidiu casar-se com ela; se bem que levou tempo até alcançá-la, rondando de árvore em árvore, se agachando atrás de moitas, rede de caçar borboleta pronta. Isto é uma metáfora, mas cabível.

Recentemente, uma vizinha deles me pegou para falar sobre ela.

– Coitada da sua mãe. Casada com seu pai.

– O quê?

– Ela volta do supermercado arrastando as compras – explicou ela. (É verdade, mamãe faz isso. Tem um carrinho com que vai zunindo pela calçada, o cabelo voando, a echarpe se esticando, e exaurindo qualquer um que for imprudente a ponto de empreender com ela essa aventura; ou seja, eu.) – Seu pai nem leva sua mãe de carro.

Quando contei isso a minha mãe, ela riu.

Meu pai disse que evidentemente a lamentável criatura não sabia que ele era mais complexo do que parecia.

Nos últimos anos minha mãe adotou nova ginástica de inverno. Duas vezes por semana ela faz patinação artística, dança de patins: valsa, tango, foxtrote. Terça e quinta de manhã pode ser vista zumbindo, dando voltas na arena local, com umas luvas sem dedo que não combinam com a saia, ao som de " A Bicycle Built For Two", que sai de um sistema de som fanhoso, sem reduzir velocidade nem perder ritmo.

* * *

Meu pai fazia o que fazia porque lhe permitia fazer o que faz. Lá vai ele por entre as árvores, na cabeça um surrado chapéu de feltro cinza – com ou sem um par de truta espetado na faixa, a depender do ano – para evitar que lhe caiam coisas no cabelo, coisas invisíveis para os outros, mas que, ele sabe muito bem, estão rondando por aí entre folhas de aspecto inocente, uma, duas ou um bando de crianças de qualquer idade nos seus calcanhares, seus próprios filhos ou netos atraídos ao acaso, como os curiosos que são atraídos pelo desfile, ou meteoros atraídos pelo sol, olhos se arregalando à medida que maravilha após maravilha se revela para ele: uma sagrada larva branca que levará sete anos para passar pelo estágio de pupa e afinal voar, um milagroso besouro que come madeira, um verme bissexuado, um fungo rastejante. Não há show de horrores que chegue aos pés de meu pai pontificando sobre a Natureza.

Ele revira cada pedra; mas depois de revirar, para ver o que há debaixo – e nesse ponto não se admitem gritos nem outras expressões de repugnância, sob pena de perder as suas boas graças –, ele recoloca tudo como estava: a larva no seu buraco, coleobrocas debaixo da casca em decomposição, o verme em sua toca, este, claro, a menos que seja útil como isca para peixe. Meu pai não é sentimental.

Agora ele estende um encerado debaixo de uma árvore promissora, digamos, um bordo listado, e bate no tronco com o cabo do machado. O céu o recompensa com uma chuva de lagartas, que ele recolhe afetuosamente a fim de levar para casa, onde vai alimentá-las com ramos folhudos do tipo adequado, metidos em quartinhas cheias d'água. As quartinhas, ele vai se esquecer de trocar, e logo as lagartas vão estar rastejando nas paredes e no teto atrás de comida, e finalmente caindo como que pontualmente na sopa. A essa altura minha mãe está acostumada, e acha tudo normal.

Enquanto isso, as crianças o seguem para a próxima árvore: ele é melhor do que o mágico, explica tudo. De fato, este é um de seus objetivos: explicar tudo, quando possível. Ele quer ver, quer saber, só ver e saber. Tenho consciência de que é essa mentalidade, essa curiosidade, a responsável pela bomba de hidrogênio e pelo iminente fim da civilização, e de que estaríamos todos em melhor situação se ainda estivéssemos no estágio da adoração da pedra. Embora, com certeza, a culpa não seja desse afável espírito inquisitivo.

Veja, meu pai desenterrou uma maravilha: uma lesma, talvez, uma cobra, uma aranha com saco de ovos e tudo? Seja o que for, algo de educativo. Daqui não dá pra ver: só a cabeça das crianças, de costas, espiando para as mãos dele em concha.

* * *

Meus pais não têm casa, como as outras pessoas. Têm tocas. Parecem casas, mas não são vistas exatamente como casas. Mais parecem pousos de beira de estrada, abrigos sazonais, aguadas no caminho da caravana que meus pais, nômades que são, estão sempre a seguir, quando não acabaram de voltar. Minha mãe passa grande parte do tempo fazendo e desmanchando malas.

Ao abrir a porta de uma de suas tocas – à diferença das raposas, eles descartam os ossos não enterrando, mas queimando, que é o certo, a menos que se queira atrair jaritataca –, sou recebida primeiro pela escuridão, depois por uma profusão de objetos empilhados aparentemente ao acaso, mas, de fato, segundo um misterioso sistema de ordenação: pilhas de lenha, latas de removedor de tinta com pincéis mergulhados, pincéis secos e duros, ou grudados à lata pelo resíduo pegajoso que resultou da evaporação, caixas de pregos de quatro polegadas, cestas de seis quartos de galão com um sortimento de parafusos, dobradiças, grampos e pregos para telhado, rolos de material para revestimento de telhado, machados, serras, puas, níveis, trenas, plainas curvas, lixas de metal, furadeiras, perfuradoras, pás, picaretas e pés de cabra. (Nem todas essas coisas estão no mesmo lugar ao mesmo tempo: isto é uma memória coletiva.) Eu sei para que serve cada uma dessas ferramentas e talvez até tenha usado alguma, o que, em parte, pode explicar minha preguiça adulta. O cheiro é o cheiro de minha infância: madeira, lona, alcatrão, querosene, terra.

Esta é a seção de meu pai. Na de minha mãe, as coisas estão arrumadas em ganchos e prateleiras, numa ordem inviolável: xícaras, potes, pratos, panelas. Não que ela atribua um valor desproporcional ao trabalho doméstico, é que não quer perder tempo com ele. Todas as suas receitas favoritas têm a palavra *rápido* no título. Para ela, menos vale mais, ou seja, cada coisa no lugar. Felizmente ela nunca se interessou por uma casa linda, mas insiste em uma casa prática.

O espaço dela está tomado. Não quer que se altere. Demos panelas de Natal a ela até perceber que preferiria outra coisa.

Meu pai gosta de projetos. Minha mãe gosta de acabar projetos. Portanto você a vê, com grossas luvas de trabalhador, carregando blocos de cimento um por um, ou empilhando madeira, de um ponto para outro, arrastando vegetação rasteira que meu pai cortou, empurrando e jogando fora baldes de cascalho, tudo para ajudar o particular construtivismo de meu pai.

No momento, eles estão cavando um grande buraco no chão. No fim, vai ser mais uma toca. Minha mãe já transportou uma carga de blocos de cimento até o local da obra, para revesti-lo; de manhã ela vai procurar rastros de animal na terra fresca, e talvez salvar algum sapo ou rato que tenha caído lá dentro.

Embora nunca pare de fazer coisas, meu pai acaba coisas. No verão passado apareceu subitamente um degrau no fundo de nossa cabana de toras de madeira no norte. Há vinte anos minha mãe e eu saltávamos no espaço para sair e alcançar o varal, e nos içávamos para dentro à força de bíceps e sorte. Agora, descemos normalmente. E há uma pia na cozinha, então já não é preciso carregar morro abaixo, num balde esmaltado, a água usada para lavar os pratos, que ia se derramando nas pernas até ser jogada no quintal. Agora a água é escoada por um dreno que obedece às normas em vigor. Minha mãe acrescentou seu toque: um pequeno aviso preso com durex no balcão:

NÃO PÔR GORDURA NA PIA.

Perto fica um pote com bactérias secas: derramando periodicamente uma colher no dreno, as folhas de chá que estão onde não devem são eliminadas. Isso previne entupimento.

Enquanto isso meu pai trabalha duramente, erguendo paredes com toras de cedro para o novo banheiro externo, que terá um vaso químico, ao contrário do antigo. Além disso, está construindo uma lareira com grandes pedras arredondadas de granito rosa selecionado que mamãe pisa ou contorna quando varre as folhas do chão.

Aonde tudo isso vai parar? Não sei. Quando criança escrevi um livrinho que iniciei com a palavra *Fim*. Eu precisava garantir o fim primeiro.

Minha própria casa se divide em duas peças: uma cheia de papel, funcionando em fluxo constante, onde o processo e o organicismo reinam e proliferam bolas de fiapo e pó; e outra, de desenho formal e conteúdo rígido, imaculadamente limpa e a que jamais se acrescenta nada.

* * *

Quanto a mim, certamente vou morrer de inércia. Embora seja testemunha da exaustiva vitalidade de meus pais, passei a minha infância aprendendo a identificar o bem com a imobilidade. Sentada no fundo de canoas que adernariam se eu fizesse um movimento brusco, agachada em tendas que deixariam entrar água se eu as tocasse durante a chuvarada, usada como lastro em barcos a motor onde haviam empilhado lenha a uma altura estonteante, ensinaram-me a não me mexer, e eu obedeci. Achavam que eu era bem-comportada.

De tempos em tempos meu pai metia a família e as necessárias provisões no carro do momento – *Studebaker* é um nome de que me lembro – e fazia algum tipo de peregrinação, mil quinhentos quilômetros aqui, mil e quinhentos acolá. Às vezes íamos atrás de moscas-de-serra; outras vezes, de avós. Seguíamos de carro até onde era possível, ao longo das estradas quase desertas do pós-guerra, atravessando melancólicas cidadezinhas da província de Quebec ou do norte de Ontário, às vezes entrando nos Estados Unidos, onde havia mais outdoors à beira da estrada. À noite, muito tempo após o melancólico pôr do sol, quando fechavam até os postos de gasolina White Rose, procurávamos um hotel; naquele tempo, um grupo de chalés artesanais ao lado da placa FOLDED WINGS ou, versão mais sombria, VALHALLA, o minúsculo escritório de sarrafo enfeitado com luzes de Natal. Desde então a palavra *vagas* revestiu-se de magia para mim: quer dizer que tem quarto. Quando não havia, meu pai simplesmente parava à beira da estrada em algum lugar e armava a tenda. Havia poucos acampamentos organizados, não existiam gangues de motoqueiros; havia mais deserto do que hoje. As tendas não eram tão portáteis; eram pesadas, de lona, e os sacos de dormir úmidos e acolchoados com kapok. Tudo era cinza ou cáqui.

Durante essas viagens meu pai dirigia à maior velocidade possível, lançando o carro à frente por pura força de vontade, perseguido por todo o mato arrancado dos seus jardins, todas as lagartas não recolhidas em suas florestas, todos os pregos que era preciso pregar, todas as cargas de sujeira que devia despachar de um ponto para outro. Enquanto isso, eu ia deitada numa pilha de bagagem cuidadosamente arrumada no banco de trás, enfiada numa sobra de espaço abaixo do teto. Mas dava para olhar pela janela, e eu observava a paisagem, composta de muitas árvores escuras e de postes telefônicos e seus fios curvos, que pareciam mover-se para cima e para baixo. Talvez tenha sido então que eu comecei a traduzir o mundo em palavras. Era uma coisa que se podia fazer sem sair do lugar.

Por vezes, quando estávamos parados, eu segurava a ponta da tora que meu pai serrava, ou arrancava certas ervas daninhas. A maior parte do tempo, porém, eu vivia uma vida de contemplação. Sempre que possível, eu me esgueirava para a mata a fim de ler livros e evitar tarefas, levando comigo provisões afanadas das latas de passas e biscoitos escondidos. Teoricamente, eu posso fazer quase qualquer coisa; e com certeza me ensinaram. Na prática, eu faço o mínimo que posso. Para mim mesma, finjo que seria feliz numa gruta de eremita comendo mingau, se alguém preparasse. Como tantas outras coisas, o preparo do mingau está além das minhas forças.

* * *

Qual o segredo de minha mãe? Pois, claro, ela deve ter um segredo. Ninguém pode levar a vida com tal contentamento, e ao mesmo tempo livre de terremotos e pântanos, sem ter um segredo. Quando digo "segredo", eu me refiro ao preço que ela teve de pagar. Qual foi a barganha, qual foi o pacto que ela assinou com Satanás para ganhar esta serenidade sem jaça?

Ela sustenta que já teve pavio curto, mas isso ninguém sabe aonde foi parar. Quando a obrigaram a estudar piano, como parte da bateria de prendas que se esperava de uma moça, ela decorava as peças e as tocava mecanicamente, lendo romances escondidos no colo. "Falta emoção!", reclamava a professora. Suas fotos aos quatro anos mostram uma criança de cabelo anelado e aparência tímida, enfeitada com o vestido rendado em forma de abajur que se impingia às meninas antes da Grande Guerra, mas, de fato, ela era curiosa e inventiva e estava sempre se metendo em apuros. Uma de suas primeiras lembranças é do dia em que escorregou por um banco de argila vermelha com suas finas calças largas pós-vitorianas. De fato ela se lembra do castigo, mas se lembra mais da adorável sensação de deslizar na lama.

O casamento foi uma fuga a outras alternativas. Em vez de virar esposa de um profissional e se estabelecer com ele em sua cidadezinha, usando saia e circulando num bom ambiente, dedicada a obras de caridade da igreja, como conviria à sua posição, ela casou-se com meu pai e partiu rio St. John abaixo de canoa, ela que nunca havia dormido numa tenda exceto uma vez, pouco antes de casar, quando ela e suas irmãs passaram um fim de semana praticando. Meu pai sabia fazer fogo na chuva e descer corredeiras, o que alarmou as amigas de mamãe. Algumas reagiram como se ela estivesse para ser raptada e arrastada para um território inóspito onde seria trancafiada e obrigada a viver sem eletricidade nem água encanada em meio a hordas de ursos famintos. Ela, porém, deve ter sentido que foi salva de um destino pior que a morte: poltronas forradas para não estragar.

Mesmo quando morávamos numa casa, o clima de acampamento persistia. A cozinha de mamãe era marcada pelo improviso, como se, em vez de comprar ingredientes, ela recolhesse sobras descartadas: comia-se o que estava à mão. Fazia uma coisa a partir de outra, e nunca jogava nada fora. Embora não gostasse de sujeira, jamais levou a sério a limpeza da casa como um fim em si. Limpava o assoalho arrastando os filhos em cima de um velho cobertor de flanela. Isso me parecia hilariante até eu me dar conta: meus pais eram pobres demais para ter cera, empregada ou baby-sitter.

Depois que eu nasci lhe apareceram verrugas, que lhe cobriram as mãos. Ela atribuiu o problema à amônia: na época não havia fraldas descartáveis. Naquele tempo os bebês eram vestidos com casaquinho de tricô de lã, botinha de lã, gorrinho de lã e capa de fralda também de lã, dentro dos quais deviam assar. Meus pais não tinham lavadora; minha mãe lavava tudo à mão. Nessa fase, ela não saía muito para se divertir. Nas fotos, posava sempre com um trenó ou um carrinho e uma ou duas crianças pequenas de olhar desconfiado. Ela nunca estava só.

É bem possível que as verrugas tenham aparecido porque ela estava de castigo em casa; ou, mais especificamente, por minha causa. Ser responsável pelas verrugas da mãe é uma carga, mas, já que eu não sofri com as culpas de praxe, vou ter que me arranjar com esta. As verrugas indicam que a minha mãe tem um segredo, mas não o revelam. De qualquer forma, desapareceram.

Minha mãe viveu dois anos na zona de meretrício de Montreal sem saber o que era. Só depois foi informada, por uma mulher mais velha, que lhe disse que não devia ter feito isso. "Não sei por quê", respondeu minha mãe. O segredo dela é este.

* * *

Meu pai estuda história. Já houve polacos que lhe disseram que ele sabe mais da história da Polônia que a maioria dos polacos, gregos que lhe disseram que ele sabe mais da história da Grécia que a maioria dos gregos e espanhóis que lhe disseram que ele sabe mais da história da Espanha que a maioria dos espanhóis. Considerando o conhecimento mundial *per capita*, provavelmente é verdade. Entre meus conhecidos, foi ele a única pessoa a prever a guerra do Afeganistão, com base em episódios do passado. De fato, quem mais estava prestando atenção?

Ele defende a teoria de que tanto Hiroshima quanto a descoberta da América são fatos entomológicos (a explicação é o bicho-da-seda) e de que as pulgas já provocaram mais massacres e perdas populacionais que as religiões (a explicação é a peste bubônica). Sua conclusão é assustadora, embora apoiada pelos fatos, como ele se apressa a acentuar. O desperdício, a estupidez, a arrogância, a cobiça e a brutalidade se desenrolam em nossa mesa de jantar em tecnicolor e tela panorâmica enquanto meu pai, cordialmente, corta o assado.

Se a civilização que conhecemos se autodestruir, informa ele servindo o molho – como é provável que aconteça, acrescenta –, nunca será capaz de se reconstruir em sua forma atual, pois todos os metais disponíveis na superfície da Terra se terão exaurido há muito tempo e a extração a profundidades maiores requer tecnologia metalúrgica que, vocês se lembram, foi arrasada. Jamais haverá outra idade do ferro, outra idade do bronze; nós estaremos empacados com a pedra e o osso, que não servem para fazer avião nem computador.

Meu pai não tem grande interesse em sobreviver até o século XXI. Ele sabe que será um horror. Qualquer pessoa sensata concordará com ele (e antes que você cometa o erro de achar que ele é apenas um excêntrico, permita-me lembrar que muita gente concorda).

Mamãe, porém, que serve chá, e como sempre é incapaz de se lembrar quem é que toma com leite, diz que quer viver o mais possível. Quer ver o que vai acontecer.

Meu pai acha ingênuo esse desejo, mas deixa passar e continua expondo a situação da Polônia. Traz à nossa memória (ele sempre finge amavelmente que só está lembrando para os ouvintes algo que naturalmente todos sabem muito bem há muito tempo) a carga da cavalaria polonesa contra os tanques alemães na Segunda Guerra Mundial: tolice e bravura. Bravura, mas tola. Tolice, mas brava. Ele põe no próprio prato mais purê de batata, balançando a cabeça com espanto. Depois, passando de um polo a outro, embarca num daqueles complicados jogos de palavras de que tanto gosta.

Como conciliar sua sombria visão da vida na Terra com o indiscutível prazer com que ele vive? Nada disso é pose. Ambos são sinceros. Não consigo me lembrar – meu pai sem dúvida conseguiria, fuçando seus livros atrás da referência exata – qual foi o santo que, ao lhe perguntarem o que faria se o fim do mundo fosse no dia seguinte, respondeu que seguiria cultivando seu jardim. O objeto adequado do estudo da humanidade pode ser o homem, mas a atividade adequada é cavar.

* * *

Meus pais têm três hortas: uma na cidade, que produz berinjela, íris, feijão e framboesa; outra a meio caminho, onde o forte é ervilha, batata, abóbora, cebola, beterraba, cenoura, brócolis e couve-flor; e a terceira para o norte, pequena e mimada, criada a partir de areia, adubo composto e estrume de carneiro e cavalo cuidadosamente dosados, e que dá repolho, espinafre, alface, ruibarbo e acelga suíça, culturas de clima frio.

Ao longo de toda a primavera e de todo o verão, meus pais ricocheteiam de horta em horta, protegendo as raízes das plantas com palha, regando e arrancando ervas daninhas de alta proliferação "até", diz mamãe, "eu ficar torta como gancho de cabide". No outono, eles colhem, geralmente muito mais do que vão comer. Fazem conservas, entopem a despensa e a geladeira, congelam. O excedente dão a amigos e parentes, além de pessoas estranhas que meu pai eventualmente selecionou pelo mérito. Estas são às vezes mulheres que trabalham em livrarias e deram provas de discernimento e informação reconhecendo o título de livros que meu pai procura. A estas ele eventualmente outorga um repolho de gosto e proporções superiores, uma seleção de tomates ou, se é outono e ele anda a cortar e serrar, uma elegante peça de madeira.

No inverno, meus pais mastigam conscienciosamente o produto final da labuta do verão, pois seria lamentável esperdiçar seja o que for. Na primavera, revigorados com variedades novas, mais produtivas e resistentes à ferrugem do catálogo Stokes de sementes, eles recomeçam.

Minhas costas doem só de pensar neles enquanto eu me esgueiro para uma maldita lanchonete ou telefono para a Pizza Pizza. Mas a verdade é que toda essa horticultura não é uma forma de vitaminar o corpo, nem de alcançar a autossuficiência, nem a produção de alimentos, embora tudo isso tenha seu peso. A horticultura não é uma atividade racional. O que importa é mergulhar as mãos na terra, é aquele rito vetusto de que é um pálido vestígio o gesto do Papa ao beijar o asfalto.

Na primavera, ao fim do dia, o que se espera de você é o cheiro de lama.

* * *

Eis um tema adequado à meditação: o cais. Eu mesma uso, claro, e lá me deito. De lá vejo a linha da beira do lago, o que para mim vale por uma memória. À noite eu me sento lá, numa escuridão distinta de qualquer outra, e olho as estrelas, quando há. Ao pôr do sol surgem morcegos, e de manhã, patos. Abaixo há sanguessugas, barrigudinhos e às vezes um lagostim. Como a Natureza, o cais está constantemente se desmoronando e, no entanto, continua a ser o mesmo.

O cais foi construído com estruturas de toras presas embaixo a grandes pedras arredondadas de granito, que é muito mais fácil deslocar debaixo d'água do que em terra. Para este empreendimento, meu pai mergulhou no lago, onde normalmente prefere não entrar. Não admira; mesmo com tempo bom, no auge do verão, a água não chega a esquentar. Lá dentro as cicatrizes ficam roxas, os artelhos brancos, os lábios azuis. O lago é uma das incontáveis depressões que as geleiras em retirada deixaram para trás após raspar o solo e o impelir para o sul. O que restou foi rocha, e ao mergulhar no lago você sabe que se demorar bastante, ou simplesmente demorar, em breve alcançará sua expressão mais simples.

Meu pai olha para esse cais (os olhos se apertando ao calcular, os dedos já coçando) e vê principalmente que precisa de reparos. O gelo do inverno agiu sobre a estrutura, além do sol e da chuva; está remendado e perigoso, atravessado por sulcos carcomidos. Não demora ele vai levar para lá seu pé de cabra, rasgar suas precárias e perigosas tábuas e as toras escavadas pelos ninhos de vespa, e refazer a coisa toda.

Minha mãe vê a construção como um local de onde lançar canoas e como uma prática saboneteira e toalheiro quando vai nadar, pelas três da tarde, na trégua entre a louça do almoço e o fogo reaceso para o jantar. Na água gélida ela caminha, passando por sobre agulhas escurecidas de pinheiro e de galhos encharcados que jazem na areia, por sobre conchas de mariscos e carapaças de lagostins, espadanando água até o ombro, e afinal mergulha e sai nadando aceleradamente, de costas, pescoço erguido fora d'água como uma lontra, o gorro branco rodeado de moscas-negras, deixando atrás de si uma ondinha e lançando gritos:

– Revigorante! Revigorante!

* * *

Hoje eu me libero com esforço de minha própria entropia e levo duas crianças através da mata em fila indiana. Vamos em busca de seja lá o que for. No caminho coletamos em sacos de papel pedaços de casca de bétulas caídas, após sacudir para jogar fora as aranhas. As cascas são boas para fazer fogo. Falamos sobre fogueiras e sobre os locais onde não devem ser acesas. Aqui e ali há troncos meio carbonizados na mata, *memento mori* de uma antiga queima.

A trilha que seguimos é antiga, aberta trinta anos atrás, em sua fase pioneira, por meu irmão, que desde então a debasta periodicamente. Agora estão mortas as chamas, que deram lugar ao cinza; em torno, a seiva da árvore resiste. Ensino as crianças a olhar dos dois lados da árvore, e a se virar vez por outra para trás a fim de ver de onde vieram, para que aprendam a encontrar o caminho de volta, sempre. Elas estão com suas capas de chuva debaixo das enormes árvores, no espaço que ecoa silencioso em torno delas; um motivo folclórico, crianças na mata, quem sabe perdidas. Elas captam isso e são reduzidas ao silêncio.

Foram os índios que fizeram isso, digo a elas, apontando para uma velha árvore dobrada quando jovem, formando joelho e cotovelo. O que, como a maior parte da História, pode ser verdade ou não.

– Índios de verdade?

– De verdade – respondo.

– E eles ainda existem?

Seguimos em frente, galgando um morro, passando por cima das grandes pedras redondas e por uma tora caída que um urso abriu em busca de larvas. As crianças recebem novas ordens: ficar de olho aberto para os cogumelos, sobretudo as bufas-de-lobo, que até elas gostam de comer. Por aqui não existe isso de só passear. Eu sinto a genética se infiltrando em mim: mais um minuto e eu começo a virar pedras, e de fato em breve estou de quatro, raspando a terra e puxando um enorme sapo de baixo de um cedro caído, tão velho que está quase reduzido a um pó laranja-queimado. Falamos sobre o fato de que sapo não dá verruga porém mija em cima de você quando se assusta. Sapo faz isso, o que confirma que se pode confiar em mim. Para o bem do próprio sapo, eu o guardo no bolso, e a expedição avança.

Fazendo ângulo reto surge uma trilha menor, recente, marcada não pelo fogo mas por galhos quebrados e pedaços de fita rosa fluorescente amarrados aos arbustos. A trilha leva a uma bétula amarela que o vento abateu – sabe-se pelas raízes, que têm solo e mofo das folhas ainda grudados – e está bem serrada e empilhada, pronta para rachar. Mais uma obra.

Na volta contornamos a pilha, a horta, fazendo o mínimo de ruído. O segredo, sussurro, é ver as coisas antes que elas nos vejam. Mais uma vez eu sinto que esse lugar é assombrado pelo fantasma dos que ainda não morreram. Inclusive eu.

* * *

Nada é eterno. Mais cedo ou mais tarde terei de renunciar à minha imobilidade, desistir do costume do devaneio, da especulação, da letargia com que atualmente sobrevivo. Terei de me entender com o mundo real, composto, bem sei, não de palavras, mas de tubulação de escoamento, buraco no chão, mato que prolifera selvagemente, blocos de granito, pilhas de matéria mais ou menos pesada que é preciso deslocar de um ponto para outro, em geral morro acima.

Como é que eu vou me haver? Quem dirá é o tempo, que absolutamente não diz tudo.

* * *

Outra noite, o ano mais avançado. Mais uma vez meus pais voltaram do norte. É outono, a estação de encerramento. Como o sol, meus pais têm um ritmo anual, que, pensando bem, não deixa de ter certa relação com o solar. É o tempo em que fenecem as últimas favas, o repolho murcha, a última cenoura deve ser arrancada da terra, dura, peluda, bifurcada como uma mandrágora; em que meus pais erigem grandes altares de lixo, velhas caixas de papelão, ramos podados de árvores, caixas de ovos, quem sabe?, e ateiam fogo em honra ao sol poente.

Mas eles fizeram tudo isso e regressaram incólumes. Agora trazem outra revelação: algo portentoso, algo momentoso. Aconteceu algo que não acontece todo dia.

– Eu estava no telhado, varrendo as folhas – conta minha mãe.

– Como sempre faz no outono – acrescenta meu pai.

A mim não assusta imaginar minha mãe, com setenta e três anos, trepando agilmente num telhado tão íngreme que no lugar dela eu iria tateando, dedos e artelhos agarrados ao piso de betume como uma rã à árvore, adrenalina na estratosfera, do qual eu me vejo despencando por causa de um momento distraído, um passo em falso, um desses incontáveis deslizes da mente, e portanto do corpo, que eu já devia entender melhor. Minha mãe vive fazendo essas coisas. Jamais caiu. Jamais cairá.

– Do contrário ia dar árvore no telhado – argumenta minha mãe.

– E adivinhe o que ela achou! – provoca meu pai.

Eu tento adivinhar, mas não consigo. O que a minha mãe encontraria no telhado? Não seria uma pinha, nem um fungo, nem um pássaro morto. Não seria o que qualquer outra pessoa acharia.

O achado vem a ser um cocô. Agora eu tenho que adivinhar de que bicho.

– Esquilo – arrisco, desajeitada.

Não, não. Nada de tão comum.

– Era desse tamanho. – E meu pai mostra a extensão e a circunferência. Portanto, não é de coruja.

– Marrom? – pergunto, tentando ganhar tempo.

– Preto – esclarece meu pai. Os dois olham para mim, cabeça um pouco inclinada, olhos brilhantes da alegria de jogar o velho jogo, o jogo da adivinhação. Mal conseguem se conter para não entregar logo a resposta.

– E tinha pelo – diz meu pai, como se assim eu fosse ver a luz, decerto eu ia adivinhar.

Mas estou perdida.

– Grande demais para uma marta – meu pai dá a dica e espera. Depois, baixa um pouco a voz: – Era de fuinha.

– Mesmo?

– Deve ser – diz meu pai, e nós todos paramos para saborear a raridade do evento. Já não há muitas fuinhas, já não existem muitos desses vorazes predadores arbóreos, e em nossa área nunca havíamos dado com vestígio de nenhum. Para meu pai, o cocô é um fenômeno biológico interessante. Ele fez uma anotação, que arquivou, juntamente com outros fragmentos de dados fascinantes.

Pra minha mãe, porém, é outra coisa. Para ela, o cocô, esse cocô preto e felpudo do comprimento de uma mão e com dois dedos de grossura – essa merda animal, para simplificar as coisas – é um sinal miraculoso, sinal de uma graça divina; como se o seu telhado, sem graça, familiar, remendado mas ainda gotejante, tivesse recebido a visita de um deus, desconhecido mas nem por isso inferior, e se tornado momentaneamente esplendoroso.